鍾文音

三城三戀

一戀墨西哥

陽光企圖穿透濃烈色澤與古老文明，
把繽紛對比顏色都兜攏到瞳孔裡……

二戀布拉格

一座被光暈包圍之古城，
金燦、鬱藍與澄褐，安靜地交錯……

三戀挪威

彷彿天地只有兩種色調，黑與白。
規律的純淨映入眼簾，宛如雪……

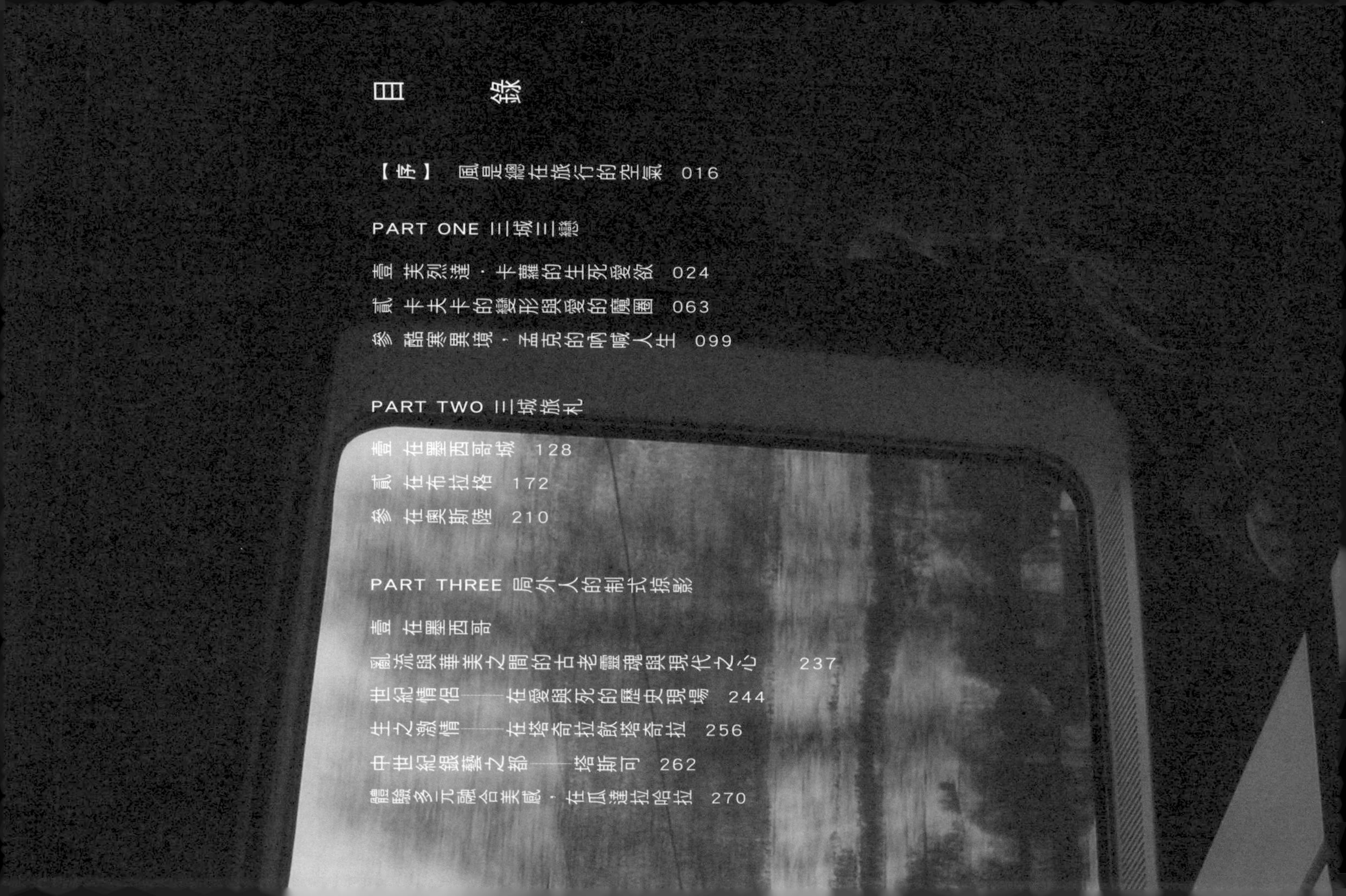

目　錄

貳 在布拉格

參 在挪威

【序】風是總在旅行的空氣——定點飛行的開始

這是我生病最密集的一年，每天有新的病痛跑出來，不知道醒來疼痛將要轉移至哪個部位。痛或可說是意志考驗。

或許我呼喚他們太多了。

他們都具有悲劇的種子。

在旅途的筆記裡，我寫著想讓芙烈達・卡蘿和布拉格的卡夫卡交換命運。但寫來失敗，際遇不可得。

即使我假想卡蘿眞的和卡夫卡交換命運了，她可能不會重傷於車禍，卻依然會遇上那要命的肺結核。

我知道卡蘿躲不過命運。所以她仍然在墨西哥，我放棄將二者命運交換的書寫。因爲這樣無用，爲了找到一個獨特的書寫視角，卻可能犧牲更多的現實探索。

就好比假設在現實人生裡，我們交換成績單，我們交換學歷，我們交換情人，我們交換靈魂……如果命運轉盤的落點可以選擇，那麼疼痛會不會少一點？然而如果生命依然是扭曲變形，妳醒來是誰？妳還有什麼？

我還是我，卡夫卡仍是誠實的變形者，卡蘿仍是驕傲的傷殘者。而我想我們都深深地瞭解孤獨。

昨晚的臉孔，今晚的臉孔……

世界到處是變形者。

Metamorphosis——蛻變，進入卡夫卡世界的關鍵字。

一切都在變形。

而我不想變形。

我還在尋找進入我世界入口的關鍵字。

提起我的皮箱，買到冬日廉價的機票，飛往布拉格，一個多小時竟飛離寒帶挪威，住到了查理大學宿舍。冬日的查理大學教職員宿舍空蕩蕩，一個大房有四個小房，一個小房有四張床，整間大房只有我一個人睡，有時我會換床位睡，像是和很多人一起住似的。宿舍櫃台女生每天朝我笑著，我總暗自叫她特麗莎——（布拉格之春）。

不必卡夫卡告訴我，我的人生過往的一切或者此時此刻的心情就告訴我了——千萬不要去向別人索愛。

或許，這會兒連悲哀都要珍惜。死寂的眼睛，看著教堂朝聖的北歐子民，那樣虔誠，主看見了嗎？我不知道，但我看見了。我躺在旅館，看著自己這麼多年的旅次，如同這古老宿舍破舊發霉的天花板，仔細地聞著像是窩藏好幾個冬日的霉味，聞聞這一切的生活氣味，或許我該高興些。

坐在鬆軟無力的床，吃著幾天前路邊買的馬鈴薯片，不脆了，但我卻是智障兒般地一口接一口，無意識地一直放進嘴裡。

我渺小地在異鄉，再度響起挪威男子對我吼出的「妳這是哪門子的女性主義作祟？」。我的黑髮成了他的魅惑，他宛如提早得「白化症」的蒼白卻治不了我的東方鄉愁。

於是我坐在這裡。

發呆，呆呆的感覺，在語言困頓的小城。冬日，竟只我一個東方客，眞正的異鄉人。幾天後，偌大的宿舍來了個年輕的交換學生，哈利路亞！他會說英語。我跟他出遊至溫泉區，同一個旅館房間卻什麼事也沒發生。早晨，我見男人在陽台抽悶菸，我知道我再度讓男人不解。

他無法明白我可以同遊卻無法有愛欲的冒險困頓，他無法明白囚禁我心的原鄉情愛。

落腳的溫泉小城，屋外星星很亮，亮在黑色的無光裡，無隱低調的亮，我喜歡的光澤，暗暗的亮著，像認眞的文學寫作者，用孤寂的生命獨自在書房的圍城孤島裡完成書寫，像星星一般，幾乎少被見到。

獨自在小山坡走著，小小的房屋牆面在白天看來很鮮豔的大黃或者大藍之顏都隱去了，耶誕節過後的麋鹿或者耶誕老人或雪人雪橇都還閃著小燈泡，一閃一閃的，也很安靜，讓人目光看了感到一種很俗世的眷戀。窗戶都放下了蕾絲窗簾，紗簾隨著山風飄進飄出，我想像著睡在裡面的人是孤單者或是雙人枕頭？他們的鼾聲讓失眠者聽來是幸福之聲了。

只任憑塵埃飛揚，這座溫泉小城，連空氣都飄揚著疲憊，古老得不得了的疲憊。

十分淺眠，鐘聲總是噹噹地不斷響起。窗外傍著古老的美麗教堂，尖頂矗立對窗，前方廣場已經安靜下來了。這是一間十分孤獨的旅店，冬日裡，交換學生拎著行李對我告別，他換住處，我又一個人。望其背影，我想他比我更有自主能力。

我常不知道是何等的衝動導致自己把自己的肉身推離家門？爲什麼我要一個人走在這塊陌生

的土地？挪威男人的家不也頗溫暖嗎？他說他永遠都不明白我？我當然不是爲了卡夫卡，這眞實擺在我眼前的卡夫卡踩踏過的城市風貌，可讓我聞得到古老悲傷的猶太人氣味，也看見了層層古城在訴說著亙古不逝的死亡與憂傷。

我確實不爲任何人，我是爲了我自己而行走。

旅店窗外，石板路上一個美麗混血小女孩持著仙女棒對空正畫著星星和花朵，我一個人退到牆邊，挨著牆，打撈一些意識，覺得自己無論面臨什麼困境，總是還可以一直寫很多字，走很多路，這或許才是眞正的自主與精神冒險。

如是自言：寫作吧，只有寫作可以不傷妳的心。

一直寫，一直走。

很好。

最後的一場放逐

我還是得回到我的故里我的祖國，或許在那裡才能突出我的才能，那是我的地方，我屬於那個東方，那個中文思維，那個幽玄內在。

此爲我寫在挪威旅程的文字，關於我在雪國的清寂生活所湧現的念念原鄉。也因爲這樣的眷戀，我才明白，我得回到我的中文世界，我屬於這裡。就在雪國兩個月的旅程結束，回返島嶼放下行李的剎那，忽然聶魯達的詩句：「我恰巧厭倦了旅行」跑上腦際，正是時候地闖入，震盪了我的腦波，我終於可以安然將自己這艘經年飄蕩在外海的行腳定錨在生長的故土。

仔細冥思，這樣的感受雖來自於十多年的疲憊行腳累積而成，然而有一個觸媒是和我近年走訪的莒哈絲、芙烈達・卡蘿、孟克等人有關。他們的藝術都是因爲回到他們的祖國才走到更深邃的內在，因而發光。

這回挪威長途旅次歸來，唯一的意義除了瞭解畫家孟克爲何吶喊外，兼且明白暫時我或（可能）不想再一個人不斷歷經長途跋涉了。

長途在外的時光已忽過十多年，我在放下斑駁行李的那一刻，聽見行李在家裡的木地板咚的一聲落下時，響起聶魯達的詩：「我恰巧厭倦了人的生活」——（我心裡自動將人的生活改成了旅行，這該是自我實踐過度的疲乏反彈？）

觀光其實也不壞，重點是想隨意走走。這是否意味著我即將進入「宅女」生活的初端，外在的實際冒險將轉化成內在的想像旅程？

我怵目驚心地看著這幾年在各國旅館寫的筆記，驚訝地看見竟然曾經寫過的一行字：「我想在旅館裡，終結自己。」旅館該是色欲之地或休憩之所，我怎麼會把終結念頭擱淺在他鄉的暫時之窩？我已經遺忘了在我啓動隻身旅程時，內在孤獨的凶險之獸也曾悄悄在黑暗幽谷邊緣眺望過。我的旅行把我推向的是更依附男性價值的愛情觀，還是把我推向更自主的行動之旅？

女性自主意識代表著自我的心靈決定與行動的謀和，然而假使這麼多年的他鄉移動都沒有讓我看見更多的自在與自主，那冒險又從何而來？我爲誰而戰？是否我也只是附庸風雅地搭上「孤女行」的流浪列車，然後自以爲「余胸中自有丘壑」？

我恰巧厭倦了旅行，不是厭倦旅行的本身，而是厭倦了自我行爲模式的重複。

我一個人上路且長期（至少兩個月以上）流連在外，此孤獨經驗完全籠罩在我的生命上空。

我發現自己已然不再有力量去支撐如此的一個人之漫漫旅路。

誠然我仍喜愛出走，喜愛遊蕩。但已經確定不再重複這樣的長途旅行模式，將來我會更輕巧地只是短期移動，於是挪威成了我最後人生放逐的雪國。

我恰巧厭倦了旅行。

我恰巧愛上了我的土地，我的窩。此刻起，沒有愛人的窩也可安逸。

就這麼簡單。就這麼地疲憊，也這麼地歡喜。

我最喜歡的墨西哥詩人帕斯寫：一切都屬於風，風是總在旅行的空氣。

人是總在掙扎的動物，定點或移動……持穩或暈眩……

這本書終結了關於我最初旅行懷有的那種熱情，現在我對自己宣告「後鍾文音」時代的來臨，遠離夢遊症年代。

我恰巧厭倦了旅行。

但還沒厭倦人的生活。

於是宅女依然持著永恆飛行的美夢——下階段的人生是定點飛行。

直至墨水凝結成海洋。

三城三戀

Part One

你沒有地方放我的愛，
或者，
你放我的愛的地方太小了……

壹　芙烈達・卡蘿的生死愛欲

你沒有地方放我的愛

入晚，這屋子巨大得像是幽魅；白天的陽光全都消散無蹤，在沒有愛之下，她更覺得冷。窗外的霧凝結，無消散跡象，她與疼痛一起躺下，就這麼躺著，像是和著血塊似的，癱軟又結硬，疼痛如兵，集體地在她的危脆肉屋敲打著，像是她畫中永恆帶刺的荊棘點綴著她周身處處。

直到晨光悠緩漫漫。

她手中的惠特曼詩集正落在詩句：「我溺愛的自己，有許多的我存在著，且都如此甜美動人。」

公園的遊樂園空無一人，那些大象長頸鹿、溜滑梯或者猴子單槓都顯得如此地寂寞：戴著假鼻子高帽子的小丑裝魔術師無聊地自己玩著袖子，飛出一隻鳥或者一條手巾，沒有笑聲的廣場。孩子們去哪了？她想也許都去教堂了，或者被大人關在家裡。這是什麼世界？

她渴望聽見孩子的笑聲，但什麼也沒聽見，只聽見自己的骨頭發出疼痛的扯裂聲。她失去一個孩子，距離她十四歲時在國立預校的禮堂看著她未來的丈夫迪亞哥・里維拉創作壁畫時，她發出的野心雄願要爲他生孩子竟過了這麼多年了，時光流逝至她自己都覺得詫異：這幾年自己是怎麼度過的。

愛的花朵為何荒蕪得如此迅速，她都還沒仔細看好「愛」的樣貌，愛就快速化成刺人心髓的痛。或許孩子可以是另一個等待她給予愛的美麗世界，於是她準備好不顧自己的身體有多麼難以承受一個孩子的可能重量，她只知道唯有「愛」可以承接一切的際遇。就在她準備留下孩子時，未成形的孩子卻化為羽毛，輕飄離開了，僅以血色來告知他的離去。

她再次畫下烙印的血痕，每一道血痕都幾乎讓她喪生——她不以陽光來歌詠生命，但她以陰暗來凸顯陽光歡愉之稀有與必要。

她是以畫面和意象來說故事的高手，她的畫作充滿了敘述的悲劇性與抒情性。但那抒情性的背後是別人難以瞭解的傷害。

迪亞哥不在現場，他泰半不在她需要他的生死現場。他熱情他的功名事業勝過熱情於他的女人，女人和欲望結合，欲望一旦被餵飽，女人就該自動消失。

自她二十歲嫁給他後，十多年來，她歷經很多生死關頭，很多雜蕪荒誕人事，甚至也受邀去紐約有了很成功的畫展，在三十幾歲前，她學到的只是她一心一意想做好「迪亞哥的妻子」，她當時不要聲名，也還沒弄懂唯有擁抱藝術才能讓自己更獨立、更完整這件事。

創作是自我的凱旋，是漫漫長夜的依靠，這樣全面性的感悟遲來，在她生命面臨夜暮低垂時，她熱情地擁抱創作，但上帝留給她的時日已然不多了。

她所處的時代於今看來是多麼地風雲，獨立宣言、左派運動、歐戰、世界大戰爆發……，她在紐約個展上吸引過：「米羅緊緊擁抱我一下、康定斯基大力讚賞我的畫、畢卡索不斷地恭賀我……」她寫給友人吳爾芙的信裡這樣提到，這些人都曾和她交鋒過，何其精彩的時代。此外，她的作品「框架」還被羅浮宮買下，她於是成了羅浮宮收藏第一位拉丁美洲畫家的畫家。

這些光環，卻都還不足以把她從不斷陷進愛的流沙中拉拔出來。

所以即使聲名大噪佳評如潮，或者後來她也眞正擁抱了藝術，但終其一生她都離不開迪亞哥，沒有任何事足以撼動她想要離開他，即使他不斷外遇，且還搞上自己的妹妹，即使她自己面臨流產的病房孤獨與截肢苦痛……，她都愛他，挺他，疼他。只是聰慧如她又心裡怎不明白，她愈對他好，他就愈發遠離自己。她知道他要性自由，他不願騰出他的心房給她一個人獨佔，他的心房擠滿了許多黏液，沾黏著無數的女人肉體。

無法離開永遠比離開痛苦。說要比說不要難受。（說：不要！多過癮；要者，永遠索取且姿態卑憐。）

你沒有地方放我的愛，或者你放我的愛的地方太小了。——我在她的生命現場內心吶喊。

也許芙烈達覺得我不該誤解她心中偉大的巨人迪亞哥。因其一生都無法離開迪亞哥，不管聚或散，他們已是這孤單與醜陋世界的共同體。他們的組合有如生命樹之根，也有如墨西哥那種帶著某種奇異幻覺感的大刺刺色澤，他們走到哪都會刺人耳目。

終年日月穿著墨西哥那特灣傳統服裝的卡蘿，在紐約竟被小孩們追著問：「馬戲團什麼時候到?!」美國婦女們想要學她的穿著，卻穿得像是顆「包心菜」。

就是在墨西哥，卡蘿也成爲眾人眼中的獨特，因爲即使是墨西哥女人也沒有人天天把傳統衣服披披掛掛在身上。

她需要長裙遮住她的缺陷小腿，但毋寧該說她需要這樣的獨特，否則她的生命將枯萎。生命夠多折磨了，誰還能剝奪她裝扮自己的小小樂趣呢。戒指戴滿每一根指頭，閃閃發亮的假鑽石飾品綴滿胸前，長髮盤起如冶豔蛇蠍，兩道連眉如鳥之黑翼。

她有多獨特，就意味著她的內心有多痛苦。她有多華麗，就似乎隱藏著更多的愛之荒蕪。螫刺的愛。愛的另一面是痛，痛的另一面卻未必是愛。

開朗幽默的背後是陰鬱，總是入夜而倍覺孤單。纏繞於頸的血紅色絲帶使夜不醒，使夜黯沉。刺螫般的色澤，高貴的奢靡著夜的氛圍，她說綠色內衣的鬼魅都帶著神秘與瘋狂，窗外的樹影都墜入黯綠的邊緣，她在空白的日記紙頁上寫著：黯綠是壞消息與好消息的顏色。

永遠在事物兩端繫上雙重奏音節的女人。

「綁在炸彈邊緣上的一條絲帶」，法國超現實主義評論家（也是捧紅芙烈達．卡蘿的藝評人）布烈東如此形容她。是時代評論者稱之的帶有一種屬於「孩童幻想似的血腥」特質。

雙重性，她一生都在蝶翼般的美豔溫柔與鋼鐵般的冷酷殘暴中的兩極中度過。

入夜了，她懂夜，整座墨西哥市的女人或許就屬她最懂夜了，因為她失眠，她與夜共枕，遂知夜之深。

墨西哥市的高地寒氣甚濃。霧是此城的視覺迷幻劑，溫差所致的夜霧日日在此屋外的尤加利樹外飄蕩。

雷電交加，陰陽離子在午後碰撞，屋外有些凹地成了小池。有髒有淨，和雨無關，和承接體有關。

就像她和迪亞哥．里維拉的愛一樣。愛的本質依然，但人性易變，愛的大雨流過人們的肉身，它就開始質變了。

她醒著。

傷與慟。

今夜疼痛，延續的是每一個昨夜的疼痛，每一個昨日加起來的疼痛就是她今天的疼痛。此身四處有傷口，從裡到外。

創作者的作品是無盡的夜與下一個無盡的夜串聯成的解剖儀式。

（你懂我的痛嗎？你或許懂，但你無以承受。你的身體已經沒有地方放我的愛，你沒有地方放我的愛。我的愛太大，你給我的空間是過去的，但愛沒有過去。愛從來沒有過去，愛是此時此刻，愛是單純的字詞。我大膽的，猛厲的，純眞的……吐出愛。我聞到你昨天的味道，殘留的她者氣味，那麼筆直地朝我噴出，割傷撕裂我舊有的傷口。爲什麼你一生的雄性費洛蒙額度特別多，彷彿一生都用之不盡似的，多少女人要承接你的露水？你怎能如此？怎能如此？——我這個異鄉人替陌生者芙烈達所叫喊出來的文字，又盡是一些沉甸甸的文字。）

自己就是教堂

坐落在 Londres 街和 Allende 街交叉口的這棟平房藍屋多窗櫺，屋沿綴有紅褐色，入口依然懸掛著她當年懸掛的兩個紙糊巨大妖魔與死神，兩尊芻像相對，飄蕩在行經的入口上空，像是一種提醒：我們正在通往與死神最親密接觸戰友的卡蘿靈屋。

這藍屋外，幽森森的，入夜像是被愛的原子彈所核爆後的廢墟。卡蘿肉體的殘骸只剩下一種感覺——疼痛，無盡的疼痛。這該死的疼痛總是如影尾隨，那要命的愛卻總是飄忽離去。

我在過去卡蘿活動的一帶散步，看著離她故居兩條街遠的大廣場與教堂，企圖還原她穿著傳統服飾在此移步的焦點。她和四周街販一樣是不進教堂，她睥睨目光行走於此，她上下學也經過這些街道，穿越科悠坎鵝卵石街道驅車至墨西哥市國立預校。

她的故居被當地人稱爲藍屋，顏色鮮藍至有種整片海洋凝結成膠質狀的錯覺。高高藍牆是視覺主調，鈷藍色底，成了科悠坎最醒目的大房子。卡蘿日記寫鈷藍色的意義是電與純淨和愛，深藍色是遙遠、溫柔。

卡蘿的故居藍屋顏色依然十分豔麗，大黃色與大藍色。大黃色在她的日記本裡寫道：「瘋魔、病態、不安。陽光與歡悅……」如此兩極的詮釋，像是她的愛情。這藍屋的「藍」是屬於「鈷藍」還是「海軍藍」？她形容鈷藍像是純電的愛；海軍藍是距離，溫柔也有可能是這個顏色。（愛有距離才有溫柔的可能。）卡蘿終於和迪亞哥離婚後，作品開始出現了許多的黃，這是否意味著她的愛已然瘋魔？

每個顏色都各自含有不同的屬性。（就像白色是純淨也可說是空無。）

這藍屋現今遊人如織，慕卡蘿之名者眾。那些如叢林般野性的猴子不見了，鸚鵡也羽化升天，狗兒闕如，貓還有那麼幾隻，遊蕩在古老的原始雕塑與群樹遮天裡。

高高尤加利樹騰空盤繞，龍舌蘭吐露無以言傳的神秘汁液，所有遊蕩的靈魂都回來了。

入口右邊有一座前哥倫比亞時期的小型金字塔，但毋寧更像是座屬於卡蘿的祭壇，女巫卡蘿雙道黑眉如展翅鳥翼炯炯射來，悠哉如夢，曾有的肉身痛苦都凝結在屋內的畫作油彩裡（看到原作讓我神魂驚悚）。

卡蘿的一生實踐都凝結在這間由她匈牙利血統父親所蓋的房子了。

這的確是一間有著藍色魂魄的靈屋啊。

光芒依然從卡蘿的畫作射出對生存意志與死神的嘲弄。

卡蘿的肉身在她還活著時就已然和死掛在一起，生與死彼此為鄰，死是每日她必須交手的朋友。

藍屋光線奇佳，非常熱帶慵懶之感（但其畫作卻又如此血淋淋）。每間房間都有通向花園庭院的窗與門，這些庭院造景是卡蘿畫作的背景也是她生活的眞實空間，那麼鮮明意象的仙人掌，葉脈上的每一根刺恍然都刺向一點光。

一樓通往二樓的轉彎牆壁上貼滿著人們上教堂的「還願牌」，仔細貼近還願牌看，圖像很有生命力。還願牌約兩張卡片大，畫面多是充滿對天主恩慈降臨的感謝，這是天主教過去傳統，得所願望者會委製一張還願牌，送給教會掛在教堂牆面。還願牌是以繪畫表現感謝的內容題旨，近看每一張都是一幅好畫，庶民動員他們全身的感激能量向上帝酬謝的小畫，有著天使降臨人間的美麗樸素光環。

藍屋裡的還願牌是她從教堂牆上扯下來塞進自己皮包的戰利品。

這是否意味著無信仰的卡蘿在脆弱時也依然非常相信還願牌的宗教力量？還願牌幫助一個家族走出傷痛，她當時還不明白這個動作的背後意涵。她只知道自己也想擁有還願牌的力量，但她以繪畫當作她的還願禮物。恐懼和堅韌兩股力量同時並存她的體內，以創造的才能自救自拔。（今日墨西哥仍有還願牌傳統，只是現以生者照片代替了畫還願牌。）

卡蘿明白自己就是自己的教堂，因為只有以不斷地作畫來治療受創的身心，才能有所安頓，繪畫成了是她終其一生無法停止服用的靈藥。

每一回在艱難的芽才冒出頭時，她就趕緊服這帖上帝賜予她命運重生的靈藥，當然無可避免的，這次的靈藥必須趕緊服用，因爲她在底特律流產後，她靈光一閃看見上帝創世紀之指，她在遙遠的異鄉，想起她的祖國，她的教堂，她的所牽所愛，那些集眾人之願向上蒼感恩的還願牌。雖然她不需還願，因爲她一再對愛情和生活失望，但只有一個願望從來不會離她而去，那就是畫畫。畫畫吧，只有畫畫從來不會背叛。

她在異鄉的冰冷床鋪，開始從失望悲傷裡醒轉，她畫下了無緣的孩子，血淋淋地漂浮在她宛如化成碎片的肉身之上。她題名爲「亨利福特醫院」，於是這幅畫就成了她最具有明顯蛻變時光座標的作品。

自此她的畫和民間的還願牌很相像，十足戲劇性，故事的敘述色彩濃厚，暴烈撕裂、殘酷溫柔並置。

我習慣受苦了

她常尋思，假如有一個藝術家（不自覺地）竟然渴望世俗的某種剛剛好（不會死，又不會妨礙到創作）的折磨，那麼背後是否有其獨特需索的深意？

那種折磨最恰當的該是什麼？

應該是愛情。沒錯，她知道，這種痛甚過於她少女時的那種車禍創痛，因爲身體的痛看得見，愛情創傷卻如海嘯，來無影去無蹤，但傷害卻無可比擬。

會折磨你感覺窒息致死，卻又不會眞實進入肉身死亡（除非自裁）的肯定是愛情的折磨。她總是明白卻又做不到抽身，因爲她知道一旦抽身她也等於失根，將等同枯死而亡，那她的生活將成爲空白之地，還有什麼意義呢？沒有迪亞哥，她勢將如秋葉枯萎的屍骸般了。

愛情的折磨會搾乾你的心，使之成爲有如核爆後的荒涼景象。

她要吸引浪子迪亞哥的注意，勢必得不斷地流洩她最無法被其他女人所取代的特質。

這些特質出現在卡蘿的肖像裡，華美絢麗，異國情調，色彩斑爛卻又血肉淋漓。

卡蘿明白她的自畫像有讓觀者不得不逼視的強烈索求，她要人們看見她受的苦，被看見、被注目也是她依存之荒蕪所在。

這被超現實主義布列東所稱的必要「邪惡之美」，邪惡之美具有一種拉拔觀者某根微細神經那難以遏止的不忍又必得逼視的奇特美感，不協調的美，這邪惡的美不具備社會性（所以也沒有危害性），這邪惡的美以一種純屬非常個人的特質流洩而出，邪惡成了無法給予名分的名詞，只能是一種感受。邪惡的美是一種對比矛盾，一種成分複雜難以解析的調和。

她習慣用細筆畫畫，細筆慢慢在空白之地成爲她的痛苦織錦圖，細細的筆卻畫出最騷動的內我。就像她也喜歡鉛筆一樣，很尖很尖的鉛筆，像是從這個尖點之巔就可畫開一片光景殘酷與美好。

她看著鏡中的自己，她時覺美麗異常，時又覺醜陋無比。她筆下的肖像，表情則多是無表情，冷冷靜靜地看著前方，有時掛著一滴淚光，有時頸上刺進荊棘有時環繞項鍊，畫面溫柔的都是那些活在藍屋的斑爛鸚鵡與活潑猴子。無可比擬無可取代的肖像畫，一種自我復原與再生。

超現實主義大多愛卡蘿，最超現實的自畫像是卡蘿的身體變成了被亂箭射傷的鹿，她的頭部長出天眞的鹿角，像是對於血色斑斑的世間一切無動於衷。

卡蘿在當時，是繆思女神又是邪惡女巫的化身般。

她的笑她的痛，最後在每一幅肖像裡凝結成一種自我完成埋葬的儀式感，那些裝飾的花朵都是奠儀祭品符號。墨西哥有死亡街有死亡節，死神舞踏前來，人們面對死神如面對日常，「我已經習慣受苦了。」卡蘿女巫在祭壇上大笑著，傷心和痛苦都可以刺激她作畫，如果能夠把痛苦轉化成藝術，苦痛似還可承受了。

傷心沮喪挫敗與熱愛成了刺激與驅使卡蘿去作畫的能量，只有不斷地作畫才能鑿開生命的出口。

她在那幾乎致命的車禍意外與老公迪亞哥的愛情不斷失望破碎後，她早早明瞭這世界只有她的痛苦是屬於她自己的，其餘都是不屬於她的。墨西哥的土地乾旱裂縫一如她的情愛撕裂與身心切割，痛苦吞沒她也吐出她，她藉此獨有的痛苦過程認證了自己是誰，痛苦於是也可以是一條出路。

她知道其死後該會知名在世，但她不知道後代許多人如此輕易地將他們自己依附在其身上，藉著她來發光。

其實當時她是既愛自己又畏懼自己的。

有後人來到卡蘿的藍屋，冥思發問——迪亞哥．里維拉，你可還記得你妻的疼痛與淚水嗎？當你躺在別人的床上時，可否有片刻想起你的妻，你這個以藝術之名卻不斷餵養情欲的肥胖無可救藥的性動物。

你說你和別的女人上床就像喝水，沒什麼。可不喝水，你不渴死了？

（燃起艾草，我以艾草除障若干時辰了，整個屋子的樑柱燻得如黃土地。這來自芙烈達床枕共

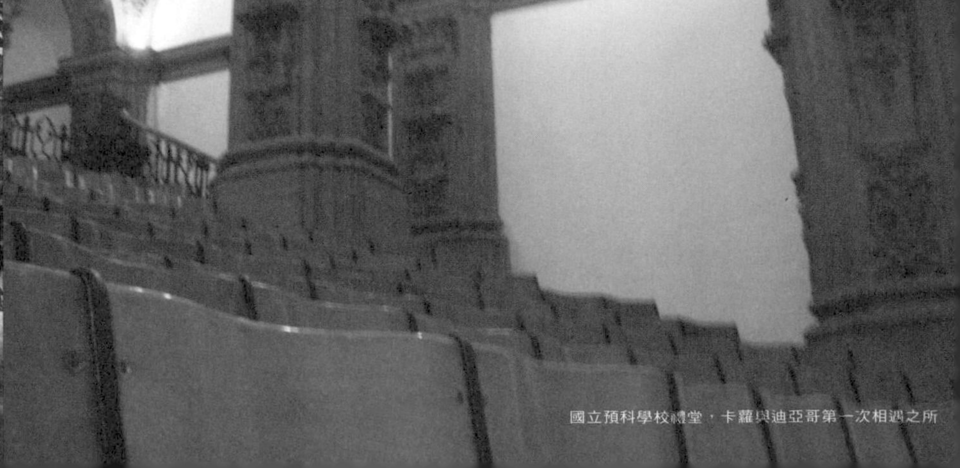

國立預科學校禮堂，卡蘿與迪亞哥第一次相遇之所

藍屋外，幽森森，入夜後像是被愛核爆後的廢墟

黨偶像的毛澤東曾廝殺擄掠過的西藏艾草，把我帶領去了在芙烈達眼中遙遠而神秘的東方。當我想起要述說芙烈達時，我點燃艾草。這味道帶著大麻的幻覺氣味，說是除障香，「除障香」帶著超現實之感。）

迪亞哥是魔鬼黏，女人一沾即黏，女人雨露均霑。芙烈達像是得了愛的僵直性脊椎炎，對愛的沾黏性特別強。

迪亞哥讓她的生命更孤寂，更增疼痛，她且因爲深深愛他而把自己弄得卑微不堪。

「我畫自己是因爲我經常孤獨一人，因爲我知道最清楚的對象是我自己。」她說。

迪亞哥以不斷出軌而成就她成爲一個傑出畫家。其路徑殘忍，但其結果卻超越美麗。

自畫像是一種自我凝視，世人所以爲的自戀她當然也是，但她的自戀隱藏更多的自殘，自戀其實也是一種自傷，因爲暴露自己也是一種把自己的傷口挖開再交出去給他人觀看，那需要一種不斷切割自己的勇氣。

愛有雙重性。

一如卡蘿的身上流的東西方血統，母系的墨西哥印第安與父系的歐洲陸塊。性格的雙重性，獨立又渴望被保護，野性又細緻，……使得卡蘿也以此迷人。美麗的臉孔下是傷痕累累的肉體，此又是強烈的對比。

就像她最著名的畫作「兩個芙烈達．卡蘿」：一個完整無傷，一個碎片帶傷；但彼此臍帶相連。就像她和迪亞哥即使後來離婚了，但也還是生活糾纏難分。

「兩個芙烈達．卡蘿」後來被墨西哥當代美術館收藏，我有幸在墨西哥當代美術館看見這幅畫在我眼前發亮。這約有一百號大的作品是少數卡蘿的大幅巨作之一，這幅畫作可說是奠定卡蘿在拉丁美洲藝術史與當代西方美術史舉足輕重地位的關鍵作品。

「兩個芙烈達．卡蘿」是肖像畫的大突破。

離婚後的卡蘿心碎的或許不是關係的告別，而是再也無法自欺欺人。畢竟離婚戳破了她對愛情的幻象。

我在紐約現代美術館非常仔細地凝視著芙烈達離婚後最強烈的一幅作品「削髮的自畫像」，慘烈的芙烈達髮絲如屍體掉滿地，長髮是她最美麗的標記，她卻讓它成爲自身殘缺的一部分。且不再穿著她深具特色的那特灣服裝（她終年穿此傳統服裝除了爲了標榜自己的獨特外，其實也因爲迪亞哥十分喜歡她這樣的穿著打扮），她穿西裝，回到她體內本有的「男身」。我覺得那個二十世紀初與中葉的創作型女子似乎都喜歡「雙身」，這也意味著一種「時髦」。

「削髮的自畫像」很小幅，若不是親眼見到眞跡，會以爲是一幅尺寸很大的作品，然其實除了「兩個芙烈達．卡羅」外，大致上芙烈達的作品都不大。處理細節愈來愈精細，感情卻愈來愈撕裂了。這幅作品的自我形象完全迴異以往，那作爲拉丁美洲女子驕傲的核心——美麗的黑長髮全帶著血跡地散在地上，蛇蠍美女再次畫成短髮的男性，芙烈達的神情茫然，嘴角卻有點嘲弄似的冷酷。過於寬大的西裝外套與皮鞋襯著她的臉極爲瘦削，沒有精細的化妝了，也沒有閃閃發亮的戒指。

失去愛的聖召，她猶如浪子，她又重返未遇迪亞哥少女時光的中性特質。十八歲時（在發生車禍前）她曾在家族合照裡短髮掠在耳後、穿著西裝照留影，當時那肖像是那麼地不馴，成爲整張照片的焦點，支配著我們的目光，使其他人都黯淡無光。神色君臨天下，叛逆而堅毅，發出巨

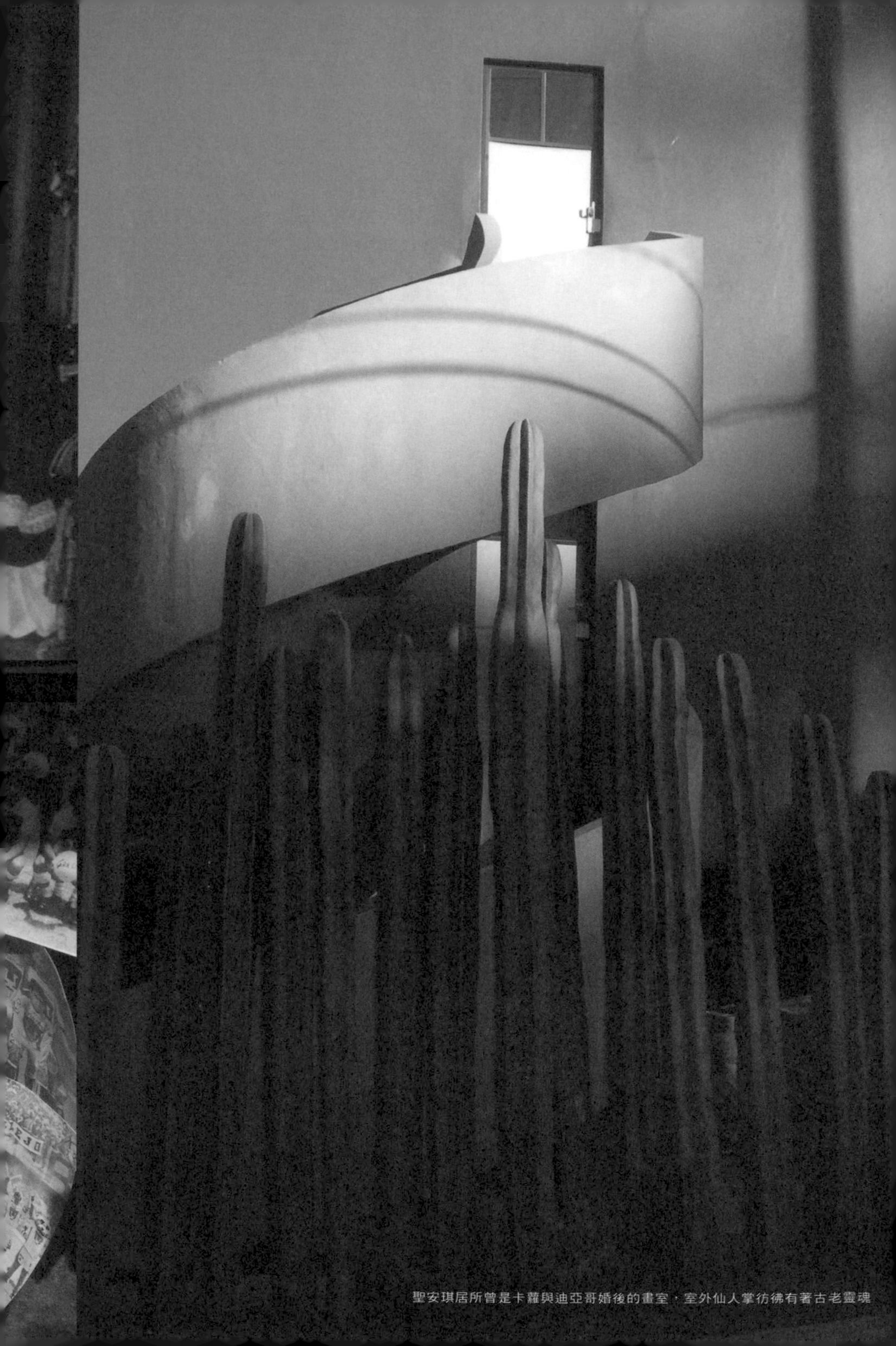

聖安琪居所曾是卡蘿與迪亞哥婚後的畫室，室外仙人掌彷彿有著古老靈魂

卡蘿與迪亞哥，在墨西哥人心中永遠是藝術與愛的象徵

大的磁場魅力。

而「削髮的自畫像」重返那個穿西裝短髮的自我，神色卻是一隻受傷的小鹿，在愛的迷霧森林裡不知所措。二者對比，讓我感慨萬千，在畫作前凝神思索關於男女之愛的魔力與非理性。

藍屋餐廳後院邊間被放在地上的書皮有的已被蟲蛀囓咬，橫屍多時，然紙頁裡面卻仍光滑白皙。她在生病時，常躺在白色床枕上孤寂地看著窗外泥地上的一圈凌亂水漬，水漬從高處墜落噴灑的狀態，有如是墜樓者之屍。

（再次，我明白你中毒的是你對愛情的姿態。你的才藝誘人，但於今我思之才藝爲何，忽忽明白其才藝並非是用來對生活的研磨推敲與精進，也非對造物主的禮讚，有的人的才藝只是一種炫技，是用來把馬子用的，是用來作爲一種生命舞台的妝點，是爲了獲取某種注目用的。）

卡蘿感到很疲憊。她想要進入藝術的深海，勢必得撇開這一切的目光炫惑，她得專注才能潛深。她得放掉不適切的婚姻忠誠與妝點她的驕傲的過多名相讚美。

（創作者常可憐地陷入自我對立矛盾的廝殺坑洞，鎖在自己的孤獨王國過久以至於只要外頭一點風吹草動或者批評的中傷即感到自我化爲碎片；然過多的讚美卻亦成爲阻絕進步的幻影。）

難道卡蘿需要像迪亞哥這樣的男人來妝點她的擁有？不需要，一如她不需要他人的讚美或激賞。

但她需要愛，眞愛，超過一切的一切的愛。這人間浮世男女還有如此這般的生死之愛？

或許卡蘿在年輕時曾如此地狂傲，她曾高估了關於迪亞哥的情勢，包括她高估了自己的心之容量。

女人的心容量低，擁有同一個男人的女人若相見，彼此若不揮刃必然是對應如冰山。

卡蘿忘了妒火早已在心中儲存了火藥，燒愛之山可說是一燒即燎原，難以收拾。除了那場導致後來終生使她病體不斷的致命性車禍外，迪亞哥也徹底成了她生命的最大意外，愛情與心的搏鬥，簡直就是直入生死場。

愛，是人生的一場大意外

該怎麼述說芙烈達．卡蘿？關於妳自己的另一個苦痛的切片？

歷史的關鍵性回溯，很快就會閃亮一個致命的紅燈，愛比車禍更可怕，看看這些話：「我需要你就像我需要空氣來呼吸；我寧願失去任何事物也不願失去你。」卡蘿曾對迪亞哥這樣說。（那時的迪亞哥不僅外遇不斷，且還說為了不傷害卡蘿因此要求和她離婚，而卡蘿卻對迪亞哥這樣說。）

所以卡蘿和迪亞哥的愛比那場使她傷殘的車禍或可說更可怖。

但設若沒有這場車禍，她將成為一個普通人，也就沒有後續生命連串的驚奇。那些可怖的碎裂傷口，全成了美麗的烙印，向上開出豔麗非凡的花朵。這再次讓我思起滿街懸掛在入口處的耶穌十字架聖殤像，耶穌假使沒有被釘在十字架就無法顯示祂的可貴犧牲，那是為了對襯世人醜陋之心而似乎朝必然發生的某種傷痕。

「芭蕾伶娜！芭蕾伶娜！」有人對著淌在血泊與金粉奄奄一息的女生脫口如此喊出，這女生不是垂死的天鵝，而是美麗的芭蕾舞者。「一根扶手如劍般地刺穿了我。」鐵製扶手整根穿過她，衣服隨著撞擊而成碎片，裸身的血泊少女，正好有畫家倒了她一身的金粉顏料。

根據當時和她同車的同校男友阿瑞阿斯難忘的記憶所描述的是，他看見紅色的裸女卡蘿全身沾滿金粉時，他以爲「她是來自另一個世界的人」。

卡蘿從今而後，果然是來自另一個世界的女人，她的暴烈殘酷的畫之意象，她那傳奇愛情（雙性）與名人圈生活，她那恆是裹著華麗傳統衣裳的傷痕肉體……不就是來自另一個世界的非常態樣貌。

但車禍之前，卡蘿還是十五歲女生時就見過迪亞哥了。一九二二年，迪亞哥已是墨西哥最負盛名也已是世界知名的畫家，他受邀至預校的禮堂作壁畫。迪亞哥剛結束歐洲十五年的旅居生涯，預校的這件壁畫作品將是他首次在故里公開之作，那時迪亞哥已三十六歲。小卡蘿常蹺課，偷進禮堂盯著他作畫，一看就是好幾個小時。

「爲迪亞哥生個小孩將是我唯一的野心，有一天我會這麼告訴他的。」卡蘿偷偷向好友艾琳娜傾訴。

「天啊，卡蘿，他看起來噁心，又腆個大肚子，我看了他的長相就害怕。」艾琳娜說。

「不，他看起來溫文聰明又睿智親切，我會幫他洗澡，幫他打理乾淨的。」小卡蘿的夢在當時就已經植栽在她的生命厚土了。

我進入墨西哥市國立預科學校舊址，已經變成博物館的預校舊址，是個建築典雅之地，建築走廊的壁畫是學校的特色，在午後斜陽輝映下，那些壁畫似乎都鑲上一絲絲可喜的光芒。校方特別允許我進入大禮堂參觀迪亞哥的壁畫，爲了保護壁畫的色澤，光線調得極弱，必須瞪大目珠方能見清細節（拍照當然就更不允許）。我退後至禮堂的木椅上，讓想像還原時空——我是小卡蘿，看著心儀的畫家埋首創作。終將結合的內我願力，把二者緊緊牽繫一起，念念不離。

步出國立預校舊址建築大門，迎接的即是轟隆隆的喧囂人聲，預校外的街道不及一輛小卡車寬，小販夾道，遊人如織。此是墨西哥市的核心，街道旁是沿街而立的老牆，可以見到阿茲特克遺址聳立一隅，被圍牆環繞。從預校往左前方走，是傳統市集，逛之不盡的攤販繞著幾個區域維生，四處是玉米片的氣味。賣卡蘿翻拍照片的海報攤吸引我的步履駐足片刻，卡蘿T恤和革命者切·格瓦拉的肖像被夾在尼龍繩上。幾個小孩抓著紅色超人和黃色皮卡丘氣球，映著後方的古老帝國況味，讓我不知今夕何夕。

若出了預校舊址大門往右方走，將會再次穿過墨西哥市最大的廣場，以及墨西哥市最熱鬧最時尚的街道環結而成的區域。穿過幾條街，來到卡蘿的車禍現場，現在依然是熱鬧之區，還是到處可見的小販林立叫囂，分貝驚人。許多衣物都已是中國貨了，「全世界都在因爲中國崛起而受苦。」墨西哥中產階級者這樣告訴我。他說中國人眞厲害，全身帶著幾包物品就跑來墨西哥做生意。

卡蘿的時代呢？也是嚮往中國的，因爲左派正興起，史達林、毛澤東成爲他們的英雄。參加左派運動與共產黨似乎是一種精神的「時髦」宣言。

十八歲這一年，一九二五年生命開始大轉彎，她在醫院中，母親爲她訂製一個畫架，讓她無聊時可以拾畫作樂，未料這讓她興起了從小就掩埋在體內的藝術熱情。出院後，她也沒再進學校，本來想讀醫學系的女生自此栽進了藝術的調色盤。

她拎著在病中所繪的畫，大膽地拿著畫去見正在鷹架上畫壁畫的迪亞哥。在高高鷹架上創作壁畫的迪亞哥，被卡蘿兇兇地叫下來。肥肥的迪亞哥和藹地看著眼前這個小女生，他什麼女人沒見過，所有的女人一旦被他如解剖刀的眼神盯上就意味著將要獻祭給他的純粹肉體饗宴了。

「我可不是來聽你恭維我的話，我期望聽到的是眞誠的批評，我不是藝術愛好者，也不是業餘畫家，我只是一個必須工作來謀生的女孩。」卡蘿壓抑住想聽到讚美的雀躍之心，卻又害怕聽到教她驕傲之心所無法忍受的眞實評語。

「就我來看，不論外界有多麼困難，妳都該繼續畫下去。」迪亞哥說。

卡蘿給迪亞哥家裡住址，邀請他到她家看她的其他作品，迪亞哥答應了也前往了，這一去，雙方卻從此沒有離開彼此，他們的生命線自此糾纏難分。

墨西哥美術藝術史認爲迪亞哥最大的藝術貢獻除了將藝術歸還大眾與社會化外，其中的貢獻還包括迪亞哥開發且提拔了卡蘿的藝術潛能天賦，使他們雙雙成爲墨西哥的藝術經典傳奇。只是有時候我們會問，究竟我們要幸福生活好平凡度日還是要盛邀人生的苦痛來成就藝術的溫床。苦痛若能提煉成藝術，那或也是一種「無形」之幸福（雖然當時或無法察覺這種不幸黑天使降臨的用意）。

一九二九年，他們結婚。女方：卡蘿二十二歲，初婚；男方：迪亞哥四十四歲，第三次婚姻。男方又肥又高大，凸眼厚唇，喜歡眾人瞻仰他在鷹架上作畫的樣子。女方身材瘦小，面龐細緻，作畫時只喜歡獨處。

她把他們自己擬稱爲「大象與鴿子」。

她天眞以爲愛可以改變迪亞哥那天生漂泊與沾惹女體的習氣，但沒有，愛從來就沒有朝這個方向發生，愛反而朝自己的方向邁進，她改變的是她自己。迪亞哥從來就是迪亞哥，卡蘿卻自此成爲自己的腐朽與不朽。

很多年後，她才明白：他有聖安琪的鑰匙，他要回家自己會回家，不用妳求他回家，不用妳求他愛妳。

求來的東西，不值一毛錢，且還會被自己鄙視。

或許我們都該感謝那讓我們受苦的際遇與人。只求人生皆順，不僅不可能也是一種趨吉避凶的媚俗。

劫後餘生者，會視生命苦難爲生活的一部分。

大雨驟停，我沒什麼好說了

也許有意讓自己也外遇，但反之也可說卡蘿自身就具有絕對的魅力使然（特別是離開她的祖國，她就成了十足異國情調的嚮往符碼）。她在紐約的一個早晨，遇見了她一生中維持最長久的外遇關係——慕瑞．尼克。

這場戀情以狂熱開場（每一段感情卡蘿都是以如此熱騰騰的熾愛開始，這倒不足爲奇），但奇的是結尾的男女雙方的寧靜。愛上慕瑞卻無法終止她對迪亞哥的深愛，她仍無法離開他。但她又深受慕瑞的吸引，要命的是難以說「不」，最後是慕瑞對這場愛情說「不」，因爲慕瑞愛上另一個女人且很快地和對方結了婚，這讓卡蘿的新希望再次被愛撕裂成傷。

慕瑞寫信說：「卡蘿妳是一個很棒的人，妳是一個很棒的畫家，我知道妳會克服這一切，我也知道我傷了妳的心。我會盡量地用我最大的友誼來療妳之傷，也期盼這份友誼對妳一如妳的友誼於我之重要。」

男人眞不懂女人啊！卡蘿看了這信，十分難過。

稱讚女人的才氣竟然不如給她一個愛字，女人在這個時候棄才氣如敝屣，因爲才氣讓她必得僞裝堅強。而「友誼」，女人在還愛一個男人時，深怕男人丟這個字眼給她，此時的「友誼」聽來十分刺耳，一點也不友善。

也因此驕傲的卡蘿平靜地回信且以道別之姿（她表面維持友誼，心裡壓根兒是要訣別的），她寫道：「現在我對於和你的一切已了然於心，僅此僅此，我想我要以最好的言詞來對你說：你理當應得生命最美好的事物，是要最最好的，因爲你是這個醜陋世界裡唯一那麼幾個對自己誠實的人，此是最重要的。我不知道自己爲什麼會對於你的快樂而感到自己被傷害了，墨西哥女人（如我一般）對待生命的模式有時也是夠愚笨的了！但你是明白的，我相信你會原諒我愚蠢的行爲。不管如何，你當知道無論我們生命發生了什麼事，你都永遠會是我在紐約那個某日的清晨所遇見的尼克……」

卡蘿以「退」爲進，訴說自己的悲傷又責備自己的小氣，又請對方原諒。這封信最堪玩味的是，她要慕瑞把她爲他製作的小墊子寄回，且還希望他不要和他的新女人去他們共同旅遊地——紐約的康寧島。並希望取回以前寄給慕瑞的信，「因爲我想你留那些信是沒什麼意義的。」卡蘿寫信時得知慕瑞已經結婚，於是在長長的道別信末，她又大方地寫道：「我沒什麼好說了。我希望你快樂，很快樂。」

被愛抛得遠遠的感覺很不舒服，像是一個電腦少了驅動程式，心與肉身都會暫時失靈，一切將因擱淺而變得難以承受。

對於一個知名又有才氣者，將更難堪。（因爲她以爲知名和才氣可以爲她的愛增溫，但這也是一種大幻覺。才氣有時是女人在通俗愛情故事裡的阻礙與難題。）

卡蘿書致左派情人托洛斯基（一則擬仿者的假想書寫）：

親愛的托洛斯基：

當我想起要述說你時，雖然我們永遠只是好朋友，當好朋友就可以無話不說，一旦介入某種關係反而得躲躲藏藏，眞奇怪，爲此我怎麼樣都不願意轉化我們的關係，雖然女人在感情生變時最容易隨便找個人靠行，而我是你當時的慰藉，我知道，但我喜歡述說你甚於擁抱你。

我現在躺在一張二手的沙發上，突然和迪亞哥的一些事跑了進來。我管控不了意識，就像我常沒辦法和迪亞哥做愛一般，他的那些女人的臉孔會突然跑到我的眼前。

同樣是墨西哥仙人掌似的土地氣味，乾燥的野草味，不遠處隱隱有著小畜小獸氣息的，只是我的枕邊人偷偷換了你。來自寒域的你，以爲左派可以救贖窮人的你。

你的理想與革命熱情讓我想要靠近你，好取點暖。（或許你會認爲我靠近你是爲了對不忠老公的報復，但這只有一個事實就是我靠近了你，你也曾張開雙臂靠近了我。）

你拘謹，拘謹者沒有大壞大好，所以也沒有暴烈與激情。不若我的迪亞哥，暴柔於一體，他的愛情有毒液，一旦鉤住了，總得纏繞一生還未必能逃脫或求得解藥。然也像某種病毒，發病劇痛，一旦得了終生免疫。於今我常自嘲，再大的愛情波浪我都不會暈船了，再毒的愛情毒藥也毒不死我了。（其實我的幽默不過是一種對外的保護網。）

何況我自己就是個帶毒的花朵，我是這人間苦痛的凝縮。

我聽著你說話，科悠坎你的新異鄉，這裡有鋪滿鵝卵石的古道。自此你聽不見挪威海口的波濤洶湧，挪威政府驅逐你出境，而我們成了你的唯一庇護。

我對你尋道而來，我聆聽你，面對你這個可愛又優雅的小老頭子。戴著金細絲邊眼鏡的知識份子，想要實現左派共產理想的你。

我見不得光的情人，你知道關於女人夜晚的淚水嗎？

你有妻，我有夫。但我即將離開我的夫，但卻也知道你不可能離開你的妻。

男人總是世故。女人總是天眞。或者相反。

藍屋夜晚很涼。

古老石牆上長年被我點的燭火燻出了一張老臉，臉有多老，我和迪亞哥在一起就將有多長。我知道我終其一生都離不開他，他是我的美麗詛咒。

燭火是黑夜我和他唯一的光，我們醒來天已昏黑，燭火取代了日光，我和他蒼白如吸血鬼，鼻孔發黑，兩道黑水，吸了過多的尼古丁焦味與二氧化碳。嘴巴吐出的痰是黑的，下體吐出的液體也是黑的。

我的心淌血，但外表上這心看起來不是穿著黑衣就是套著白衣，在滿月時分，山城有霧，使得我們的肌膚裏上一縷會灼傷人的玉石月光。然而藍屋的伊甸園不再，蛇卻繁多，有欲望就有蛇。

我想蛇是愛欲的舞蹈所帶來的訊息，凡有靈者都來沾染牠所撒下的黑氣血色。

墨西哥蛇很多。你沒見過的爬行性動物，你沒見過的動植物都在藍屋裡現身，猴子常入我畫，還有鹿與鸚鵡。

鸚鵡聽說是印度愛神的傳信者，但藍屋的鸚鵡不傳信，牠們只是無辜地看著人來人往。

我好像每天都在爲自己舉辦死亡派對，在畫布面前爲死神舉辦盛宴。

總是，天明前夕倒塌如死屍，天暗以前起床如精靈。

我和迪亞哥的個性是天生會起火，起大火，再濕的木頭他都可以煽動一星點餘火。就像再冷漠的人，他都可以為我跳上一舞，帶我到天上帶我入冥府，帶我旋轉，如蘇菲舞地旋轉，許多人在那一刻都有一種幻覺（當時當然不知那是幻覺），覺得自己突然望見自己的往事深淵，忽忽掩面泫泣，若這時他要女人脫光，當他畫畫的模特兒，那女人的靈肉就都淪陷了。

火光煙霧一開始就像酒精易讓人恍惚迷離，然一旦火愈燒愈熾，就不是迷離浪漫，而是疼痛毀滅。燒得片甲不留，卻無法成為鳳凰的大火，灰燼只讓我往後的生命不斷地發嗆，嗆咳，永遠也治不了的嗆楚。

我不得不說，我當時確實是被深深吸引了什麼而逐漸又遺失了什麼，起先的吸引是看見了逐漸石化的自己，但之後確實失去了自己。這究竟是怎麼回事？倒有點像是靈修者的經驗。起先靈魂戰慄感激涕零，接著忠心耿耿不離不棄，再之進入所欲宣揚的客體之愛的所有細節，一旦細節被陳述後，開始的是無盡的循環，再也沒有新鮮事了，曾經讓我忽感涕零的他者突然失去了魔魅力，感情大蜘蛛已將迷惘全面拋下，掙脫已難。

掙脫要靠一種事件真實發生的推動。男女之愛本身具有忠誠與背叛雙性特質，我們信奉宗教就是為了守住人性常跳票的忠誠。

我的路徑荒蕪蔓草失去了辨識的方向。我無處可去得感到發慌哩。我只知道我想離開這讓我痛苦的人生。離開所有的聯繫系統，開始所有舉目裡的一切熟悉襲擊。

我想到了你，雖不常見面卻足以餵飽我的你，我所仰望的你，但我對你沒有許下任何願望。

我就是我的所有者。我的本能就是我的道德，你要見我，你得先丟掉所有的包袱，然後才跟得上來。

但你能嗎？

你的新家習慣嗎？

墨西哥但願能庇佑你。

你的愛人同志芙烈達上

痛苦淬鍊在畫布上

新戀人慕瑞和另一個女人結婚，她卻和迪亞哥離婚。迪亞哥在信中寫道：「我們之間每況愈下，愈來愈糟糕，某天晚上我一時衝動打電話請她點頭答應離婚。……這回卡蘿卻一口答應，我的『勝利』很快成了一種內心的折騰。我們結婚十年，依然還彼此相愛。但我僅想自由地和吸引我的女人交往，芙烈達並不反對我如此的不忠，但她不能理解的是我挑的女人她覺得不值得我去追求，或者不如她？她認爲因蕩婦而被我拋棄是對她的一種侮辱。但，由她來規定挑選的標準，不就是在限制我的自由嗎？或者我只不過是個受自己欲望支配的受害者？……我們分居的兩年裡，芙烈達畫了她最好的一些作品，她將她的痛苦淬鍊在她的畫布上。」

男人以爲離婚可以解決問題，女人卻返視自我。她發現自己只剩下那一身拋之不掉的病痛和聞之可喜的油料與畫布了。

她搬回父親留下來的祖厝科悠坎藍屋，獨留迪亞哥在他們的婚姻地——聖安琪。

在墨西哥市，我十分喜歡閒走在聖安琪區域，歐化井然且美麗，包括卡蘿與迪亞哥在聖安琪的房子也讓我很喜愛，比我身還高的仙人掌成排林立，仙人掌的野性極其渾厚，背後襯著現代幾何線條的建築，十分搶眼。

聖安琪是他們婚後的居所，卡蘿搬離，也是一種宣告生命自此與迪亞哥開始切割。但事實上，他們的命脈血管早已互通，複雜纏繞難以抽離。（卡蘿當然知悉，但她需索獨立姿態與尊嚴。）

卡蘿不能理解爲何迪亞哥挑的女人都讓她難以忍受，她不明白她太優秀了，男人卻不需要才氣的女子，他只泅泳在欲望的潮水裡，任憑卡蘿的愛失溫失怙。

卡蘿其實也不是不能理解（她何其聰明），她不願理解，因爲理解代表著妥協。

不，不是可能是一定得非常勇敢地度日，不斷地得作畫作畫，那是僅剩的唯一擁有，她在外境與愛情不斷的幻滅中，一再地提醒著自己。

此時此刻此境此所只有她自己和自己的影子參與這個療程，若還有什麼就是無數千帆過盡如海底燐光的片斷記憶與這藍屋裡的孤寂。

藍屋已成了愛的蠻荒之地，屋外有她深愛的鳥群與猴兒，天還是藍的，牆還是藍的，骷髏頭四處隨風飄蕩，她不畏懼，但卻感到十分的孤獨。

藍屋已四下佈滿了荒涼的氣息。

有著黑牡丹般的蜘蛛在牆角爬行，有各色花紋的野貓從她的眼前闌珊而過，也有許多野狗結伴來偷覷她。

她把自我從和迪亞哥結合的房子裡隔離開來，同時也隔離了一切的他者。她離別人的屋子很遠，但黑夜裡仍然傳來人們的呼喊聲，教堂餐廳公園市集……集結著人氣所釋出的音量，從心的虛谷中兜過來又彈回屋壁。

正當熱血的印第安人在市集上跑前跑後爭來爭去的表演著原始舞踏時，她聽見呼喊的音量被夾帶，音量被人攔帶，在她的耳膜裡前後移動。

好像世界都在移動，唯有此端的她擱淺——動彈不得。她的心飛翔在畫布，但她的愛與身體都動彈不得，一稍稍彈動就有如被火燒傷地刺痛。

思緒遭到音量打斷，她停下畫筆，把耳朵傾向那個聲源方位，她覺得自身的死寂周遭竟是生機處處，透過那些藍屋外的人生熱情，她知道縱然離開了迪亞哥，但她並沒有死，她還活著，她的畫作將凝結她一生史無前有的最大能量。（她的畫作從離開迪亞哥後突然大躍進，且她也開始正視自己是個畫家的事實，她不再屈從附屬於「迪亞哥妻子」的名號下。）

自由流動的色彩，自我剖析的誠實凝視，細膩的筆法與獨特顏色和巧思佈局，卡蘿漸漸迎接一個新的自我，新的卡蘿以藝術之姿和人照面。（包括迪亞哥，他驚訝於卡蘿的作品深度，他暗暗知道將來卡蘿在歷史的名，將遠超過自己了。）

荊棘繞頸（如耶穌頭戴荊棘的聖殤像），臉、胸、雙腳與眼睛流動的紅色血管與跳動的筋脈……（唯獨手是完整的，畫家需要一雙唯獨完美的手來作畫），她那恆是帶傷的作品被藝評人稱爲「有意的瘋魔」，一種帶著省視傷口的自我「鑿痕」（而非是在一種完全任情緒流洩的自動繪畫）。

在藍屋，我特別流連在最具超現實意境的「小鹿」畫前，這張圖眞實地擺在我的目光前面，深深地撼動著我。

卡蘿化身成小鹿，身爲鹿，頭卻是她的肖像。中箭的小鹿受傷很深，四處是流血的傷口。箭依然深深刺在鹿身上，絲毫沒有要掉落下來，小鹿卻依然昂首，苦痛的傷口，卡蘿表情張著大眼冷冷地看著觀者。森林幽境，卻出現一條通往幽微藍天綠海的小路。

愛情的失去與婚姻的挫傷，親情的背叛（丈夫迪亞哥竟然與妹妹克莉絲蒂娜偷情），這種種的難堪沮喪，讓卡蘿再次回到自己的畫布面前，畫布就是她的禱告室，聆聽她的一切人世苦痛。她本身就是痛苦的代言，但這痛苦卻也幫她找到了她自己。那麼痛苦算什麼？痛苦她開始可以嘲笑它且轉化它。傷心也可以是一種刺激作畫的媒介，如果我們不願意對它妥協的話。

因此不論是出院後的悲慘狀況或是愛情受挫後的回歸，她仍然總是急迫地對自己說最想做的三件事就是：「畫！畫！畫！」

她畫下她的眞實，別人卻說是超現實，她非常不能忍受。於是她再次說自己是寫實的，「我從來不畫夢，我畫的是我自己的眞實。」她只是畫，畫她的生活，內我與外境的對話，畫既是她的生活與自傳，又怎會超現實？她認爲自己扎根現實。

「我是卡蘿，不多也不少的一個個體。」她說。

她畫她的眞實，卻被歐美稱頌爲不可多得的拉丁美洲「超現實」。但這眞的是她的眞實！因爲她是如此地出生又入死，入死又出生。她的愛欲與傷慟，她無從躲避，她面對，且嘲笑。

「死神，是一個玩笑。」她吃著骷髏頭麥芽糖挑釁地說著，她連病房都如其畫，裝飾著許多大量的花朵與紙剪的白鴿等等。

藍屋入口懸吊的兩個巨大的紙糊死神也隨風飄蕩著，所有路經藍屋的人，總是會停下那麼一會地望著死神一眼，「紙糊」也是一種輕盈地面對死神。

預知死亡，每一刻都在死亡的入口徘徊，這種如幽影的揮之不去，恰恰成爲她藝術所需要的厚度，也就是說若無死亡的時時威脅，她的藝術或許將單薄而成了只是自我的戀影幻象。

此或許可說藉著畫布的「假」來畫人生的「眞」。（藝術本來就是一種藉假修眞。）

這藍屋打從卡蘿父親就有的大房子，烙印著卡蘿從出生到死亡，她所有的愛與傷痕都在這裡了。

藍屋像是知道往後會為主人發亮似的，一直保有它原始的熱情樣貌，但我像隻貓般地東聞西嗅，卻又覷到在角落的荒荒氣息。

卡蘿、卡蘿有上過市場嗎？（在巴黎沙龍受盡知識份子的惺惺作態時，她曾說她寧可回到墨西哥市場去賣玉米片。）

應該沒有。

在藍屋，廚房極大，我看著被塗得十分豔麗鵝黃的廚房感到一種極其墨西哥式的國度色澤，卡蘿對於黃色包含著瘋狂與歡樂的兩極感受，我毋寧覺得她在廚房裡是歡樂的，是陽光的。鍋碗瓢盆懸吊牆壁，是隱含盛宴的時光證明，我恍然聽見昔日杯盤相擊之音。

我在卡蘿的藍屋廚房，想起自己的廚房，家裡最常被我荒廢的廚房，總像是墜入無米之炊的光景，當爐火轟然燃起時，通常是因為有愛，有愛有了食欲；有愛想要以火烹煮所有能煮欲煮的食材。

但大部分時光，廚房都默默地成為我家的一個裝飾空間，最少被踩動之地。

買的魚曾多次在恍惚狀態裡端然被擱在外頭案上而被窗外躍進的貓兒瞬間叼走，也曾多次買回的肉被社區野狗啣去祭牠們的五臟廟。

我總是在那段失落的時光裡茫茫然，掙扎著從魔境與魔鏡中爬起的顫抖中，我看見我未謀面一出生就死去的哥哥。村人說我可能是他重新投胎轉世的。為此我的女身裡總有個男身，早年我的嘴唇上方還有短短小鬚，我的眉毛也連在一起，我以爲是男身的荷爾蒙作祟，但母親卻說那是美人才有的，姨也對我說，深邃的美人唇邊都有些短鬚濃眉。

隨著年齡，也隨著修剪，我的濃眉不再連一起。

我消失了卡蘿式的濃眉。

日記是夜暮低垂的傾聽者

卡蘿，她不修剪她的生命岔枝或擁擠。她強烈需要這般的特色。她不低調，她很高調。帶傷的鹿在愛的森林被獵捕，她仍昂首。

創作者一方面渴仰愛神的珍貴寶劍，一方面又希冀自己命運受際遇之神的眷顧，但往往是二者都難降臨。創作者還能爬回自己的創作黑洞者誠然是無比之幸，許多人就在還沒爬回自己的黑洞前即敗北，甚者自殘。

男人只是無法成爲她想要的樣貌而已，他也只是企圖作他自己，就像我們的書寫最後還不只是爲了完成自己，哪裡還有什麼愛情無價可言。

她寫日記，或文字或塗鴉，那更接近沒有修飾的原型。

卡蘿寫的日記帶著神遊者的夢幻扭曲感（有可能服用過多止痛劑而產生的視象幻覺），生活點滴的苦痛哀樂全在不需要向世人或藝術史交代的日記裡，她的墨水浸著大量血的氣味。

「我尊重墨水的意願。」她說。

有人遂幫她更正作品風格：「她不是超現實主義者，她非漫遊在夢的感官意象裡。」

「你從我身邊被偷走，我哭著離開。……他是個風流鬼。」日記是她另一個別人見不到的更眞實的東西。

我非常同意這個觀點。所謂的超現實，其實也是一種現實。卡蘿的日記風貌和其油畫作品處理的是非常，特別是日記簡直無線條的細微，細節不在水彩顏色裡，細節反而在文字的墨水裡。日記不需求他人的理解，因爲日記是自我的夜晚孤島。

我有翅膀就夠了

卡蘿一生面對四十多次出入醫院的開刀經驗，已經習慣傷口是身體的一部分了。

每一次她都從傷口裡重新走入顏色繽紛的畫布，那是唯一可以不讓她受傷的地方，雖然畫布和顏料會自動去搜尋勾招痛苦的血肉回憶，但通過媒材已將意外轉化成意義，她愈來愈擅長此道。

只是一九五三年，這一年醫生告訴她，恐怕要截去她的腿了，她使盡全身的力氣吐出了「不」字，而那隻即將被截去的腳像是爪般地瘦削，如風中之葉地攀在浮木上，像是快斷了。

「他們一直說要截斷我的腿，而我只想一死了之。」夜晚到來，來看她的人散去，她揭掉勇敢的微笑，露出心的眞正悲慘境況。

黑夜裡，她在解體，徹底的自我瓦解。可怖的痛，沒完沒了，一切都毫無進展。

藍屋展覽室的玻璃櫃展示著她的日記，有些迷亂又混雜的情調，設色沉滯混沌，筆跡在流動中又頗思緒井然。

她在日記寫道：「另一個已經死了！我啊，有翅膀就夠了，讓他們切掉吧，這樣我就會飛起來！」日記的另一張圖裡，她畫著自己的裸體上長著翅膀，文字則寫著：「妳要走了嗎？」「斷翅」

圖像是右腳被砍掉之地長出了荊棘，黃顏色的腳，以血色墨汁流過。

這段時間她無法在畫布上畫油畫，因此有大量的日記圖像或者在小金屬板作畫，其中有一幅令人怵目驚心，裸體的她胸部裂開，碎片似被分解，融入了畫布的夜色。小腿成了一只蘑菇，頭部消失在綠色的苔蘚與褐色的泥地裡，後方霧靄冉冉，一抹如刀的紅線穿過其胸膛，不見的右肩上升起一道刺目的暗紅火焰。

日記比其油畫更接近她處境的眞實，甚至看了都覺得眼前瞬間血肉模糊了起來。

動截肢手術前，她在日記裡又寫道：「他們確定要截除我的右腿，詳情我知道得不多。……我雖很擔心，但又想這也是種解脫。我希望可以走路時，能把我剩下的所有力氣給予迪亞哥，這一切都是爲了迪亞哥。」

把剩下的力氣給予愛人，這一切都是爲了愛人。她人生末路的最後所牽所繫仍是最愛的老公迪亞哥・里維拉。

然截肢後，卡蘿卻沒有再能走路。她掉入更沮喪的深淵，她不再見外人。她像是提前遊歷了死亡的骷髏之地。

失去美麗的形體，對一生愛美的她毋寧是眞正最大的核心重重一擊，她感到自己眞正是一個殘疾者了，不獨愛情殘缺，連身體的兩個支點也被抽走了一邊。她開始失衡，對生命產生巨大的空虛感。少了一條腿讓她常得了「幻肢症」，她總是俯身一探時，才發覺空蕩蕩的。

腳依然飛走了，但卻沒有化成她希望的翅膀來迎接肉身的重生。

童年曾因得小兒痲痹而導致被叫做「裝義肢的卡蘿」，終生以穿華服和長裙來吸引他人的目光，這回她卻連這一點樂趣都被剝奪了。

生命萬歲——但願不再重返人間

她對步向死亡的抗拒是盡情地裝扮自己，頭戴鮮花，每根指頭都有華麗碩大戒指，她對生之熱情的讚仰是即使她病床臥榻上仍喝著雙倍的龍舌蘭酒。

一九五三年四月，她連同床被整個抬進墨西哥現代美術館，人們環繞著她，牆上掛著她一生的榮耀桂冠，她的畫作懾人心魂，顏色自動跳躍在人的瞳孔，且燃燒著。

人們忽然都在同時間看見花朵的美豔與凋零。

而卡蘿只是微笑著，一如往常地沉默著。她在當時已經看見黑天使冉冉上升，輝映在她的亮麗瞳孔上，如玻璃反射般地照出死亡的臉孔。對深受墨西哥文化影響又一生在死亡幽谷邊緣探望無數回的她而言，死亡就如同是西班牙語所說的「皮洛娜」——一個蠹婦。

同時間，她又深切明白死亡是生命的循環環節，沒有人可以漏掉這個必經環節。就像枯葉是樹木再次面對開枝新葉的重生力量。

我們一生都站在死亡的門口，門開門關，我們送走他者，也被他者送走。骷髏遍地，色身終結。

「我後來深思，她必然在當時就已經在向生命告別了。」迪亞哥自傳裡的追憶。

簽名與畫有圖案的石膏有如乾屍地放在她的床畔，她的終生伴侶是一張不離不棄的輪椅和讓她舉世知名的油彩與畫架。

二樓畫室旁內裡置有張小床，是她臥病時在墨西哥現代美術館藝廊展出個展時被抬進會場的那張床，也是她死亡的臨終之床。單人床小小的，容不下愛人的空間，她在最後幾年只剩自己，還有床前貼的馬克斯主義人物列寧與毛澤東等黑白肖像，她的左派平等理念，一直沒有實踐在她的墨西哥土地。於今資本主義大興起遂讓墨西哥愈發貧富斷層劇烈，這是每個開發中國家的陣痛，卡蘿地下有知，恐怕再也不想去遊行抗議了。她最後一次爲抗爭公開露面還讓她得了要命的支氣管肺炎。

世潮難抵，一如生命無情。

「MUERTES EN RELAJO」死神來襲了！

卡蘿在距離死亡的八天前畫下最後一幅畫，一幅筆觸粗獷的西瓜作品，西瓜切片呈現鉅齒狀，這種線條又再次螫刺著人的目光。畫作角落寫著「VIVA LA VIDA」（生命萬歲）。卡蘿終生糾葛情人迪亞哥最後作品也是畫西瓜，但力道卻完全迥異，原因是卡蘿畫西瓜是出自於生命臨終之眼的逼視與對生命不捨的讚許，即使死神將臨仍高呼生命萬歲。迪亞哥則是應友人之邀畫下了生命最後一幅西瓜作品。

「我不相信河岸會因河水的不斷奔流而痛苦，或土地會因承接落雨而受苦……」她曾在日記裡寫下這段話。

這段話是一種自我激勵，但眞正的事實背後卻讓人鼻酸，那是打了無數的止痛藥、麻醉劑與酒精，才換來的片刻生命寧靜與絲絲歡愉。

一九五四年的作品多充滿粗糙的筆觸，想來卡蘿已經力不從心了，死神在她的床榻跳舞得更劇烈了。四十幾年的肉體承受四十幾次的刀割痛苦，面對深愛的男人不斷背叛的難堪，她眞正覺得應該是該走的時刻了。

白色床單承受她厚重的黑黑長髮經年累月，她覺得這一切都很沉重。

「所有的事都因爲愛而完成，而現在這裡已沒有愛了。……愛是活著的唯一理由。」

「希望生命出口的那一端是喜樂的，我但願不再重返人間！」很多年前就意識到每個人無時無刻都站在死神門口面前的她寫下了最後遺言。一九五四年七月十三日夜裡四點多她離開人間，剛過完她七月六日的生日不久。

「她縱使知道死之將至，但她必然曾經爲求生而努力掙扎。否則死神爲什麼趁她入睡時來偷走她的呼吸呢？」迪亞哥這樣寫道，他爲有人認爲堅強者芙烈達‧卡蘿是自殺而死作了辯白。

一九五五年迪亞哥將藍屋的所有一切捐給政府，一九五八年藍屋成了芙烈達‧卡蘿博物館，那些卡蘿生前的遺物——華麗的假珠寶項鍊戒指、衣物、玩具、書信、讀物、畫室、畫作、民間收藏品、家具、配件……全都讓凝視者以爲她還活著。

「肉身雖死，但內在卻有著活著的東西不會消失……」單人白色枕頭上放著一個青銅翻模的卡蘿肖像，立體秀緻，模型彷彿會耳語。吐露卡蘿生前言語在每個行經者的耳膜裡。

「我希望人們藉由這裡可以將對她的懷念化爲永恆！」迪亞哥終於在卡蘿死後才擁抱她的存在，他做了一個最美麗最有力量的決定，讓世人得以見證一個古老不死的美麗傳奇經典。他終於在妻子死後才爲她的愛找到棲身之所。

（你有地方來放我的愛了，但我已經不在了。——我在藍屋裡寫下這句話，或許這僅是自我的感慨，死亡才成就愛的表達？）

獨特的是，卡蘿生前要求火葬，她後半生幾乎都躺臥在病床，她不想連死後都要躺在冰冷的墳墓裡，聞著冷冷的氣息與被爬蟲行經。

火葬，使得她再創一次視覺暴烈的傳奇畫面——在放著她肉身的推車將被送進焚化爐前，她的遺體竟如魔法般地頓然坐起（瞬間被火的熱氣衝起，她果然不再是臥躺在床了），其長髮著火飛揚，如一朵迎向紅豔落日的向日葵，烈焰畫面不斷地焚燒著後人的心眼。

四十七歲（1907-1954）的人世時光，她讓整個時代都成了她一生的舞台布幕，她讓繪畫的天賦與意志承接了所有身體與精神的苦痛。

痛是顏料，苦是畫筆，完成者神聖。愛遠，苦近，卡蘿成爲卡蘿。

她把傳奇悄悄安上病毒，傳染給無數個後代的愛之瘋魔者。

「學會技巧後，最重要的是要有愛，要對繪畫懷有強烈的不可取代的愛……」

「生命這樣艱難，但，品嘗它。」

殘疾，使得藍屋幾乎成了卡蘿身體與靈魂的依存世界。

在重返傳奇的想像裡，我心常忽然一陣發冷。

步下二樓通往庭院的石階，滿園熱帶樹景亮眼，繁密花木扶疏溫心，這是藍屋的另一個光明世界。

我繞進旁邊的藍屋咖啡館與紀念品書店，端出一杯熱騰騰的咖啡在花園的黃色椅子上坐著歇憩，尤加利樹影斑駁著我身的陰暗與明亮，突然我好想寫信給遠方的你，但我不知你是否還有愛的能力，那經過十年滄桑後的愛是否還願意存在？

愛是活著的唯一理由……我在傳奇的藍屋想著卡蘿，同時間我也無法不凝視我自己，而凝視我自己就等於凝視了一個曾經參與我生命的他者。

她戲劇性的人生，她傷殘性與自我敘述性強烈的畫風，在在讓她的一生傳奇與情愛和其藝術深深地連結。

凝視她的作品，等於重返了她那璀璨與腐朽交織的生命傳奇旅程。

來到藍屋，我看見傳奇女巫與美麗蝴蝶的結合。就像迪亞哥．里維拉曾經在她的紐約的畫展所寫的推薦詞一般：「我是以她作品的崇拜者身分發言的，她的作品暴烈又溫柔，冷如鋼鐵，燦如蝶翼，美如微笑，刻畫苦痛與殘酷，深刻地隱含了人生奧義。」

卡蘿與迪亞哥，生死糾葛的絕對戀人，世故者如我從來都不如，以至於我屢屢眺望，且步履來到了這樣一個遙遠的美麗遠方。

同時間，我想起尼采說的，那無法殺死你生命的，將使你更強壯。

註：參考與延伸閱讀：《Firda -- A Biography of Frida Kalho》，Hayden Herrera 著。

《Frida by Frida -- Selection of Letters and Texts, Forward and Hotes》，Raouel Tibol 編選。

貳　卡夫卡的變形與愛的魔圈

在城堡，關於K的審判與變形記

寫作是祈禱的一種形式——法蘭茲・卡夫卡

上帝說有光，直線式的光，一指劈下，有光就有光。佛說光也是無光，白天也是黑夜，光是圓形的，像輪迴的線圈，我們終生都繞著自己的光旋轉，同時間那光也是影。

上帝萬能？

他不解。因為他從小在猶太家庭裡學著必須日日禱告，但上帝連他的痛苦都無法看見。

這觀念是否有邏輯上的錯誤？

卡夫卡喜歡東方的老子哲學，那種無為而為，任運而為，深深吸引著他自由的心靈。可是他活在框架裡，無可避免的他原生家庭的父親更是他最大的框架設定者，他從小畏懼父親（連帶對上帝的質疑，使得他靠近了東方），父親是暴君，他認為「家」是監獄——「它外表看來像是一間普通房子，除我之外，別人不會認出它是一間監獄。」他在三十幾歲前都還一直深受父親和家庭的困擾，他說：「所有的越獄都是徒勞的。」

他還常做夢，夢見自己因為半夜尿床被父親拎起丟在陽台外面罰站，那寒夜的霧靄都像鬼魅。精力旺盛的君父，體弱纖細的臣子，劍拔弩張是勢必產生的對立姿態。但他渴切安寧，於是他只好把悲慘情緒投入文字的泥潭裡，然後試著看看從沉重的泥潭裡可以打撈出人性殘渣外的力量或者反思。

「牠站在把牠撫育成長的家庭這一邊，但也許談不上什麼非凡的忠誠，這只不過是這樣一種動物的天性而已，牠在這個世界上雖然有無數的姻親，但可能連一個血親骨肉也沒有。」他在短篇小說〈雜種〉裡這樣寫，似乎在描述自己的身分與認同。

我在卡夫卡新文學館裡不斷流連，光線十分黯淡，像是走進一座黑箱，光線刻意調得沉重的氛圍裡，我爬上樓梯，極其安靜（進來參觀者少）。忽然就見到卡夫卡的父親肖像嚴厲的神色，神色裡最醒眼的是那兩道目光與法令紋，法令紋旁的兩道黑鬍子，在在都使我明白這讓心靈敏感的卡夫卡所畏懼的部分是屬於一種父權，不可推倒的威權。

玻璃櫃裡展現著K寫給父親的書信。

「生活不僅僅是一場互相忍耐的遊戲；這個不同觀點引起了我對生活的修改，我不能，也不願闡明修改之處，然依我所見，通過這一修改卻達到某種與眞實十分接近的境地，它使我們倆都得到一些寬慰，使生活與死亡都變得更爲輕鬆些。」

互相忍耐與修改生活，才能使得生活與死亡變得輕鬆。這是卡夫卡眞摯的想法，但實際上是了無改善之地，因爲這樣的身心禁錮沒完沒了，幾乎到他生命最後一年（41歲）才得以眞正脫離。

他的想像平台超越了當時文學的介面，他醒來變成一條蟲，使他一生都像變形，扭曲。不僅人醒來蛻變成蟲，動物也可能蛻變。他寫過〈雜種〉，一半像小貓、一半像是羔羊的怪怪動物。鄰居孩子繞著他問：「爲何偏偏只有這樣一隻動物？爲何正好是我有了這隻動物？是否在牠之前就已經有了這樣的一種動物？牠死後會變成什麼樣子？牠是否感到孤獨？牠爲何沒有生小貓？牠叫什麼名字？」

他藉描述這些孩子的疑惑，表達了他對自己的疑惑。他常感到自己就是奇怪的動物，半貓半羊，半鬼半人的。貓和羔羊有著截然不同的惶恐不安情緒，這就是他。

「也許屠夫的刀對於牠這種怪動物是一種解救，但是我絕對不會讓牠落得如此可憐下場……，所以牠得等待，直到牠的呼吸自動停止爲止。」這是他在體弱多病與精神煎熬的不幸人生裡從沒動過「自殺」念頭的一種隱性宣言吧。

他繼續忍受著「日常性的迷惘」。

他通常被叫做K，他創造小說裡的核心人物K，也轉成了他自己。他經常用顯微鏡觀察他自己，以至於他嚴苛待己如苦行僧。

他的國族稱他Kafka，K博士，這個字在捷克文是「黑鴉」的意義，因此他在其素描裡常畫著這樣的形象。

我們中文世界叫他卡夫卡。一名夫字雙重被卡住的生命樣貌，就像K這個字在直立中也隱含著朝兩端探索的象徵，K在他的筆下永遠是一種無法融入體制的悲傷符碼。社會的公司權謀與傾軋總是被卡夫卡認爲是對人性的慈善殘害，集體壓迫個體，最後個體的特色面貌將消失殆盡。

「人的腦中充滿許多混亂的東西……之所以如此也許是人們想把這樣多的可能性都集中在一個目的上。人的本質到底說是輕率的，天性有如塵埃，受不得束縛。」他說。

卡夫卡文學新館裡有一區以虛擬的辦公室鐵櫃裝置成眞實的辦公室，鐵櫃上掛著人名，卡夫卡的名字也在上頭，醒目的斗大的「K」在辦公室裡被鎖住之感，光源只有上方一絲微弱的黃光，我悄悄偷偷地拉開鐵櫃，卻發現抽屜空無一物，但又似乎覺得那並非眞空，空裡面有許多的臉孔或者苦痛壓抑的聲音被悶悶彈出……

忽然覺得心靈十分被壓迫感，彷彿我拉開的那些黑色沉重的鐵櫃像是棺木，每個掛在鐵櫃的名牌都有如是墓碑。

我有如站在現代文明的冰櫃前，心靈即將被丟入社會集體的墳場火堆裡。

辦公室是另一種集中營，對嚮往自由與寫作的猶太人卡夫卡而言，辦公室是文明的差勁發明，他在裡面看到的是被格式化的機械人生，人的臉上畏縮著奇怪的光，流浪在不同人手中等著被蓋上戳印的文件更有如是死亡名冊，頑固不可摧折。

我在由卡夫卡小說〈判決〉、〈訴訟〉、《審判》等小說所引發出來的裝置概念——如墓碑林立的辦公室鐵櫃前思索著自己，也明白爲何自己會逃離這樣的集體性工作。卡夫卡思索集體辦公文化對個人心靈的禁錮，我也思索著辦公文化因爲爭權奪利而導致對個人純眞本性的掩埋。

這是墳場沒錯。

卡夫卡在《審判》一書裡，對他自己無法拋掉這個有害他身心的職場給予尖銳嚴苛的批評，但他那嚴苛嘲諷的背後卻一點也沒有責難集體之意；相反地，他的心情有如此刻我站在虛擬裝置辦公區之感，我整個人沉浸在黑暗的鐵櫃前，聽見音效傳來打字的聲音，這聲音單調卻那麼由衷地讓我興起一股悲憫，對討生的艱辛本身所引發的悲憫感受。

卡夫卡一生的摯友、也是其作品面世的最大功臣——馬克斯·布勞德曾這樣形容他：「他雖然想成爲一團火，但他卻是一塊透視苦難的冰。」

這塊冰，其實很燙，燙著人間的哀苦禁錮與人性的卑微貪瞋。

寫作，是K一生的所有，但他過度謹慎與謙卑，又思索甚繁，對文壇名利又多少帶著隱形式的蔑視，所以在世時發表的文章寥寥無幾。又因其不以成為作家為目的，他追求的是寫作的可能與文學的藝術，因此要求甚嚴。總覺得在藝術上他是不成功的，總是對自己不滿意。

基本上卡夫卡認為藝術是「一種被真實弄得眼花撩亂的存在」，但他並不虛無，他希望融入。有天他寫著：「我寫了幾日，希望持之以恆，雖然我無法像兩年前那般地完全不受干擾地進入工作中。但無論如何我獲得了一些意義，我那規律的、空虛的、無法理喻的單身漢生活或可得到某種辯白。我又可以和自己說話了，也不再只是注視著空無一物的虛無了。只有這條投入且有毅力的道路使得我的內心得以轉向正量。」

可見卡夫卡一點也不虛無，他其實一直認可寫作，甚至認為這條路是他唯一可以不讓自己虛無的有力道路。卡夫卡認為應該要認可這樣的寫作意義與力量，這樣才能使寫作成為有建設性的精神勞動。

（他若地下有知，豈能想像原本囑咐朋友要燒毀的作品，卻在後來燃燒了整個世界的文學良知與能量，甚至後來的年輕人還因為重讀他的作品所啓蒙的自由精神而引發了改革荒謬體制，導致了著名的「布拉格之春」革命。）

然即使卡夫卡在世時是那麼地不喜歡投入文壇，但渴望寫作絕對是他終其一生的唯一最愛。在孤涼世界唯一可以給他有溫度的東西就是文學。除此，他大部分感到生活荒涼，連愛情都是。

卡夫卡終生都被勞工保險局的工作弄得疲憊了其文學寫作的情緒。這個他一生都痛心疾首卻又十分認真職責的保險局工作，卻也讓他在工作的十四年中看盡眾生相與誕生出無數奇怪官僚機構的遐想小說。讓他成名的《審判》、《城堡》就是他工作得來的無形之寶。

究竟人是如何從正常開始扭曲成變形？

大眾眼光下的罪從何而來？

法庭與審判在社群裡具有什麼力量或者朝向無能？

勞工保險局的工作，毋寧讓卡夫卡有了將法律和眾生結合觀察的時空。他很擅長描述集體的荒謬所施加於個體的扭曲力量，集體逼迫個體所形成的恐懼，他藉小說來描述這種毫無道理可言的被煽動式的權威性是多麼地可恥。甚至現在讀卡夫卡小說裡的集體人物會有一種「紅衛兵」的錯覺，沒有道理的以「多」欺「寡」。

「脫掉他的衣服，他就能把我們治癒。

如果他醫不好，就把他處死！

他只是一個醫生，他只是一個醫生。」

卡夫卡在短篇小說〈鄉村醫生〉裡的文字，十足的荒謬，被鼓譟情緒瘋魔的大眾。

我停留布拉格期間，日日要進舊城廣場前，都會經過卡夫卡工作十四年的勞工保險局建築。現在這棟建築卻換成了資本主義的最大觀光商標——國際連鎖旅館。

這棟建築經過改裝，很難聞到關於卡夫卡的生活沉滯，或者看見一絲關於他的靈光。老美觀光客總是一團團地在此棟建築的門口如羊群般地等待被運走，他們那樣地肥胖且吵鬧，我幾乎連看一眼都覺得疲憊如肥皂劇不斷重播侵擾我眼球之感。好奇入內，古典加裝飾藝術，水晶燈下的櫃台小姐都長得一個模樣，我在大廳沙發坐了一會，四周有零散的觀光客在等巴士或等人狀，我聞到奇特的氣味，再吸吸氣一聞，有絲豆蔻味，想來是從對岸的中東女人身上飄來的。

很多人來布拉格觀光，但也有很多人來這裡做生意。幾條街不遠的唐朝飯店是中國人開的，有時我會去吃頓中餐，老闆娘四川人，十多年前來布拉格做布匹和服飾生意，她說布拉格以前的成衣特別昂貴，所以他們就批貨到這裡賣。直到改革開放，他們就改做餐廳生意。

一些俄羅斯人也在大廳穿梭。

我離開窩了一會的沙發，趨前向其中一個盤起黑髮的女人問旅館是否有提供網路？她抬頭看我一眼，流露出我不是房客的神情，只冷冷地說：「旅館房客才能使用！」沒聽過這麼難聽的英語，我心想。

在很黑的房間，他曾經對愛發出強震

總是在很黑的房間，K寫著字，慢慢地寫，像是刺血抄經的苦行僧，像是肩頭綁上生死帶的西藏修行者，稍微不留心即墜於死的黑暗深淵。

他身影瘦削，攢眉深鎖，影子靜靜地跟著黏在紙張上，所有白日的苦悶與存在之思都從心中彈出，再反射至紙面上。

小窗外的霧靄和街燈暈成一片，黃白混沌，整座布拉格城市的中世紀光輝已然凋零掩逝。

窗外人們的喧嘩聲終於死寂了，還有人們那些不斷的咀嚼聲也都沒了，聲音像蟲害肆虐他的危脆神經，破曉前的深藍色很快就會降臨他經年累月打開的窗色前，再冷的冬天他也開窗，即使皮膚常感刺楚。但他喜歡這樣的自然，包括他吃素食，他走路。

但只要他一想到明天還要上班就感到苦惱，他替那些勞工的訴訟能打什麼勝仗呢？人真的是很無助的。但維持常規的經濟自我供給生活卻又是必要的，父母不可能資助他，即使他們有錢，但他們不懂他為何要寫作。寫作對他們是無用之物，寫作是報廢品，是思想的廚餘。父母不支持，他得工作謀生。
濃霧與黑夜，文字在紙上緩緩爬行，人物沿著非固定軸線戲劇性地出現或消失，他穿透人物，抵達故事的某個核心境地。
是再也沒有比這時候更孤獨卻又更飽滿的了。他暫擱下筆，讓思緒停止在墨水枯乾最後一滴前。他望著時鐘，滴答滴答，他聽見死亡，時間流逝就是死亡的啓動。他思索意義、存在、愛……束縛。如果他對生命有所言說，那麼所吐出來的卻被他自己認爲是殘渣。他既珍視它卻又將之鎖在抽屜。黑夜和黎明的界線，刹那即失。
老婦織布，農夫耕地，商人算數，牧師讀經，妓女賣身，靈魂者寫字……夜晚的布拉格，K像是一個局外人，一道背對上帝的黑影，卻又有光。他觸探生命的形體卻不可得，暗中的輪廓如何捕捉？就如同他思索如何讓心靈化爲具體言說。
他咳嗽著，感覺胸腔像是一張被敲打得快破爛的皮鼓膜。寫作對他像是他唯一擁有的冬夜微火，他環視書架的靈魂，這些可敬的少數靈魂，全伺伏在他的瞳孔下。
這就是他所摯愛的薄薄所有了。
風影在吹，他離開寫作檯，十分疲憊，他咳嗽了幾聲，躺回床上讀書。
書是他的撫慰，而愛情從來都是險境：一旦愛離開他，就等同於他擁有的一切也離開他了。
他寫：
「我愛一個姑娘，她也愛我，但我不得不離開她。」
「爲什麼？」
「……好像她被一群手持矛尖全副武裝的人包圍著，矛尖向外，無論什麼時候，只要我想要靠近她就會撞上那些矛尖上，受傷使得我不得不退回，我受了許多的罪。」……「由於艱苦的努力而筋疲力盡，我竟然那麼無所謂地看著他們，就好像我是他們倆進行第一次接吻時，兩張臉靠攏所穿過的空氣。」

在某篇極短篇裡，他道盡了關於愛的險境。

但在〈綠龍的造訪〉極短篇裡，他寫道：「由於你的渴望感召，我從遠方爬行而來，我身體下方都因此而擦傷了。但我心甘情願，我樂意為你前來，樂意向你展示我。」一方面，他渴望愛，渴望婚姻，但一方面他又十分懼怕那些外在的尖矛或者艱難爬行會傷害到自己與愛本身的神聖。

不幸已是他生命的一部分

他離開保險局前，先去寄了一封信。

這些年他總是在寫信，為了挽回或者離開，為了孤獨或者有伴。他尋思自己究竟寫了多少信給菲莉絲？那些信，最後都像餘燼，化成煙。

（誰背叛了他？把他說要燒掉的一切文件都給公諸於世。是卡夫卡一生摯友馬克斯，他做了一個背叛遺囑的決定，將卡夫卡的任何文字都保留下來。沒有他，將沒有後來的卡夫卡。卡夫卡在墳墓裡喃喃自語——我是個死人，沒錯，在世時活得像個死人，死了卻活得像個巨人。我是死了，才學會自嘲。）

他決定告訴她了，這個約定他要消抹了，光是想到婚姻生活的樣貌就足以讓他沒辦法呼吸了。健康影響到他對正常生活的嚮往，寫作讓他無法邀請另一個對象體進到他的世界。

纏繞這麼多年的愛情，最後還是一個零，一場虛空的虛空，無盡的無盡。東方老子說要把無常當恆常看，這對於他所處的土地很艱難。現世於他早已是病體總和成的一個大荒原。

卡夫卡喜讀東方哲思，非無道理，東方尋求的不是救贖，而是放下與捨予。承認生命的漏與殘缺，一如尾隨他的陰影——肺結核。

他帶著自我悲劇性的離開，祝福菲莉絲。多年後，他聽聞她結婚了，他只感到一種空蕩的美好，他希望她幸福，雖然當時他以為人生沒有所謂眞正的幸福可言。他飽讀一切，卻感到這世界的無可擁有。他還想擁有什麼？

「有建設性的勞動並駕齊驅，引導寫作者脫離無所事事的荒原，回到有所爲的集體中來。」他常常這樣地想著，是啊，光是寫作寫得出色怎麼夠呢？生命還需要一些其他的事情，比如建立家庭。但同時間，他感到無能的一種靈魂痙攣，他怎能又想要完整的寫作又想擁有愛情、溫柔等一切的美好。他連自己的健康都無法知曉能走多長，他看著大多數人生活在集體的所謂眞實時，他感到自己像是整個社群裡的一個畸形人子。聯翩而至的瑣碎，柴米油鹽都有可能成爲刀光劍影。

寫這麼多信了，最後還是決定離開菲莉絲。

他曾經那麼地感謝菲莉絲，且和她訂婚又解婚，解婚又訂婚，反覆兩次，歷經五年。他知道他傷了她，五年如五十年，惘惘如煙塵。

菲莉絲，成爲他重要的愛情史，不可抹滅的女人。

對菲莉絲而言，後人提卡夫卡因而提到了她是沒有意義的，因爲她在告別反覆來去捉摸不定的愛情後，心就已經死了。或許我們可以這樣解讀卡夫卡並不夠愛菲莉絲，他當時比較愛他的寫作，他無法和菲莉絲走向盟約，也可說菲莉絲讓他仍有猶豫。卡夫卡後來遇到末代情人朵拉就不同了，卡夫卡幾乎是全力奔放所有的愛，他願意交出自己給朵拉，那時他所欠缺的卻已是存活的時間。

關鍵性的影響，往往在未預警之下來到。

一九一二年，他二十九歲，終於擺脫長期在保險局職場與寫作中間拉拔的游離之心，他將寫作調到有節奏的規律步伐，克服內心困頓，將枯竭的心滋潤起來，認眞地將筆全然地投入浸潤在墨水的洶湧汪洋。一九一二年，九月二十二日至二十三日，就這麼一夜，卡夫卡點燃了文學史上最亮的一夜，這一夜他一口氣寫了〈判決〉，他在日記裡提到讓他無眠無休的這一夜，「只有這樣才能寫作，只有在此情況下，讓自己如此徹底地敞開身心。」

敞開身心，完全投入，他締造了自己的不朽。一夜，一篇經典。

這讓他突然身心敞開的契機卻緣於一個相逢。

一個姑娘，來了一份愛情，一個生命不會再重複的五年愛情，他遇見菲莉絲。遇見菲莉絲的快樂讓卡夫卡有了一個美妙夜晚突如其來的寫作大突破。

卡夫卡的愛情都發生在一個重要至不可扭轉「初見面關鍵性畫面」。那晚，他受一生摯友馬克斯之邀到他家時，他遇見了事關後來命運的愛情。

他見著菲莉絲，「在我坐下時，我第一次細細地看著她，才剛坐定，我就已經做出了不可動搖的判斷。」

那是什麼判斷？

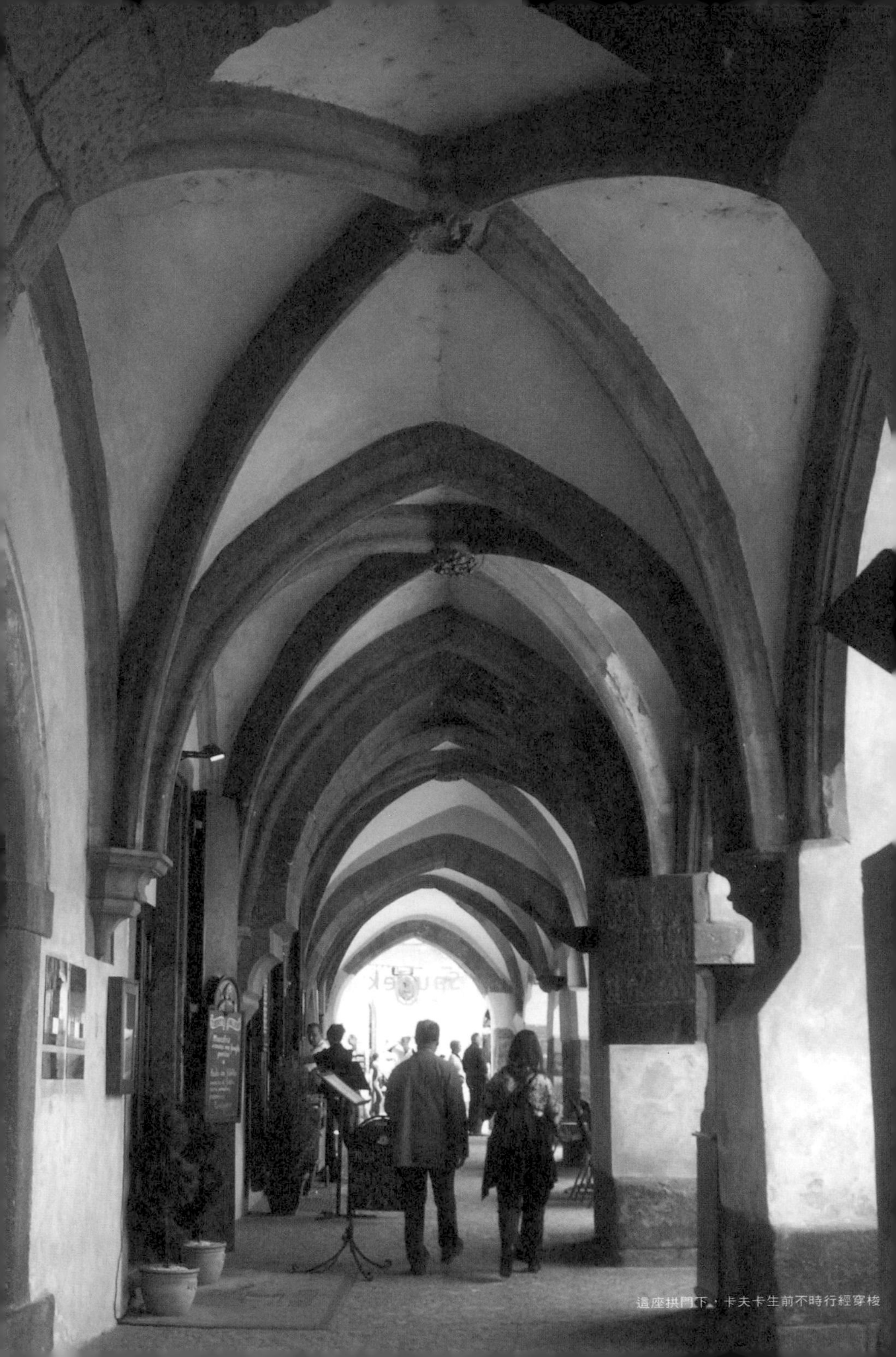

這座拱門下，卡夫卡生前不時行經穿梭

卡夫卡在他人生的最後一年，遇見了摯愛朵拉（上）
卡夫卡寫給父親的書信真跡（下）

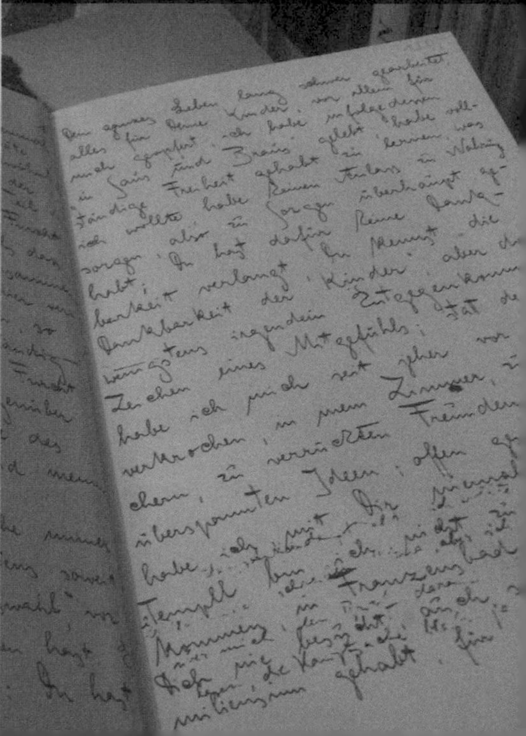

就是她了，沒錯，她是我喜歡的人……我想和她在一起，這錯不了。

那夜，離開馬克斯居所，他幾乎以一生少有的輕快步履走在布拉格的霧夜石板路上，他忽然覺得寫作光是寫得出色還不夠，他開始認爲應該還得有其他的生活作爲，包括應該要有個自己的家，那種「生活在眞實中」的貨眞價實。他開始認爲只有藝術是無法建設眞正的生活本身，雖然藝術在建設生活裡是完全不可缺少的，文學是祈禱文，而愛情是教堂。

他渴望愛情甘霖來濕潤他的乾燥父土。

寫信當然是文學家最擅長的古老表達方式。

於是這五年來，他們就這樣地寫著信。最後這些信成了卡夫卡愛情的證據，也成了我們後來讀者窺探大師的私密心情旅程——給菲莉絲的情書。

在卡夫卡文學新館，我持續地在每個區域留下我的思索與觀望卡夫卡的歷程。他不同時期的情人肖像以三D立體呈現，四個女人，四段愛情。

這四個與卡夫卡生命掛勾在一起的女人分別是交往五年的菲莉絲（1912-1917）、尤麗葉（1918-1919）、蜜雷娜（1920-1922）、朵拉（1923-1924）。

從一九一二年起，也就是卡夫卡時年二十九歲開始，他的生命就不缺愛情的客體對象，但似乎都是痛苦居多，其中他和菲莉絲兩度訂婚又解婚，和尤麗葉也是訂婚又解婚，和蜜雷娜則是一段女方的外遇，蜜雷娜已有丈夫，她將卡夫卡的短篇小說〈司爐〉翻譯成捷克文而結識了卡夫卡，兩人發展成戀人關係，雙方頗相知相惜，但卻相見恨晚。同年卡夫卡寫分手信，但一直拖到一九二二年才正式終止與她談話。蜜雷娜後來死於集中營，算是命運悲慘。

末代戀人年輕的朵拉可說是燃起卡夫卡最大一把愛情之火的女人，卡夫卡甚至在遇見朵拉時才知道生命的美好，然時光殘酷，他們的緣分不到一年，卡夫卡死在朵拉的懷裡，他是在有愛的飽滿與對生命的無限悵然下離開人世的。

卡夫卡的愛情命運是頗為坎坷的。

寫給菲莉絲的情書。

情書有開端，自有終端。

求愛信他擅長，但他更擅長告別信。

「親愛的，妳不僅寬恕我，還瞭解我，我們應該堅持下去，菲莉絲，不管發生什麼事，我們都應該保持鎮定，且不畏艱難地彼此相愛下去，多麼希望我強烈的愛，可以透過這些書信為妳帶來生命與歡樂。唉，然而我的軟弱卻只為妳捎來倦怠與哭泣，終有一天我會克服這一切。……如果我知道妳深夜未眠，我根本就無法好好繼續寫作，整個心就掛在那裡。但若我知道妳已進入夢鄉，那我工作起來會更有勁。因為我會想像妳是在我的呵護中入眠的，無憂無慮地處在眠夢中，而我則正在為妳的幸福努力著。在這種情形下，我的寫作進度怎麼會落後呢？所以睡吧，安心睡吧。……」

短篇小說〈判決〉只花通宵一夜八個小時就完成，無非全來自於愛情的茁壯與放心。〈判決〉的小說是悲傷和痛苦的，但奇的是作者寫的背後卻是快樂且充滿愛意的，〈判決〉題詞——獻給菲莉絲。

求愛信讓卡夫卡變得通俗。

但告別信則不然。

Dr FRANZ KAFKA
1883-1924
HERMANN KAFKA
1854-1931
JULIE KAFKA
1856-1934
NA PAMĚŤ SESTER VÝZNAMNÉHO PRAŽSKÉHO
ŽIDOVSKÉHO SPISOVATELE FRANZE KAFKY
ZAHYNULÝCH ZA NACISTICKÉ OKUPACE
V LÉTECH 1942 - 1943
GABRIELA HERMANNOVÁ NAR. 22.9.1889
VALERIE POLLÁKOVÁ NAR. 25.9.1890
OTILIE DAVIDOVÁ NAR. 29.10.1892

卡夫卡長眠之地

在卡夫卡咖啡館裡，感受卡夫卡眼神裡的堅毅

最後擊敗卡夫卡的不獨是他對婚姻的難以承諾，而是一九一七年，也就是他們交往五年後，卡夫卡開始咳血，罹患了當時還無法治癒的肺結核。這個無望的病似乎象徵了他和菲莉絲「情感傷口」的擴大。

肺結核，終生籠罩著卡夫卡，使得蒼白瘦弱的形象如影隨行，沾黏一生。但因總是身體違和，恆常帶著三分病，因此他的作品裡有高度的思維性，對生命的體察有了和他人不同的視野，連帶地也影響到他對婚姻的恐懼。

「這副軀殼已完全不適合人間——但卻還留在這個世界上。」

反反覆覆，菲莉絲還能承受卡夫卡這麼久簡直是奇蹟。失望之後，卡夫卡又發出希望的信。「悲傷的甜美與愛情的甜美。舟中她對著我微笑。這是最美的瞬間。欲仙欲死，這就是愛情。」

卡夫卡知道自己的個性缺陷，他對自我觀察，對靈魂凝視，他說：「昨天我那樣，所以那樣，今天我這樣，所以……這是不眞實的，不是所以也不是所以，不是這樣和那樣。默默忍受著……」

一九一三年四月，他再度想要與菲莉絲解除婚姻。他感到十分恐懼，他覺得自己在婚姻裡，最好的狀況自己也不過像是一隻無知的忠犬。

他想像家庭生活是這樣的——偶爾親吻一下妻子漫不經心伸過來的手，他雖緊靠在她的身邊，感受得到身體的體溫與呼吸，但實際上卻與她咫尺天涯。

「這不是愛的表徵……我倆攜手走過這個世界，表面你儂我儂，實際上卻發現是一場空。」

卡夫卡無疑是如此地害怕婚姻之殼。他自己明白，但又深受世俗的寂寞所推，而不免時常墜在一片矛盾之地。

他認爲那將是把自己的腳伸向地雷區。

但其實我們不妨明白的說卡夫卡明白和菲莉絲在一起生活將意味著對寫作的妥協，但（當時）沒有她，他又身陷焦慮苦楚。於是他不斷地在希望和絕望中展開拉鋸戰。但我總以爲是菲莉絲無法讓卡夫卡完全取得生活的信任，也就是說卡夫卡不夠愛她，他愛的是寫作。

「難道妳不認爲我是個陌生人？」

這是句沮喪的問號，再親密者，也恆是陌生人。

然而卡夫卡並非沒有努力過，他曾經試圖爲婚事做準備，和菲莉絲一起進行對雙方親友的例行性介紹拜訪，他曾竭力地去適應被世俗認可的所謂慣例習俗。摯友馬克斯曾寫道：「他居然辦起例行的事來！眞是慘不忍睹！」我或許要說，菲莉絲確實不適合卡夫卡，因爲若瞭解卡夫卡，她應該要幫助他解脫這種世俗慣例的強迫性習俗，因爲她不知道她愛上的不是一個普通人，她愛上的是一個不凡的文學家，且對生活任何細節有強烈敏感的人。菲莉絲把卡夫卡放在世俗的位階上，因此她永遠不明白爲何她無法和他好好過尋常人家的生活。

愛情的撫慰信還是來了，菲莉絲眞有耐性。八月，他們又和好了。卡夫卡孩子氣地寫道：「爲了感謝妳在知道關於我的一切後，還願意和我在一起生活，爲了感謝妳的勇氣，我願意跪拜在妳的腳下整整一年。」

卡夫卡當然沒有跪在菲莉絲的腳下，一天都沒有，遑論一年，因爲他後來還是沒有娶菲莉絲。在婚姻這道門前，菲莉絲還是沒有讓他打開這道門，她在門外等待五年，得到的是一封卡夫卡的訣別信。

他選擇跪在繆思之神的腳下。因爲他明白他所有的成果都來自孤獨一個人，他需索長時間孤獨一個人，放逐在字海與思想的無邊無盡裡。菲莉絲無從參與，他明白她不得其門而入，她屬於另一個世界的人。

午夜夢迴，他覺得自己卑劣，竟因爲寂寞之故，而天眞以爲可以和菲莉絲結合，且因此耽誤了她的青春。

一九一七年十月十六日，卡夫卡寫給菲莉絲的最後一封信：

「事實也證明，我從不會擔心這些事會對妳造成任何困擾，因爲妳能在妳的不幸中尋得幸福。……」

欲離開者卻認爲自己的離開不會讓對方困擾。

他在信裡用了一句第三人稱的話：「不幸已是他生命中的一部分。」

和菲莉絲的愛情成了他自我生命的一場大審判，自由已然困頓。

情書，使得卡夫卡比他的其他文體更靠近自己，更勇於揭開自己。不斷衝突與妥協，彌合與破裂……情書永遠精彩——其精彩在於情書總讓我們看見眞正的掙扎與脆弱，帶著獻祭式的流血，爲情人剖心而流血不止。

沒有人知道後來菲莉絲離開卡夫卡的後續故事了。只知道是另嫁他人，我其實好奇她比好奇卡夫卡還多，至少我明白她一生都得帶著卡夫卡式的傷口或者情結來面對她的往後的愛情客體。五年絕對是難以根除的傷口，她爲卡夫卡締造了寫作的顚峰，卡夫卡在和她交往期間寫下了奠定文學史最重要的作品——從〈判決〉到《審判》。

他人是地獄，情感是監獄。——我在旅途裡讀麥田出版的《給菲莉絲的情書》，感到十分苦惱，因此我再次寫下這句話來提醒自己不要再次陷進感情的流沙。

最後一封信了，他當時並不知道十月寫的這封信會是一封告別信。

卡夫卡在寒夜裡，咳血寫字。

十二月，他和菲莉絲再度解除婚約。上帝的潔白聖殿沒有邀請他們，他們從無機會對彼此吐露「我願意」的誓言。

他以吻封緘，聽見信件掉落郵筒的聲響，那彈撞的咚了一記悶響，像是從他心底敲出的喪鐘般。

他和菲莉絲最後一次見面後，他已然知道這些年的努力完全失敗，他送菲莉絲去火車站，揮別一個糾葛如此久的背影。

他面色蒼白地走在布拉格，緊繃著臉如喪家之犬，雖然明知無法結合的原因，但仍承受不住終究的告別。他去找了摯友馬克斯，當時辦公室還有別人在，但他忽然無預警地在好友的面前哭了起來。

「這樣的事情，難道不可怕嗎？」他說。

馬克斯後來回憶道：「我看到他哭是一生唯一的這麼一次，我永遠也忘不了這個畫面，這是我經歷過最可怕的事情。」

他放棄了菲莉絲，也意味著他放棄了婚姻世俗幸福生活的任何可能性。他不是沒有努力過，但他不想再對生活的世俗慣例讓步。

但痛苦可以給他力量。

是的，生活就是這麼一回事，做或者不做。

卡夫卡與菲莉絲徹底訣別後，約莫過了一年三個月，菲莉絲結婚，卡夫卡從馬克斯那裡得知消息，他激動地對菲莉絲發出最眞誠的祝福，然後轉成喜悅。這是一種從歉疚而生的祝福，菲莉絲結婚，也代表解放了一直卡在卡夫卡心中的結，對方幸福，他的陰影就能化成陽光。

畢竟他耽擱了她五年的青春。

把心裡寂寞的成分放到最高劑量，他明白他會習慣。在肺結核的療養院裡，他想到了自己是個進入異地的闖入者，他提筆寫下小說《城堡》，筆下的K是他自己的影射。從K裡他看見那種無法超越的孤獨與徬徨不安，被社群孤絕的人，那麼願意成爲人類社群一員的土地測量員，願意通過正常生活來靠近普世價値的集體性，他想和人們在一起，在有用的職業裡經過結婚、走入家庭生活，但卻無比艱難，一切都告失敗，且還客死他鄉。

他想到K，被小說家創作出來的角色，生活在冷默裡，無法被信任。K寂寞地踽踽人世，穿行荒蕪人生，K揭露的不是自己，反而是我們心中亙久以來的寂寞，寂寞無可奈何地成爲我們人類心靈的一個組合元素。

我們都是他筆下的K，任何一個村莊都以不信賴的眼光對待陌生人，K成了這個不信賴的宿命犧牲品。卡夫卡和菲莉絲的情愛，轉化在《城堡》裡成了一種宿命的排斥，「誰也無法成爲誰的同伴。」即使動員了全部的能量，在陌生的環境扎根卻仍一無所獲，甚且還賠上性命。融合失敗，獨特的人獻祭在世俗的慣性裡卻成了必然。

我遊走在布拉格卡夫卡和菲莉絲情愛的場域，我感到卡夫卡就像是闖入一個要求平凡家庭幸福的菲莉絲婚姻城堡，在還沒進入城堡前，他就被排除了。

文學家或藝術家當然也渴求平凡的家庭幸福，但在平凡前，瞭解要先進到心中。他們彼此信任，信任是土壤，文學家要求的土壤卻更深更大，在土壤上還得植栽瞭解的撫慰花朵，如此才能面對生命人事的盤根錯節。

末代情人，終極的幸福來得這樣遲。

前傷雖猶在，但勿輕言放棄，往後的愛情列車也許會將你送往一個美好驛站，在那屬於你的驛站月台，就剛好在你下車時會遇見你等了一生的戀人。

「假如有一個這麼理解我的人，比如一個女人，那就意味著在所有方面獲得支持，獲得上帝。」卡夫卡伏案在桌上，在日記本上寫下這麼一句宛如舊約式的語言與嚮往。

和菲莉絲五年，和尤麗葉一年，與蜜雷娜糾葛三年。這些愛情都無結果，除了現實與寫作的拉扯外，我覺得他都不夠愛這些女人，充其量可說他愛她們，但還沒有足以讓他願意走進「家」的十字架，卡夫卡當時需要愛情，但愛情在某種程度的受苦與滋養上卻也轉成了他下意識對寫作的祭祀與操練能量。

卡夫卡在短篇小說〈在法的面前〉曾有一個非常生動的描寫，大意是一個鄉下人來到城堡告狀，一個長得像是韃靼高大的警衛凶神惡煞地將他擋在門外，鄉下人不敢越過雷池一步，在漫長的等待中，他且將出門所帶的東西拿來賄賂這名擋住他的警衛，警衛照收不誤卻還是沒讓他進去。鄉下人在年年歲歲中等待，咒罵或者呢喃。最後甚至他連這名警衛身上皮領上的跳蚤都認得了，還異想天開地想請跳蚤幫忙他關說好使得這名警衛改變態度。不幸地最後這名鄉下人老了要死了，在死前他問這名警衛，人人都在追求「法」，為何只有我一個人該如此這般地等待。警衛答道，因為這門是專門為你而造的。

我讀這篇短篇總有個感覺，這門是卡夫卡的專屬之門，是他不得其門而入的一切之門，他叩問為何他必須等待。「這一位警衛似乎是擋住他進入法的大門的唯一障礙，他詛咒這個不幸的偶然性。」這個偶然性是什麼？卡夫卡不知道，他認為是自由對命定的抗辯，也是過去與現在的彼此抗辯。

末代情人朵拉的出現卻讓卡夫卡有勇氣突破心理障礙與現實圍籬，他決定朝生命「命定」的定數走去，這不能說是源於眞愛的力量。

一個理解的女人只要出現就是獲得生命的一切支持，甚至就是獲得上帝。卡夫卡在夜深人靜下，對著窗外的布拉格漆黑夜空如此想著，一個美好而讓彼此幸福的女人出現，等同於他獲得了上帝。

這是何種女人的嚮往，又或者該說，卡夫卡其實一點也不虛無，相反地他非常務實，他知道幸福光臨時，不會是虛無縹緲的，他可以聞到摸到那幸福之光。

一九二三年的夏天來臨，卡夫卡決定給自己一個長假，他和妹妹及妹妹的孩子們去了波羅的海的海濱度假。

幸福之光就在那時悄悄地穿越了經年深厚不散的烏雲了。

就那麼一刻，他去參加朋友雷曼博士在大眾之家的晚宴。晚宴前，他恰好走進廚房，那廚房恰好有個年輕的姑娘正在刮著魚鱗。

「這麼細柔的手，實在不該做著這麼血淋淋的事啊。」姑娘聽了，放下刮魚鱗的刀片，很羞赧地經過卡夫卡身邊，她告訴大眾之家的女主人，希望可以不要讓她做這個工作。

這個姑娘叫做朵拉・戴曼，未料她後來成了他一生最情牽緣繫的末代戀人，雖然短暫卻也最爲燦爛，燦爛至無可取代，燦爛至他終於向上帝求饒，期盼祂不要在幸福才剛淺嘗而已就要他揮別戀人。

上帝聽見了嗎？病終將隔離他的愛。他第一次眷戀人世，人世卻要收回他的位子。

波蘭人朵拉時值十九歲，猶太裔，能說流利的希伯來語，卡夫卡正好對學習希伯來語懷有高度的熱情。他們知道此生非彼此莫屬了。

一向優柔寡斷的卡夫卡，忽然被愛情巨大的力量召喚，他從來沒有這麼願意被愛的鎖鍊絞住，甚至把這樣的兩人關係視爲是一種「偉大的約束」。於是他決心將一切的內外羈絆切斷，和朵拉躲到他們的伊甸園裡，他從出生就不曾被獲邀進入伊甸園的男女幸福，他開始一點一滴地想要細觀愛情的微笑表情，那屬於美麗朵拉的善良細節，一切都值得他緩緩地品味。

他和朵拉決定去柏林，遠離被家人和記憶注目的布拉格。

他們有屬於自己的愛之遊戲，把自己的手一起放進一個臉盆，而甜美地將此行爲稱爲「沐浴我們的家庭浴池」。

然而死神卻快馬加鞭了祂的無情步伐，祂幾乎就要直取卡夫卡的心臟了。然而受到愛情薰陶沉醉幸福之光的卡夫卡情緒高昂至不顧死神的達達馬蹄，他充耳不聞，雖然他心裡十分快樂，但卻明白呼吸只在旦夕。

越過有限，人才能無限。

擁有朵拉年輕而飽滿的眞情之愛，激發了卡夫卡的求生意志。

最後一年，他和朵拉只被允許相處這麼短暫的一年，這一年宛如卡夫卡終其一生追尋的愛情總和，一年等於他的一生，他在朵拉的陪伴下感到再也沒有這麼快樂過。過往的愛情伴侶總是無法和他生活，也無法讓他感到那種眞切無悔的幸福。

但是只有一年。

就這麼一年。

呈現人間最美的一個定格畫面——

一輛敞篷汽車在風雨交加之夜，將卡夫卡載往療養院，整個旅程上只見朵拉以她的年輕天使之姿，高高站起，用她的身軀爲卡夫卡遮住飄打的無情風雨。

在朵拉身軀庇蔭下的瘦弱卡夫卡噙著淚光，想著生命無法掌握，無法給愛人幸福。但他仍然露出淒涼而有力的美麗微笑，他讓朵拉感到這個不屈服死神面前的良人內心是如何地充滿著希望與勇氣，年輕的朵拉見了卡夫卡對她展顏的深邃，她於是甚至渾然不知有死之將至這回事。

卡夫卡被送到維也納醫院，他的身邊恆常躺著的也是瀕臨死亡深淵的肉體，那些快要揮別人間如紙張薄弱即將飛揚的肉體只有牧師陪伴在旁，醫生都放棄了。彌留者的最後時刻，異常的孤單，連卡夫卡都無法用文字形容的那種巨大孤單，就在卡夫卡的身旁。但卡夫卡卻極其幸運地有朵拉，她是他的救贖，他長年生命黑暗的光亮所在。朵拉爲他爭取到一個窗外有美麗綠景的病房，她有時哼著猶太歌曲，有時會用鮮花裝飾蒼白的病房。卡夫卡因此常忘了結核病的疼痛，如果疼痛稍微退去時，卡夫卡甚至覺得自己身處天堂。

但天堂也是一種幻影。

事實是他喉部加劇惡化，任何的手術都無法發揮奇蹟，卡夫卡再也食不下嚥，他的喉管神經被打進乙醇，接著陸續打進嗎啡來減少他的痛苦，然疼痛仍強烈地盤據每一條神經，朵拉祈禱，她願意以她年輕之壽來延長其愛人在世上的光陰。周圍的人都勸她將卡夫卡帶回他的祖國布拉格，但朵拉拒絕了，拒絕的原因是卡夫卡已經禁不起任何一絲一毫的搬動了，任何一個微小的搬動，都足以索他的命。她寧可他在療養院安安靜靜的，雖然她知道人子應該返回原鄉。但她又深知卡夫卡的原鄉屬於她，她就是他的土地，他的一切。

卡夫卡的喉部已經被上帝回收了，他無法吐出言語。但他還有心有腦有手，這一生他用這些部位寫出他的文學世界，不能發聲，但一樣可以表達。他寫字，寫在紙上，和他的愛人與友人溝通。

他一生都在紙筆堆裡度過，在微薄的暮夕光陰裡，紙筆像是巨人手中的星球，每一個字都折射出亮眼的靈魂光芒。

死神派出水手在生命港口的深處發出一閃一滅如霧飄渺不定的哀傷，然而陪伴其中的朵拉是如此的堅毅，一個要跨進二十歲之齡的女人異常的冷靜也異常的堅毅。他們的愛，來得何其晚，但也來得何其時候。她深知自己即將成爲最愛者的送終人，但她知道卡夫卡將會因爲她在身旁而安然地離開這個讓他飽受痛苦的監獄般生活。只有這最後的一年，值得卡夫卡記住了一切。

卡夫卡發出強烈的求生渴望，包括他希望可以和朵拉結婚。他以一個並非是眞正猶太人的「懺悔者」身分寫信給朵拉的父親，信裡情眞意切地表達和朵拉結合的永恆渴望。然而朵拉的父親收到這封信後，把信丟在一旁，僅吐出了一個可以讓山崩海裂的「不」字。

「不」，愛情最殘酷的字眼。

卡夫卡和朵拉早已自組成小家庭了，但收到這樣絕情的訊息仍不免心情大受激盪。「如果能早一點遇到朵拉，我的強烈生命欲望就會來得更早……」可惜，這份超乎尋常的愛，在他的生命裡實在短暫如煙花。過往，一向容易頹喪的卡夫卡在此時此刻才燃起生之激情。他體會到愛情甜美的生命之美，或許我們該說這也不枉此生了。

我們不禁好奇，何以年輕的朵拉會如此地吸引著「很難有快樂感」的卡夫卡？很難有快樂感，是因高處不勝寒還是對人間多有不滿足？

卡夫卡的一生至交好友馬克斯在旁邊目睹著朵拉和卡夫卡的互動，他心裡非常明白，這些回憶永遠都會是卡夫卡溘然長逝前的最美畫面，而對年輕朵拉而言，將來不管她的際遇如何，她永遠都會把卡夫卡收藏在內心深海。

朵拉深具東方猶太人的宗教傳統寶藏，加上又年輕率眞，十分吸引多愁善感又嚮往東方猶太文化的卡夫卡。而朵拉則對卡夫卡懷有一種對偉大老師的那種獨特的尊崇之愛，同時又因爲年輕，於是不免也有她的熱情與夢幻，就這樣，他們輕易地成爲彼此靈魂與生活的終極之愛侶。

「我從來不曾像現在這般地渴望活下去，哪怕只是一月一年，只要和妳在一起，我想活下去！」當醫生告知卡夫卡喉部的病況似乎顯得好些時，他激動地落淚了，他不斷地抱著朵拉泣說他的願望：「我渴望活下去！」在眞愛面前，他懂得了分享生命的意義，他希望活下去。

然而每天夜裡都有一隻貓頭鷹出現在卡夫卡的房間門口，卡夫卡將之視爲「死亡鳥」的象徵。

K自築的城堡，頓時瓦解。愛之渴欲來得何其漫長，他像是一個天眞的人卻掛著百年來的宿命容顏。生命冷冰如鐵，他以同情之筆塑造K，使人心冷酷顯現如圍城，在此失望封鎖的圍城下，卻反而讓我們高度產生同情心，在人群冰冷的人性中對比出K耀眼的火花。

他時常懷抱歡喜心情，吃著友人或朵拉帶來的水果。據說他會拿起水果細細聞著，像是要去深刻記憶任何一個細節似的神情。這些幽微的芳香，就像他遲來的眞愛，緩慢而悠遠。

卡夫卡不希望朋友帶著愁苦的臉來探望他，於是他總是要來訪者不妨就在他面前做平常喜歡做的事吧，他說朋友們，不要拘泥。於是友人就在他面前喝啤酒，唱唱歌，開心著好像卡夫卡躺著之地不是病房而是遊樂園。

但有些朋友離開卡夫卡的病房時，卻不免掩面哭泣起來。

就這樣，死神仍然依照任務前來，派著祂的使者來到了他的床榻。卡夫卡聽見了那微細的拖沓沉滯聲響，卡夫卡嘆了口大氣，無奈且帶著抱怨口吻地說：「通往死神的道路上竟有這麼多的車站，這走得眞是漫長啊……」

夜裡十二點，卡夫卡入睡。清晨四點，醫護人員發現他呼吸不順，叫醒朵拉，這是最後的危險訊號了。醫生前來替卡夫卡打強心劑，卡夫卡不禁對醫生說：「殺死我，不然你就是殺人犯。」卡夫卡要醫生別走，他長年的醫生朋友對他說：「我不會走的。」而卡夫卡卻以先知口吻說著：「可是，我卻要走了。」醫生給卡夫卡注入了最強的止痛針。卡夫卡高興地點點頭，緩緩入睡而去。可憐的朵拉在夢中不停地喃喃說著：「我最親愛的，我最親愛的，我的好人兒啊，你是那麼孤單，如此地孤單啊！你一個人在那裡，一個人在黑暗中，無遮無蓋的……」

一九二三年夏日，卡夫卡在廚房目睹一雙刮魚鱗的朵拉之手，溫柔卻血淋淋。接著他們自我允諾結合爲小家庭。隔年，六月三日，卡夫卡告別這一年一直陪伴身旁的年輕朵拉。朵拉一下子像是三十歲的成熟婦人，她在哀傷之餘仍非常堅強地獨自完成卡夫卡的後事。

卡夫卡遺體被密封在棺木裡，運回他的祖國布拉格。他懷抱幸福離開布拉格，想要完整地和朵拉生活，但他卻以躺的姿態回到祖國。

我再度想起《城堡》裡那個到哪都被視爲闖入者的K，飄零的花朵是猶太人一生的心靈寫照，到哪都是異鄉客。「你不是來自城堡，你也不是村裡人，……你一個外來者，一個老是到處在趕路的人，一個老是引起人們頭疼的人，一個意圖不明的人……」

我忽然在布拉格也有這樣深層的感受，如果是十多年前的布拉格霧夜下遊蕩的我或許心中的憂愁還頗有美感象徵，但此刻的布拉格如此喧鬧，幾乎都是一團團的人從我孤身隻影中來去，他們以奇怪的眼神看著一個奇怪的陌生女人走在其中。布拉格的商家也多無笑臉，捷運車廂面相愁苦者多，年輕人雖然愛撫得很甜蜜，但卻無視於他人存在，這依然是非常冷漠。連去會說英語且理當服務他人的觀光局問路都不很熱絡，咖啡館侍者也淡淡然，路邊賣古典音樂表演票者是有溫度但卻讓人起煩。

後來我在某個修馬路的工人臉上看見消失已久的微笑，可能我站在那裡看他工作看得太專神了，因此他終於回過頭來報以我一個燦爛的微笑。

在那個微笑裡，我忽然明白人說來是一樣的，所不同之處是在於被遮蔽的部分。這名轉頭對我發出和善微笑的工人，他的心沒有被世俗成見所遮。

六月十一日四點，卡夫卡葬在布拉格的新猶太公墓。布拉格環城舊路的鐘塔時間卻依然停在四點的刻度上。卡夫卡魂埋的時辰，彷彿全布拉格都在弔唁這位在布拉格度過人生陰鬱時光但卻留下壯闊文學遺產的文學家。

卡夫卡無可比擬的文學情懷，那瘦削而高貴的內在強大精神，顯現在他死亡卻實則未死的作品裡，馬克斯說：「他的人的存在之溫柔已然消失了，但他無可比擬的精神仍然構成其呆板卻珍貴的面龐，其美就像是一尊古老的大理石雕像啊！」

當地報紙，隔天出現一則小如廣告的訃聞，發自卡夫卡的父母：

「我們無比哀傷地宣告關於我們的兒子法學博士法蘭茲・卡夫卡的死訊——1924, 6, 11。」父母給他的世間名號是——法學博士。

我在卡夫卡墓園看著一些色彩斑斕的小金龜子爬行吸吮泥土的露水，紅點襯在黑殼，沿行成美麗的地平線。

怎麼我的許多旅程都和墓園有關？莒哈絲、西蒙波娃、卡蜜兒、艾蜜莉・狄金生……到此時此刻的卡夫卡。

我自己啞然失笑。

「每個相信改革者都是如此，他們不明白世間的景色只有生死才能改變。有的凋零了，有的抽芽發苞了。改變萬花筒裡碎片的秩序，只有小小孩才相信他們把玩具給重新改造了。」——卡夫卡語錄。

我感覺自身的心就像是萬花筒，隨機轉動就是另一個碎片的組合秩序。卡夫卡的隻字片語與小說世界的靈魂核心就有如是我自身一個不經意的小小轉動。

長期受失眠而苦的他終於長眠。

「也許我的失眠是隱藏著對死亡的恐懼，也許我害怕睡眠時離我而去的靈魂——永不再來。」

至於才二十芳華的朵拉，在卡夫卡過世後，她去了哪？她如何從最愛的世界裡再度重生？

她曾是卡夫卡地牢生活裡的唯一燈火，地牢的主人消失，燈火也無須再捻亮，無人之所，照明顯然多餘。

卡夫卡曾經說：「語言是文學家永恆的情婦」，那麼我想朵拉可說是其「地牢裡永恆的溫暖照明」。

她黯然神傷地離開布拉格，悄悄地，像是當年她認識如師如夫的卡夫卡時她手中的魚鱗片，她的心鮮血淋淋，她輕如魚鱗，被際遇刮傷得碎成片片，她離開這有卡夫卡巨大光影之城。

她一度成爲布拉格卡夫卡世界之謎。

迷霧散去，她的故事被寫下，因爲她觸摸了愛情的終極之光。

卡夫卡的愛情若是片荒地，那麼她就是雨水。

生命的流刑地，無比酷寒，也無比甜蜜。至少卡夫卡的臨終之眼望向的是朵拉，他既有憾（愛情與甜美如此地短暫）也無憾（懷抱最燦麗之愛告別人世）。

天平的兩端，若以愛情來秤人生，那非得全捨方能全得，大地於是爲之撼動。

卡夫卡的人屬於這樣的絕，他的愛情也屬這般的決。

離開卡夫卡的朵拉

只有認識朵拉的人才會明白什麼是愛情。——馬克斯・布勞德

朵拉頭髮捲曲，頭大大的，可說不美。但她有一雙迷人且清澈的眼睛。

那眼睛像是一潭深水，深情專注，悠遠。眼睛永遠比語言要幽微，因爲這個幽微的無可言喻，而使得他們盡在不言中。

美妙的眼睛是光裡最最神秘的光。

卡夫卡其餘的三位情人或另嫁他人或死於集中營，唯獨朵拉是病逝倫敦的。朵拉的故事因爲有好奇者凱絲・戴曼（Kathi Diamant）追蹤，寫下了《卡夫卡的最後之愛》一書，因此讓我這個好奇者也得以知曉朵拉的命運。巧合的是，Kathi Diamant和朵拉・戴曼（Dora Diamant）同姓且同月同日生。

我不知道年輕時就遇到最愛者，往後的愛情人生如何度過？是妥協地尋了個安穩者結婚，還是因爲有孩子而得以忘憂？或者受困柴米油鹽而漸漸淡忘了所謂的最愛？

愛情強烈索求時間點的發生，時間點的適切遇合強烈衝擊結果。如果卡夫卡不是在生命的盡頭遇見朵拉，他會如此執拗地認爲朵拉是生命所能擁有的一切？

最初的愛情與菲莉絲纏繞五年，中間歷經他的另一個強烈愛情震波——蜜雷娜，他當時以爲，蜜雷娜若離開他的話，就等於把他的一切也都帶走。

結果並沒有如此，可見巨蟹座的卡夫卡也不免掉入陷阱——以爲每一段感情都將是他的一切。

但眞正的愛情卻來得遲。最末人生旅途，全面理解他與陪伴他的人，只有朵拉了。朵拉成爲卡夫卡的送終人，文學巨擘彌留狀態的目睹者。

我再次在卡夫卡的故居回想著朵拉在送卡夫卡至醫院的敞篷汽車的路途上，一直站著，用自己的軀體爲卡夫卡遮風擋雨的動人畫面……

就這麼一年，卡夫卡肉體病得最劇烈，但精神卻最圓滿。

就這麼一年，於這對苦難鴛鴦來說就是一生了。

解脫是無法寫的，只能經歷——卡夫卡耳語在我的布拉格路途。若有我摯愛且他也摯愛我者，我當以肉身為其擋風避雨。

但我潛入記憶多回，卻遍尋不著這樣的人。

朵拉後來的命運

戰爭，通貨膨脹，窮人的苦難，流浪的放逐者……猶太人的命運慘烈地顯現在集中營裡。卡夫卡的情人菲莉絲另嫁之後無音訊，蜜雷娜後來死在集中營，朵拉逃過這一劫。她嫁了人，落腳倫敦，且生了個女兒。她過著尋常的世俗生活，雖然歷經感情與生命的苦難，但她常以卡夫卡作為精神靈魂導師，她從不放棄自我。她常想起一生多病的卡夫卡，仍伏案寫作的畫面。「自殺只是因為失去意義而殺害自己，因為人不能做別的，只有選取這最後僅餘的一條路走。自殺需要的不是什麼『力量』，唯一需要的只是『絕望』，放棄一切希望，而無須冒險。但我們要敢冒險，敢冒險就是堅忍，我們要一心一意地投入生命，將一切的困難皆視若無睹地活下去。」

將一切困難皆視若無睹地活下去，活下去！朵拉永遠牢記卡夫卡的形象與其格言！她屢屢想起受病痛折磨的他依然寫到生命最後一刻時，她眼中便噙滿著無以言說的光亮淚水！

這樣的懷念，深深牢繫著她後來的人生，也成為她內心世界最飽滿卻不被分享的秘密黑盒子。

即使後來家庭結合裡最親的丈夫和最愛的女兒她都無法和他們分享這段最輝煌的過去，自己與卡夫卡無可替代的一年。

美麗的一年，點燃一生的燦亮。有時她懷抱著女兒時，她甚至會天眞地想，這要是卡夫卡在身旁該有多好！這如果是卡夫卡的孩子該有多麼美麗！

世局漸穩定後，某年，朵拉去了巴勒斯坦，爲了卡夫卡的遺願。她是猶太人，但她同情所有巴勒斯坦人的命運，這樣的高度同情除了是她與生俱有的情懷外，也是她受到卡夫卡人格與作品的感召。

其餘生命無風波，她加入義工團隊，她也成爲家庭主婦。只是分離與相思如此讓她難受，她在戰爭中活下來簡直是猶太人的奇蹟，當她知道卡夫卡的妹妹和許多友人都死在集中營時，她在異鄉頻頻掉淚，她的女兒瑪麗安常撫摸媽咪的臉對她說：「媽媽！不要哭！媽媽愛寶貝！」

直至戰爭甫一結束，朵拉就迫不及待地重返布拉格，她要再次聞到有卡夫卡呼吸過的城市。

一九四九年八月二十五日，她曾寫信給卡夫卡一生的摯友馬克斯，馬克斯收到來信驚奇至不可置信地反覆閱讀著。朵拉將重返和卡夫卡的愛情故土，她寫信告訴馬克斯將和他見上一面。

信上她寫道：「我感到整件事仍是那般地難以置信，我方才知道，我就可以見到你了。我的興奮難以述說，我莫可名狀地懷念著卡夫卡。若將這些年的思念全部匯聚一起，我就會陷溺至無法自拔了。卡夫卡當年的夢想是，有個孩子，然後我們一起到巴勒斯坦。現在我已經有一個孩子了——但卻沒有卡夫卡一同去巴勒斯坦，沒有卡夫卡同行，是如此地遺憾。但我在沒有他同行之下，卻用了他的錢買了一張去巴勒斯坦的車票，我想至少這樣也堪弔慰他了。」

朵拉在卡夫卡過世後花了些年在旅途上，她走過以色列的耶路撒冷、特拉維夫、莫斯科等地。之後，落腳倫敦，持家育女，一直以來，她都保有一位典型猶太婦女的特質，是家庭的支柱，也是宗教的虔誠信仰者。

金牛座的她在度過五十四歲生日後，也就是一九五二年五月七日左右她開始寫了些信給朋友，並陷入回憶流沙，時光停留在她和卡夫卡那可貴的一年，卡夫卡！卡夫卡！她喃喃自語他的名字，她在重複呢喃他的名字時，彷彿碰觸到卡夫卡的頭髮、耳際、嘴唇、胸口、雙手……直到她碰觸到他的心，她感傷地想，和卡夫卡在一起時光何其短，但又何其長，一年延伸成一生。

「他是一個總是以心來瞭解他人的人。」她在紙頁上寫著。

一九二四年，她的愛人走了，竟然倏忽已過二十八年了。她不知為何開始覺得感傷，同時似也明白年輕時自己擁有了最珍貴的寶物，那就是和卡夫卡不朽的愛情與回憶。她似乎知道自己的命運，她在安息日感到耶和華的旨意，她要告別許多人了，跟隨卡夫卡去見猶太之主，或許她將叩問祂——關於猶太的悲劇命運所為何來？

一九五二年八月十五日，朵拉生了場重病後陷入昏迷，再醒轉時就是迴光返照的剎那。她在醫院醒來，朋友安慰她：「不用擔心瑪麗安，我們之後會照顧她。」朵拉回答：「做你能做的。」

一九五二年八月十八日，朵拉葬禮在倫敦舉行。

卡夫卡的照片在棺木內，她的女兒偷偷擺放在母親的衣服裡層。

他們的苦難結束，他們安息。

情愛對於他們而言從來沒有流逝，流逝的只是世間所衡量的有形時光。

參　酷寒異境，孟克的吶喊人生

侍奉主，我們才能在天堂重逢。

孟克在油畫布前陷入沉思。

他正在畫一個躺在病床的婦人。他不禁陷入了記憶的桎梏與煎熬。時光是黑暗的，不論消逝多久。

他記得那個畫面，母親凹陷在床褥上。母親把他和姊姊叫到床畔，語氣像是用盡了全身力氣似地說：「我將離開你們了，也不得不離開你們了。」

母親微微轉頭地問孟克：「你和姊姊會不會感到傷心？」

孟克和姊姊只是低頭，不明白母親為何要這樣說，他不懂為何母親要說她不得不離開了？

接著母親還要他們對她發誓。

她說：「你們必須虔誠地善待耶穌，因為只有這樣，你們以後才能與我在天堂相逢。」……

他和姊姊雖不甚完全明白母親說的話意，但卻是極度地悲傷恐懼，他和姊姊兩個人不停地抽泣，之後便是嚎啕大哭……

他還記得那個死氣沉沉的房間，燭火像是吸進了所有空氣似的不斷往上竄燒，感覺很黑。雙人床上躺著媽媽，略暗的輪廓顯得有氣無力，母親對他們緩緩低訴侍奉耶穌與天堂相見之語。逐漸地，他受氣氛感染，接著慢慢地似乎知道再也見不到她了，於是嚎啕大哭起來。

七歲那年，孟克躺在地上。他拿起煤渣炭和紙，畫著一個盲人。小孟克畫完後，感到十分快樂，他知道自己喜歡塗鴉，他任憑記憶流蕩，思念著在天堂的母親。

那是肺結核致命的年代，肺結核讓整個時代都染上了如窗外的蒼白，仕女們都病懨懨氣喘喘的，微帶輕咳的讓人憐惜。

肺結核，彼時是世界性的疾病，

一八六九年母親留下要他們終生侍奉耶穌的話後離開了人間，那年他六歲。一八七七年，那個和他一起跪在母親床沿聆聽遺言的姊姊蘇菲亞也因肺結核病逝了，自幼和姊姊感情親密友好的孟克悲傷不已。

他深切記得那天，黃昏很快就降下了。姊姊躺在床上，臉泛紅，發著熱燒。她的那雙眼睛卻十分晶亮，不安地環視著房間，接著眼神落在他身上。

「你能不能把這個東西拿開？它令我太痛苦了，你能答應嗎？」姊姊說。

他悲傷不語。

「會的，對不對，我相信你會答應我的。你看見那顆頭嗎？……那是死神……」吐出死神字眼後，姊姊的眼睛從晶亮轉成通紅，少年孟克感覺死神的腳步聲伴隨著鎖鍊聲似乎慢慢地踏步而來，房間籠罩陰影，燭火油燈快燃盡了，他知道姊姊眼中嘴裡所說的「那個死神就要來了！」

死神終究會來是這樣的確定無疑，但卻又是那樣地神秘至無可理解。

姊姊沒有像母親那樣堅信耶穌基督，孟克非常憂懼姊姊是否和母親在天堂得以重逢？雖然從小父母親就告知他們一生都要堅信上帝，上帝會幫助他們克服所面臨的困難。

這年他十四歲，最愛的母親與姊姊雙雙離開，他自己也多病瘦弱。於是他對於生死愈發像他最喜歡的顏料般可以如實去感受了，自此他一生都帶著某種奇特的病態，還不時會產生一種悔恨絕望瘋狂的混雜心理。

沒有人會忽略對於藝術家至爲重要的童年，童年似乎是個解碼器。

假使我們不去瞭解書中記載的孟克童年，那麼是否能從其繪畫作品嗅到童年對其影響的遺跡？

小說家很怕讀者或評論家以「文本」來穿鑿附會「作者」眞實人生，那麼是否該避免這樣的對照。然而，孟克卻再次應驗佛洛伊德這樣的童年「傷痕」理論，他許多作品裡的陰影線條與死亡色彩，都再次洩漏關於畫家童年的陰暗面。

後來他們的生活便由母親的妹妹凱琳照顧，凱琳姨媽甚至因此而終生未婚。

七歲的孟克就開始愛上畫畫了，他在日記曾寫道他用一塊煤渣炭畫了一位盲人。

失去摯愛的母親，在惡寒之地，加上父親後來經濟不好，遂使得孟克某些病態的人格植入了更深，從而常常升起一種絕望之心。

對孟克而言，一開始繪畫是他的一種嗜好，然由於他天生病弱，上學斷斷續續，或者也因此讓這個嗜好轉成爲他生命的主軸。

就像此刻，他畫著悲哀孤獨者的形象，受到一種莫名的、宛如是亙古似的傷懷召喚，即使背景有刺亮的輕淡顏色但卻掩藏不住那亮中最暗的悲劇性，是那帶著敘述性的悲傷感吸引著他。不是那麼露骨的悲傷，是一種含而不露的憂愁，他已經稍微掌握了自我的藝術特質：帶點法國式情調的自然主義以及波西米亞似的揮灑線條，最重要的是他放進了個人主觀的繪畫敘述語言，使得他漸漸走出一種足以馬上被辨識的繪畫風格。

對悲劇故事的自我反芻，對自己舊情復燃的不斷回憶，他覺得自己似乎是一個活在過去的現代幽魂。「我不是畫現在我所見，而是過去我已見到的事物。」什麼是過去所見的事物？那就是埋藏其心，淤積的心緒將之流洩成顏色和線條。情緒變化成了他觀察心海的波濤，那苦那愛都是藝術生活的一部分。

他有時會想起父親。

其父親在年輕時也曾經度過一段漫遊歲月，在輪船上當醫生，生活圈廣而見識多聞。十二月十二日出生的孟克，帶著射手座的自由不羈性格。病態的種子根深在他自由的土地上，於是他一生都因為病態的矛盾而產生獨特的美感經驗。

一八八〇年他從技術大學退學，他在日記提到他已決定當一名畫家了，他轉到了一所夜大當了學生。他畫的第一張肖像是他的父親，接著他加入自然主義畫家團體，那時也可說是挪威藝術的黃金時代，一八八〇年被後來者稱為「分水嶺」的年代，畫家走出畫室，面對生活的眞實面與大自然，當時許多留學德、法的挪威畫家紛紛返回故土，也播下了孟克的藝術夢。

當時的畫派走出傳統學院，藝術家通常和某位年長的藝術「知音」在一起，這種非學院式的相濡以沫，一種帶著自我發掘的精神，使得孟克的繪畫更自由。

一八八五年，孟克畫了他一生重要的題材作品「病孩」，他擺脫了自然主義的束縛，而找到了更能夠表現其強烈個人情感的表現形式，他自己後來將這些畫作概括性地說：「一幅完全神經質、立體主義和無色的繪畫。」

他並說自己起初是印象主義者，但受到了侷限，所以他必須另闢蹊徑來表現他自己在「波西米亞時期」所經歷的情感流浪。

波西米亞生活

一八八四年他二十一歲時，他加入當時由作家和畫家所組成的前衛「波西米亞人」團體，同年並獲得了某藝術基金會所贊助而畫出不少作品來。

隔年，他去了巴黎。

他在異鄉時常想起多病與貧窮的童年，上學斷斷續續的。從小即代替母親照顧他們的凱琳姨媽曾寫信給他：「許多晚上我夢見我們在那些破舊房子所經歷的困難，都已經煙消雲散了。我在夢中卻不斷地四處找錢，最後我終於意外地找到了一枚五分錢的銅板……」

他陷入姨母的夢，姨母的夢幫他揭開了陳年的寒傖傷疤，這似乎是他們的夜之夢魘。

贊助獎金用罄後，他返國在秋季聯展上展出，其中的「病孩」即大受抨擊。

在管制森嚴的孟克美術館（自二〇〇四年孟克的「吶喊」、「聖母」畫作被偷後），我細細觀看孟克的畫作，心裡常閃過很多念頭。在畫作眞跡的面前，常常有種奇怪之感，像是從看照片跳躍到目睹眞人的狀態。有時會詫異於眞跡的色澤或者大小，有時會盯著一筆一畫失神起來。

孟克畫過很多臨終者的形象，著名的「病孩」，仍然是以其一貫的技巧，以薄薄一層油畫顏料直接倒在油畫布上，顏料被麻布吸收，因此形成了獨特的網狀不規則條紋，而那線條細細盯著，卻有如是畫家的眼淚在顫抖似的，這因此成爲其獨特的畫風。他捕捉了臨終之際感傷告別的幽幽氛圍，憂傷卻又沉默無言。

「我總認爲，這些自然主義畫家裡沒有一個畫家在體驗他們作品主題的時候，達到了我所畫『病孩』這類主題的程度，這不只是我自己坐在那裡而已──那裡有我最親愛的人。」孟克曾這樣寫道。

他在畫「病孩」時，不斷地想起姊姊蘇菲亞病重垂危看見死神頭顱的驚顫之神，他也想起孩童時即將辭世的母親把他叫到床畔，要他發誓信奉耶穌好將來和母親在天堂重逢。

他一個人坐在畫布前，但是和他一起的人卻是他的記憶，再也看不見的親愛母親與姊姊，她們沒有在天堂重逢，她們是在他的畫布前重逢。

母親是他的中心人物，在他的記憶裡（和畫布中）母親幾乎是要倒在地上的，臉龐痛苦而絕望地埋在手裡。生病的孩子則模糊不清，白日的光線投射擱在桌面的一杯水，那光線是這般微弱，有光似乎比無光還要黯淡。

畫完後，他放下油筆，也被自己的記憶勾牽而帶著感傷，他的心長年也如畫布上的光線般幽黯。他走到廚房拿出一瓶威士忌，倒了一杯，仰頭就喝了起來。

孟克美術館展場封閉，並無自然光，但我的心裡卻有一種被自然光投射之感。我的步履逐漸走至不久前才換上的一幅孟克作品「清晨」，我被那「清晨」裡滲透而出的淡淡暈光吸引。在「清晨」一作前凝神片晌。畫作裡，那從窗外射進屋內的陽光，使得窗台上的水瓶和玻璃杯帶著模糊的虛幻感，虛幻模糊暈托了畫中的女孩形象。屋內罩著層霧氣感，微微有亮，卻又頗哀愁。這讓我感到孟克的畫作不論畫面中是一個人或很多人，都散發著與世隔絕的氣氛，畫作裡滲透出濃濃的極度不安全感所導致的情緒強震。

同時間我在近距離貼近觀賞畫作時，又十分受到其對人間的悲憫與憐愛吸引……這些感受在過去我只是純粹看其印刷品畫冊時是無法如此解析清楚的。

因之，描繪因病或因愛受苦的人是孟克將血淋淋人生經歷轉化成藝術的鮮明特質。

孟克用不同的方式看事物，他看到了本質，他說他只描繪本質。這也是爲什麼孟克的繪畫作品常讓我有一種「未完成」之感，帶著一種「意猶未盡」，這種未完成感卻又不能再多添一筆一畫，因爲孟克的未完成就是已完成，或者姑且稱之「未完成的完成」。

這種帶著未完成的粗線條與模糊，使得他獨樹一幟，但在他的時代裡也備受極端好壞批評。

接著我因爲挪威友人的幫忙關係，而得以進入僅供研究者才開放的孟克美術館附屬圖書館。登梯上二樓圖書館，走廊兩側陳設著許多孟克未曾展示的素描，入圖書管簡直就是收藏孟克的大本營。

當年有一家名爲《Morgenbladet》的保守報紙卻大肆批評孟克的畫作是「枯燥無味」，顏色幾乎是「死灰而毫無生氣的」。

那種帶著有如攝影式的保守寫實主義者尤其看不慣孟克的「粗」線條，奚落孟克的油畫顏色是「差到難以描述」。當時有前輩畫家還稱孟克爲「騙子畫家」。（於今這些曾羞辱過孟克作品的畫家卻都沒有在史上留其名，時間長河篩揀了精華與獨特者。）

同時，彼時的人們還非常不習慣孟克這種直接揭露人生病態的畫作。因爲在自然主義與浪漫主義氣氛下，人們喜歡的是畫作的唯美與細緻。

孟克的畫作毋寧刺傷了人們慣性的目光。

當時挪威的一名年輕藝術批評家Andreas Aubert還以一種勸說的語言寫道：「希望下一次展覽時，他務必能作一些看來已達完美境界的作品。」

然而喜歡其畫作者，則讚嘆他走在藝術發展前端，他觀察了人性生死愛欲的原始渴望，讚許他能跳脫形式主義，由敞開的心扉與聆聽時光記憶的幽微而產生了藝術。任何一種創新的技法或者新的藝術風格，總是得經過時間之河的沖刷才能刷出它的寶石之色。

一八八九年，他又來到藝術之都巴黎。他在此吸收著許多畫派展覽的作品，也學習到印象主義的畫技。然而快樂時光短暫，巴黎在當時流行霍亂，許多人紛紛搬遷到城外。孟克也搬到郊區，與巴黎相比，作為異鄉人的孟克於是更顯孤獨，因此那些歲月他觀察著自己深處的寂寞與難以排遣的孤獨。

同年十二月，孟克父親意外死亡的消息傳至異鄉，他雖受到打擊，卻因看見死亡無時不在而更激勵自己要好好地創作。

他寫下足以作爲他一生畫風的註腳文字：「我總是與死亡生活在一起——我的母親、姊姊、我的祖父、我的父親……他們都相繼離我而去，記憶卻打開了我心的閘門，每一件微小的事物都彷彿歷歷在目。最後一次，父親送我去碼頭，我們帶著羞澀之情地告別。我們掩飾感情，雖然分離對我們來說是多麼的傷心，但我們都克制著分離的痛苦，而不願意去表露出我們之間深厚的感情。」

這是什麼世界啊？堪忍一切，一切堪忍。

他繼續埋進藝術領域，好藉此抵抗一切的消亡。

一八九一年，他去了尼斯，望著藍色海洋，他讚美地說：「地中海帶給我身體的好處勝過於世間所有的醫生。」

大海靜靜的躺在那裡，湛藍湛藍的，比天空還深，還藍，有如是綢緞飄逸輕盈，長長的海浪向岸邊拍動，一陣陣低沉的聲音襲來……他寫下對海洋的直率感情，也畫下了「在尼斯的夜晚」一作，遠山和樹林散發出柔軟的線條，屋頂以幾何圖案表現，他自己感到頗爲滿意。而這件作品也很快被收藏，是讓他聲名大噪之作。

他感到舒適，心想自己在歐洲這些年，每每返回挪威展出時就備受批評，不懂爲什麼自己在祖國竟然是不受歡迎的，因此他一旦再拿到國家獎學金時就又離開祖國。有許多年的時間，他來來回回於巴黎與奧斯陸之間。一有獎金贊助就離開祖國，錢用盡就回國辦展，然後一生都在好壞兩極的批評中度過。

一八九三年是他藝術流徙與生命驛動的關鍵年，他在柏林展出「生命組曲」連作，受到注目。

他開始視歐洲爲其藝術核心地。

巴黎和柏林成了他的大本營，在那裡他和來自世界各地的藝術家較勁評比，也藉此訓練自己的眼界。

然而可怕的童年死亡陰影與後來的愛情挫傷不斷地侵蝕他敏感纖細的神經，加之長年酗酒，愈發使得他精神受創，在一九〇八年終至爆發精神崩潰而住進療養院。

他有寫日記的習慣，圖文並置，內容並沒有秩序，隨筆下卻又處處鑿痕在他對生活、愛情和對創作的思考。

當時他所加入的「波西米亞人」團體信仰的一句話是：「寫下你自己的生活」，他把這句話加入了「畫」，畫下生活所思所見外，他也常寫日記。

「通向藝術最高境地之路就是畫家在作品裡，把自己的一切都奉獻出來。包括他的靈魂、他的悲傷、他的歡樂、他的心血。」他在藝術思想上，常陷入這樣的沉思。

他拒絕成爲「藝術就是技術」的信徒，他所實踐的是對生活觀察，從而對藝術發出一種「體驗形式的審美觀」。體驗，不斷地體驗，使他成爲一個漂泊者，一個孤獨的人，不論在生活或愛情上皆然。

孟克認爲「體驗」是十分主觀的，他不解爲何堅持己見的主觀有錯。結束一天的疲憊繪畫後，他在孤夜案前冥思，每個人不都是帶著不同的眼光來看待事情嗎？在早上或晚上，就是同一個人看法也會隨時光流逝而改變。

他想著早上從臥室走進客廳的畫室時，一切是那麼地明亮，甚至暗影處也因心情而顯得明亮起來。但是再過一會，當光線改變，又或者他適應了光線，因此較暗的部分會變得更深沉，那麼什麼才是他要捕捉下來的？

光是坐在那裡凝視周遭這一切是不行的，他問著自己，什麼是打動他的？畫出他自認爲感動的眞實，「這幅畫才有靈魂！」

要讓畫有「靈魂」，十分東方禪學：一切唯心造。

他依然每晚得喝酒，當他飲酒時，他走到白日的畫布前，他又發現自己有了不同的眼光了，一切顯得模糊，帶點迷亂。（他很多畫，可能因爲喝了酒而再去塗抹，因此常帶有一種模糊感。）

在尼斯的蒙地卡羅賭場孟克也常光臨，他帶著小說家的精神觀察賭場眾生，他是這樣描述賭場：「魔鬼們被魔法所迷惑而常來之地，裡面住著一個個不幸的靈魂。在這裡，快樂與絕望只有短短幾步的距離。」

孤獨的喧囂吶喊

然而精神疾病仍深深困擾著他，一八九一年，他最終還是回到祖國療養其漂泊的身心。他終究屬於自己的母土，什麼地方是一個藝術家發展和提高藝術最適合之地？他思索著自己的命運，決定落葉歸根。

回到祖國，他也深受注意了。

其中「絕望」作品是後來他的著名畫作「吶喊」的前聲，孟克稱「絕望」為「第一聲吶喊」，畫作前景上戴著軟帽、倚欄而望的人物特寫側像，帶著「自畫像」的隱喻特質，可以說「絕望」和「吶喊」兩個題材來源於同樣的經驗。

「絕望」像是一種近乎進入死境的夢幻經歷，孤單的人影在川流不息的人流中無法融入。所有經過者都露出一種古怪的神情，人望著他，他也凝視著人。所有的臉孔在夜光下都顯得如此蒼白。

個體對人間群體的巨大孤獨絕望與吶喊貫穿了孟克繪畫的全部矛盾特質，有種摸不著看不見的神秘感。

「我看到我自己在水中的倒影，我的臉一片慘灰帶黃。我又在明亮的水面上看見映在其中的天空純淨顏色，這又使我懂得了我能在明亮的水面底下去發現些什麼，我無法和那些生活在幻覺中的人在一起。」

矛盾的他，其實忘了自己也是幻覺的一部分。他既陰暗，又渴望明亮。

他深受記憶召喚，又無法不被自然景色所反映的心象所吸引。

「我和兩個朋友走在路上，正看見夕陽，天空乍現如血般的紅。我停下，倚在欄杆上，感到疲累，血紅的夕霞如火般地染遍深藍色的峽灣和稍遠處的上空。而友人繼續往前，我卻停在那裡，被眼前的血紅驚嚇得顫抖，我彷彿聽到了一聲永無休止的吶喊，滑過了眼前這片風景。」

這麼多年來，許多人不斷地詮釋關於孟克的吶喊。（作品被過度詮釋，這一直讓我想笑，事實上根本沒有那麼多的延伸意義。後來這些藝評啊，目不暇給，從孟克的童年挫傷談到他的愛情，甚至他的祖國過度寒冷都是讓他得憂鬱的致命原因。說來對，也說來不對，因為其實這作品根源只是他在某日看見一個不同凡響的夕陽，血染般的夕色，讓他忍不住從喉頭發出對於這片風景的吶喊。）

這是何等的夕照？照出孟克的底層「吶喊」？

這是屬於日落時分的傷感。

他的畫總是充滿著黃昏的光線，這種光線有種死亡的顏色，神秘莫測，黑暗前的血染夕照卻又宛如是在激情的沸騰中滾動，他畫下了他生命的「祈禱文」，是種訴說不盡的蒼涼。

讓人過目難忘的「吶喊」，如詩之隱喻般地呈現其視覺與心理真實經歷。原來這幅畫是因為他看見夕陽美景而乍然心生人間孤獨而禁不住地「吶喊」了起來。

在鐘與床之間的自畫像

生命的苦痛與孤獨是孟克的永恆主題。

在創作「生命組曲」的系列畫作時就不時地爆發其強烈濃郁的情緒，孟克在歷經其無休止的移動疲憊，以及因精神疾病和為酗酒的折磨而苦時，孟克終於在一九〇八年爆發精神崩潰，而住進了哥本哈根私人醫生的精神病人診所。等到病情稍微穩定後，孟克再次回到故鄉，他住到了濱海的小城。

二十世紀二〇、三〇年代，孟克隱居在奧斯陸郊區的家，當時他只見一些親密的朋友，一九二二年他完成了奧斯陸大學禮堂裡的巨幅三連作大壁畫。

我這回到奧斯陸幸得見此壯觀壁畫，對於孟克的藝術能量也有了更深的體會，瘋子和藝術家眞的只是一線之隔，成者藝術家，敗者精神病患。所幸孟克在歷經人生動盪與感情危機等多重困頓後，他昂首活下來，並多產地創作著。

來到生命最後的十年了，他開始想要畫自己的臉，於是他創作了一些自畫像，年復一年地孟克開始記錄著他的精神和肉體走向死亡的歷程，在「鐘與床之間的自畫像」裡，孟克把自己放置在兩種死亡象徵之中——時間與臥床之間，他的形象一直是孤獨的，然而我們卻在他的孤獨背後瞧見了色彩明豔的房間，那房間的明亮色彩似乎又說明了他一生的熱情所繫。

無論在順境或逆境，孟克都未停筆。

就像他的夢境，從沒停止入駐床畔。

他常做夢，但他不畫夢，他畫他的現實與心境。比如他的孤獨，他又愛又懼的愛情，他那如絲繞頸的憂鬱，他的流浪旅程。

「波西米亞之死」、「波西米亞人的婚禮」畫作就是他的流浪註解，以強烈的色調來表達對世俗生活的感官體驗。

一九三〇年，他曾發生一次嚴重的「視覺」傷害。先是他的右眼因爲長期高血壓與過勞導致了一根血管破裂，接著是他的左眼視力下降而近乎弱視與低限視感的狀態。這使他有了深刻墜入

「深淵」的黑暗感，他開始以科學家的態度觀察他的視力嚴重受損所產生的畫面亂象，他記錄著一切，包括具體日期和筆下紙張和窗戶之間的距離等等。

他畫下了「藝術家受傷的眼睛」，卻以明亮的大圓圈來表示受傷的瞳孔，色彩也比往日明快。有人說這反映他的內在求生，有人說這就代表孟克的晚年，已經出現自嘲的氣味，經過獻身藝術之路多年，他已經開始進入眞正的肉身暮年，而非只是心理上的暮年。死亡的預兆通過眼睛來表達一種無法逃避的存在，他的畫布卻朝相反路徑而去。

可見追求藝術和不斷地在畫布塗抹是孟克的「避世藍圖」。相較於一九一三年他畫的「裸體畫」中的女人在床鋪掩面哭泣的直接筆法，晚年的孟克更懂得直接中要隱誨，直中有曲，或可說才是藝術的眞實與虛擬的美麗所在。

眾生浮沉錄，他更加看明白了。過往緊繃的心緒轉化成可以嘲諷的亦輕亦重心弦，無疑他是更成熟了。聽見流過自己內心的音流匯集在他的筆尖上，燃燒的情愛烈烈，都淡淡地如煙塵往事。

誠然時光殘酷，成熟之後，凋零……

「瑪拉特之死」，他畫下了自己和死亡交鋒的題材。「女人和裸體男人」卻可以看見孟克筆中的年輕人捧著一束美麗的花朵，但花束裡面卻隱藏著一把刀。

而這把刀，即將射向他自己的心臟了。

他知道。

歷經童年的母親辭世悲傷、中年浮沉愛情孤獨與創作流徙，一切將歸零。

一九四四年，他知道躲避多年的死神找到他了，他獻奉藝術如侍奉天主，藝術作品的優劣就是他的審判。

他在死前立下了遺囑，將其身後所有作品捐給奧斯陸市政府，其中包括上千幅油畫、一萬五千多張版畫和四千五百張水彩和素描，和稀有的六座雕塑以及大量的信件、日記手稿。

一生何等的不幸，卻又伴隨著何等驚人的創作量！

作爲一個專業畫家，爲了生存與意志，他總是一直持續地創作下去，他必須量產，且質佳，否則他無法在困頓中生存下去。（啊，我心共鳴！）

他吶喊，吶喊出人性裡最深的渴望與絕望。人是上升與沉淪兩種力量的代表，是神性與獸性的中間份子。

他在畫布裡找到他的平靜，並安全讓記憶有了依靠。

假設他沒有藝術的港口，那麼在隱埋傷痛又爆發愛情的危機時，他會不會成爲恐怖份子。好在，他把「潑硫酸」的可能激烈行爲揮灑在量產質佳的繪畫上，然後極爲有意識地過著屬於他當代的「波西米亞」藝術生活。

於是，他留下了作品，讓它屬於整體人民的文化資產，最後成爲人類全有。

吶喊，只是過程。像是以苦痛換來的神恩，翩翩降臨，呢喃在我們堅硬如化石的耳瓣。

所愛終將失去

「要畫能呼吸，能感受，能愛能受苦的人。」——孟克

人長大後，不可避免受到愛情呼喚，與任憑愛情對象的遭逢。

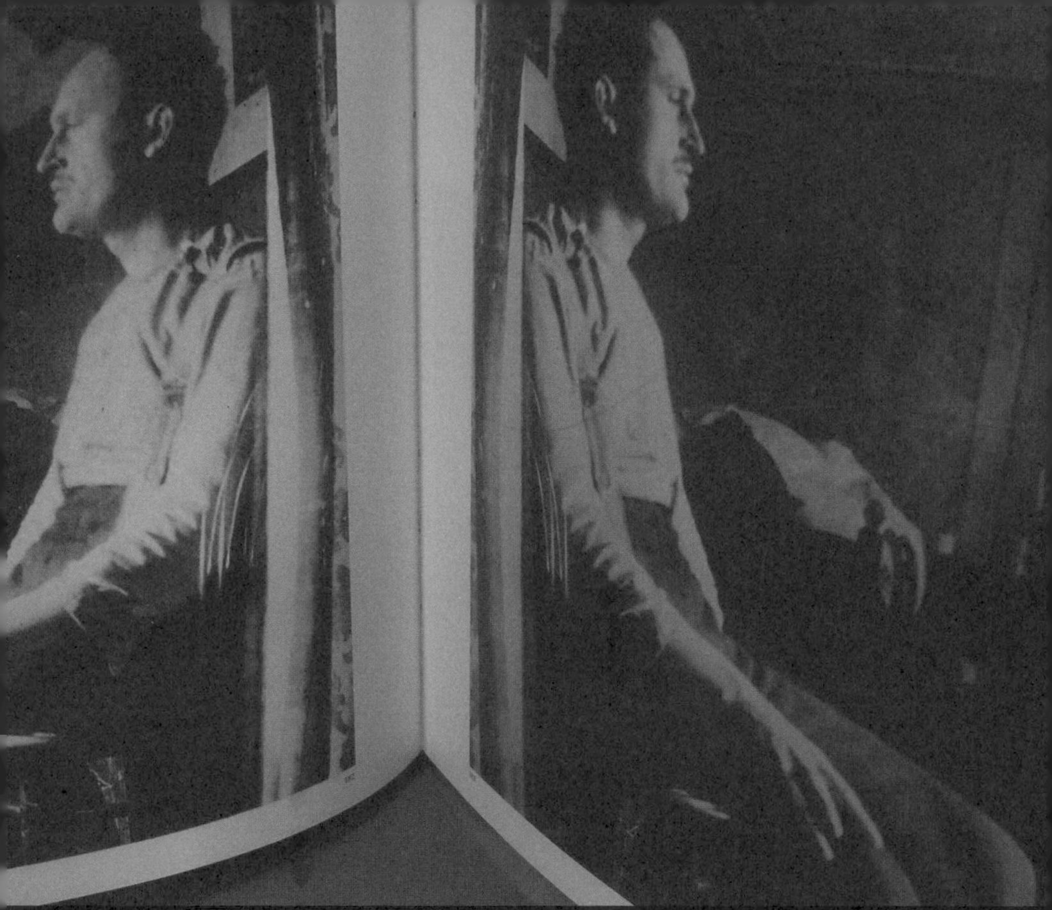

已屆中年的孟克（上）
孟克的素描畫作中，探索死亡（下）

年老時，在畫室面對自己作品的孟克

情人們，他用手槍打傷了他自己的左手。這是痛苦的有意自殘還是不愼的擦槍走火？她們願意懂得這樣的自殘嗎？他也可說是無心的，誰要傷害自己？妳們以爲就只有妳們要幸福而我不要幸福嗎？他看著繃帶想。

他不可能不要幸福，但他天生確實病態。

人生的苦痛如煉獄，但擁有愛情也不會是天堂。他爲了終止與圖拉的關係，只好祭出傷害，傷害自己，成全別人。圖拉要求婚姻，他無法給她，但他又覺得負了她的青春，所以突如其來的給予了自己一槍。

他繼續酗酒，浸淫在高濃度的酒精裡，把自己泡成了一具標本。他飲著酒，想著我知道自己是自私的，傷害愛情就是因爲自私，不論是槍口對自己或別人，因爲傷害就是傷害，都不夠大方坦蕩。

生死愛欲的桎梏與煎熬，猶如人處暗室。

於是他的畫就這樣地從寫實裡掉入了荒荒無邊的漂浮之境。簡化的圓弧體型，模糊的邊界，陰沉朦朧的氣氛，哀愁飄搖……他不安定，也無從安定。但其堅毅，他說他絕不求饒。乖僻、神經質、才華洋溢等等特質都顯現在孟克身上，但也因爲這樣恐怕要承受更多的人生艱苦。

愛情是他反覆描摹的題材，他沒有躲掉這個課題的內心鞭撻。他的繪畫「生命組曲」中的愛情題材表現了他和同年齡海貝爾女士戀愛的痛苦，激進狂亂，以及性愛經驗和危機等等，繪畫記錄了這一切。

「生命組曲」裡的「生命之舞」是孟克愛情重要階段的縮影。左側白衣女子，面帶紅暈，手輕托微隆小腹，有孕在身。右側的黑衣女子卻低著頭，愁容寡歡，如在哀悼亡者。暗喻介於黑白生死之間的是居中的紅衣女子，她與男伴歡欣起舞，沉溺愛情中，背景如愛情眾生相，或擁或抱，無視他人。

後來孟克迷戀年長他十歲的藝術家之妻，同樣陷入這樣的苦戀膠著。

孟克著名題材「吻」，表現了孟克外部生活的忙亂與內心世界欲圖平靜的對比。這組繪畫裡，刺人眼目的光線消失，柔和的灰藍色下有著騷動的氣息，這又使得孟克的作品因此有別於類似題材的其他傳統表現形式。

情緒的變化，他看著，想藉繪畫捕捉，光影卻不時在移動，他遂明白捕捉形象之徒勞，他反觀自省。

他常有幻覺感，魂魄像是入地府已久而肉體還停在世間他處的幻覺長達多年，多年和現世根基斷裂，有如歷經無數大劫。

每一天都可能是劫數，也可能是結束。是那樣如木材與大火般的結合，任性的他卻還是無法自拔，總是甩門，然後離去，兜轉在鬼魅重重的山林，最末還是折回其自我的囚室。

畫室是他的禱告室，卻也可說囚房。

他自覺是挪威森林裡的山鬼，藝術的山鬼，愛情的無主之魂。挪威森林，夜晚黑如巧克力，雪也都被染黑了，無一不黑的寒地夜色。

他離開窗前，緊閉著雙唇，嘴角下垂，表情像是頑固的老者，又像是要堅毅去對抗年華不斷凋零的模樣，他終生都很少帶著笑容，他習慣緊抿雙唇有如雙唇被愛情的吻封了膠般。

他打開爐口，丟了幾塊木頭，劈哩啪啦頓時嗶啵響，竄出火花。挪威人伐木燒木，木頭的香

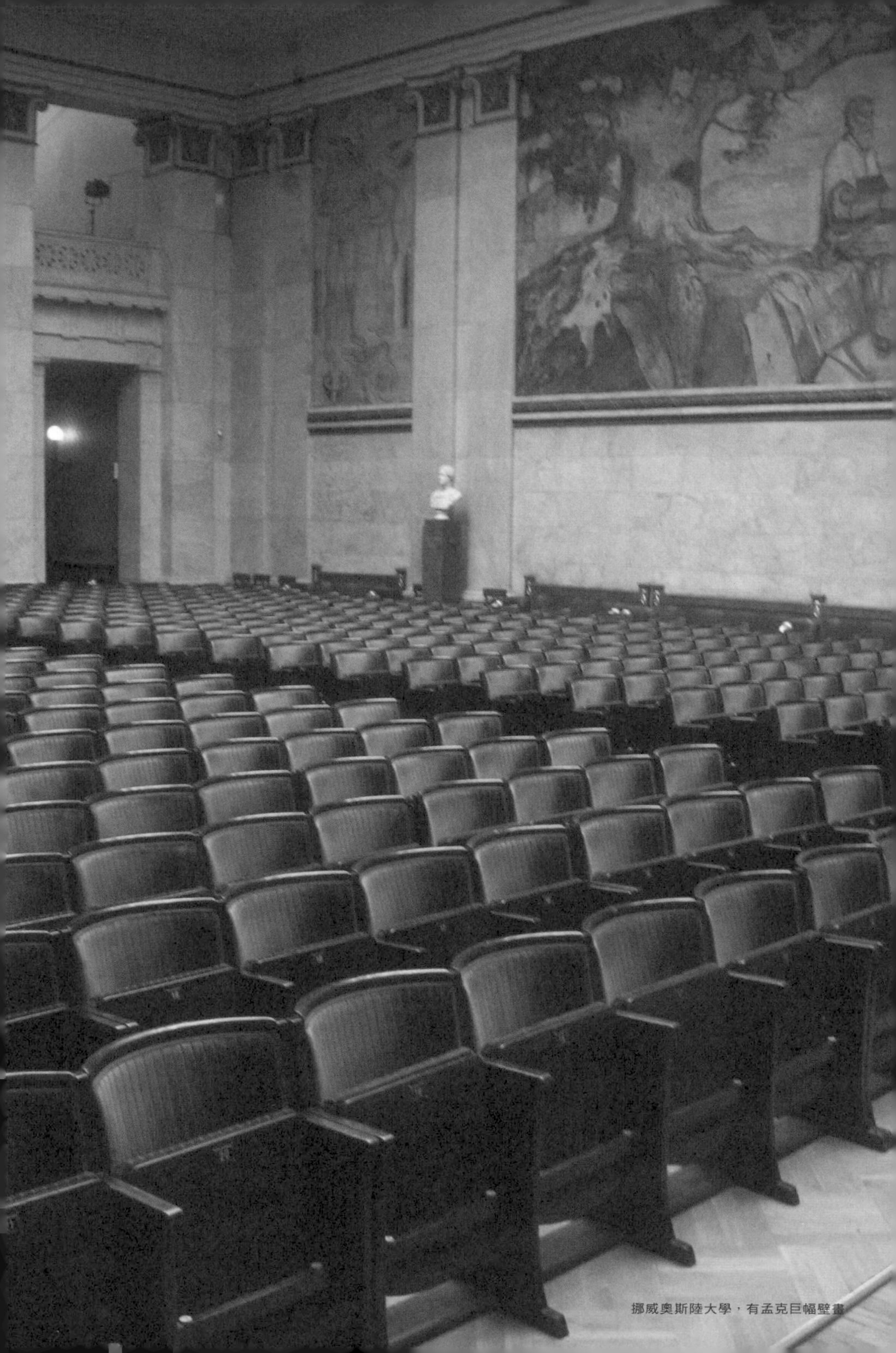

挪威奧斯陸大學，有孟克巨幅壁畫

孟克將母親死亡時的姿態畫下（上）
孟克終身未婚，浮沉於數段愛情中（下）

散在許多屋子的煙囪上，而他的屋子冷斃了。再大的火，也無法溫暖他。

即使在挪威森林，他也會想起大都會的種種，或者愛情甜蜜快速消失後所帶來的不悅衝突，鬱悶的頹廢的……消失不去的氣息。

他心裡吶喊著：情人啊，妳們是餵養我這片森林的一滴血，總在我的森林土地流成殷紅如夕陽的色澤。因爲這樣的血腥孤獨色澤，我畫「吶喊」。沒有別的原因，就是那片夕陽隔絕了我和他人的心，我看見那夕陽背後的孤獨，我畫吶喊。

男藝術家最易與模特兒纏綿不休的情節，孟克也少不了這一段。

普麗斯特敘述：「耶誕節前夕，孟克問我是否願意出去陪陪他，我跟他來到一間房子，一株沒有裝飾的也沒點上蠟燭的耶誕樹立在地上。房子裡就擺上一張桌子，上面擱著些水果，孟克叫我自己隨便吃，但是當我伸出手要去拿水果時，他忽然說，保持這個姿勢不動！就這樣子別動！他馬上取來一本素描簿和鉛筆，就開始畫了起來。我感覺他眼睛在噴火，他在肢解我。」

普麗斯特在他的畫裡，穿著顏色鮮豔的衣服，旁邊站著兩個穿黑衣的僕役，陰暗在四周，於是她成了某種救世主帶著兩個使徒般的意象身影。

「妳問我有癮頭嗎？」他擱下畫筆，正想回答普麗斯特時，突然打了個嗝，吐出了一大口酒氣。情人馬上聞到他身上長年的性癮與無可救藥的酗酒。但清醒時，他卻又是個哲學詩人，以畫布寫詩歌，畫出了自己一生的浮沉錄。

他總自顧自憐，把自己的故事，繼續無可挽回地以畫面畫了一回又一回，光是相同的題旨就畫了無數回。只是拿起的敘述碎片不是相同的那一塊，但同樣都是碎片。敘述性的不斷重複是他的毛病，他可以想像自己的心靈正凌亂地被記憶擠壓在一只黑暗的空間裡，彼此衝撞至不認識彼此的樣貌，心靈黑盒子被記憶擠壓得凌亂不堪，幾乎和外境的發生一致。

怎能怪他的亂，那也是他的美麗的缺憾特質，他獨有繪畫的語彙模式，誰也無法改變。但他常在心裡對自己悄悄地說，你要當藝術家要夠成熟，要放掉碎片枝節，你要懂得的是割捨。

割捨婚姻，但並不割捨對愛情的熱情。

他需要更強烈的酒精來抹平愛情的苦痛或者是繆思的誕生。

酒精或許才是他眞正的愛人，因爲他一生都無法離開它。酒精使他的精神像是處在一個經年受烽火波及的內戰國家，腦子裡有東西在拉扯他的神經。

他不是不愛圖拉，而是他害怕圖拉的愛，那種特寫式近距離的愛讓他失焦，這愛戴著受難者的不幸面具，緊緊地觀察他的愛欲道德。這愛讓他感到束縛，無法呼吸。射手座的孟克，對於自由近乎一種本能的需要，他無法受到綑綁，即使是愛，這種愛會把他切成碎片，他不能讓愛成了劊子手。於是他發生了著名的自殘事件。（雖然不如梵谷的割耳事件之驚心動魄，但也夠讓只要求平凡幸福生活者嚇得目瞪口呆了，如果妳是圖拉，妳走不走？妳當然要走。）——他用手槍打傷了自己的左手，圖拉就在那個時候徹底離去了，她歡喜地至柏林見愛人，卻悲傷地返回奧斯陸。多年如雲煙，圖拉知道孟克不這樣傷害自己，他們是無法終止彼此的關係。她要求結婚，孟克說不出艱難的「不」字，槍聲幫他說了，流血幫他拒絕了。

說狠，還不如說笨。

但他拒絕爲自己打傷自己的槍傷事件作註腳，他只看著傷痕，然後痛得足以嘲笑自己永不可得的愛情淨土，那種永遠保持在高亢歡愉的愛情很快就會凋零，化成他左手的傷口。他知道，他有病，但他或許喜歡這個病，不，不該說是病，這太成爲名詞了，應該說他喜歡這樣的「病態」，這也是一種頹廢的感官態度。

但愛情的發生與離去路徑，有時就是這麼地讓旁觀者無可言說。

他必須面對負心漢的命運。很少男人願意背負這個罪，與花心比起來，負心漢簡直無法承受，不堪至醜陋。

是我的，早晚都是我的。要離去，早晚都會離去。他走到畫布時，他這麼地想著。無可避免的選擇不要那個愛你的人者，卻不會被認爲寬宏大量，反被認爲辜負者。爲什麼？爲什麼？

爲什麼兩人在一起久了，就得負起所謂的「責任」？兩人的緊密生活，不就是一種自我放棄？他如何放棄他者在身旁的走動與目光無形審視？一旦做決定就得擁抱那個決定，或者決定可以只是輕鬆溜出的字眼，無須後續的責任？

種種惑問都爲了合理化他爲了終止與圖拉的見面，所傷害自己手臂的愚蠢事件。

在有愛情或沒有愛情時，他都會常思憶起他那也帶著感傷特質的虔誠母親與親密的姊姊（或者連思起父親亦然），這樣的思念會使他內在湧出一種有如中了「悲魔」的病態感。

春夏期間，他對於愛情與藝術的追求會暫時放下，春夏是他靈魂復甦之季，他可以脫掉他一生沉滯滯的寒氣，那要命的孤冷體質，有如窩在地底受凍的根部。他喜歡熱帶，憂鬱的熱帶，他想要從文明的社群野放，他跑去海灘，脫光，下水，裸泳。像是海邊的水母，透明無瑕，睪丸陽具大剌剌地攤曬，有朋友就這樣拍下了他裸泳及裸奔的幾個野性連續鏡頭，他甚至不記得當時有人在拍他，但他記得有時曬乏了，他也會坐到陰影下，快寫素描一些裸體。

春夏短暫，靈魂又回到冬眠。有時他會去公共浴池，學習像是羅馬人式的在浴池裡社交，熱氣使得肌膚都柔軟了，裸裎裡的人也放下戒心了。所有外面的冰冷刺骨都被隔絕。是的，我們需要隔絕一些會傷害我們的外界物質，雖然隔絕永遠不是最好的治本方式。但終極的寧靜之路畢竟此時他無法獲邀進入，他獲邀進入的是廉價的肉體天堂。

想像的觸角伸出，從雲霧如煙裡彈回。他在那個時候畫出了許多肉體的線條與筋骨的凹凸，他也看見和他同為肉體的男人之美，他畫著眾生在熱湯雲煙裡的裸裎相見之解放感官的幽微可能。

全裸的暢快淋漓，是他生命少見的赤裸眞誠，他活在一個連愛情連死亡都無法控制的無常世界，他知道他對於婚姻幸福不是不渴望，而是他害怕失去。

又是巴黎，他屢次履及之地。這回，他愛上另一個風騷的女人伊娃。挪威祖國的圖拉已經徹底走出他的生命，她嫻靜端莊，如今卻被他遠遠抛去，成為他生命裡的陌生人，但當他想到他們曾如此地裸裎相見與十分親密時，午夜時，他頓然有如置身黑夜籠罩下的小男孩般地痛哭失聲，覺得這種失去是近乎戰慄的心悸感。然而白日一到，或者有其他女人光臨他的愛欲之池，他就會把那種心悸感抛得遠遠的，像是記憶剝落症候群，記憶自動剝落那一塊早已經不屬於他的過去。

過去不留，現在的這班愛情與藝術追求列車卻仍在高飆。

這輛高速行駛的列車靠站但不久留，只是狂飆前去，直飆至他過世。八十一年的人生列車，航行速度很快，卻旅途漫漫。

人生，是堪忍世界，世界堪忍之。不太長，不過短；說苦是苦，說樂也樂。他吶喊，也終將沉靜。

挪威雪國，曾有過一顆異常熱帶的騷動之心，這顆心所畫出的圖像，吸引現代的後人不斷地

來到此地，或許也只爲了跟著他一起吶喊！

大聲吶喊吧，厚厚的積雪，將吸光所有的音。

夕街，冷霧，柴薪……我記得挪威——那片廣袤森林，黑幽無盡的燐火，我聽見有人咳嗽，蒼白，肺結核致命的年代，悲劇再次成爲溫床，孵育出一代代敏感多情的藝術家。

黑暗與神秘，精神與感官，不可言說的都住在裡頭。

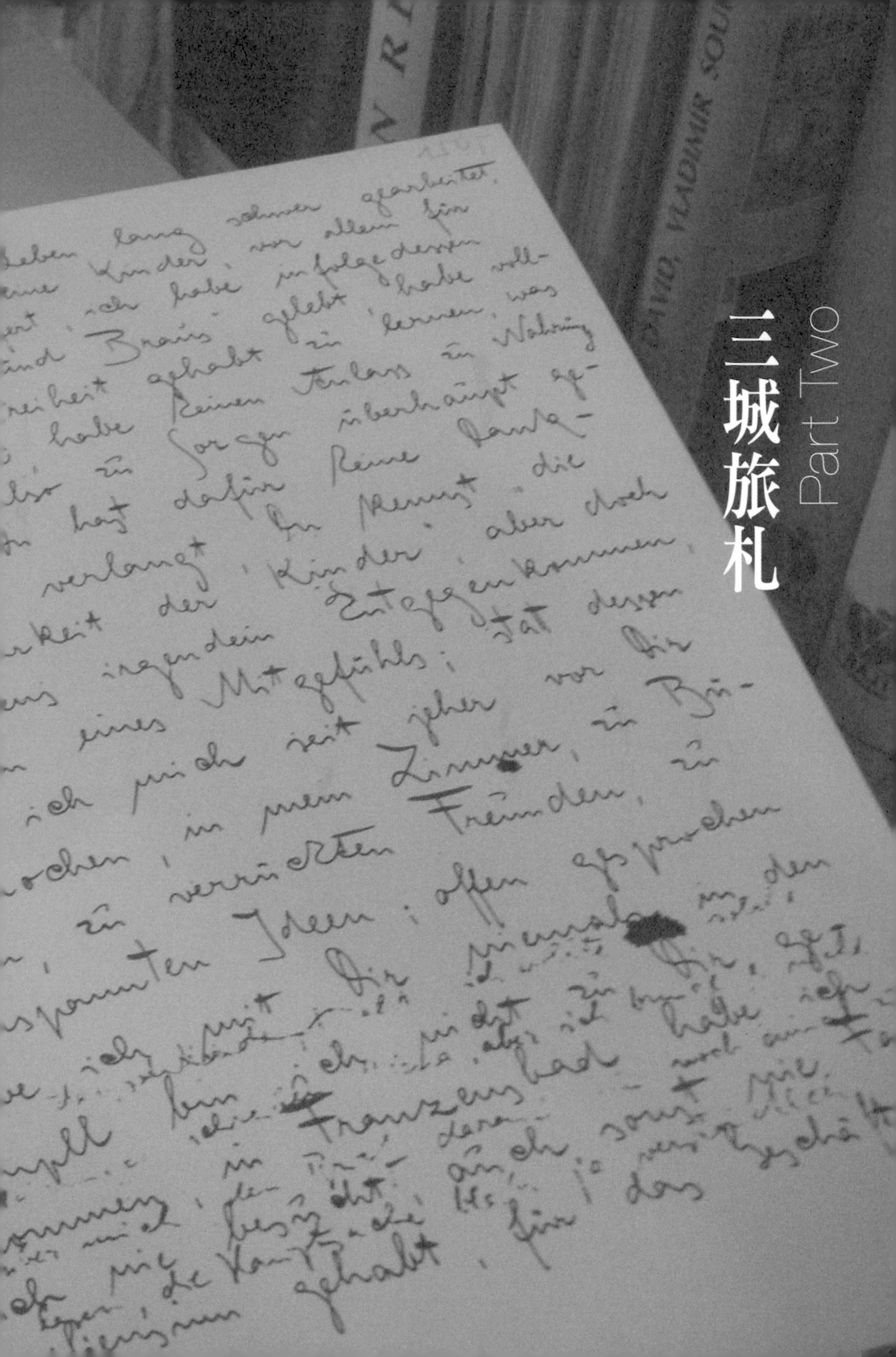

三城旅札

Part Two

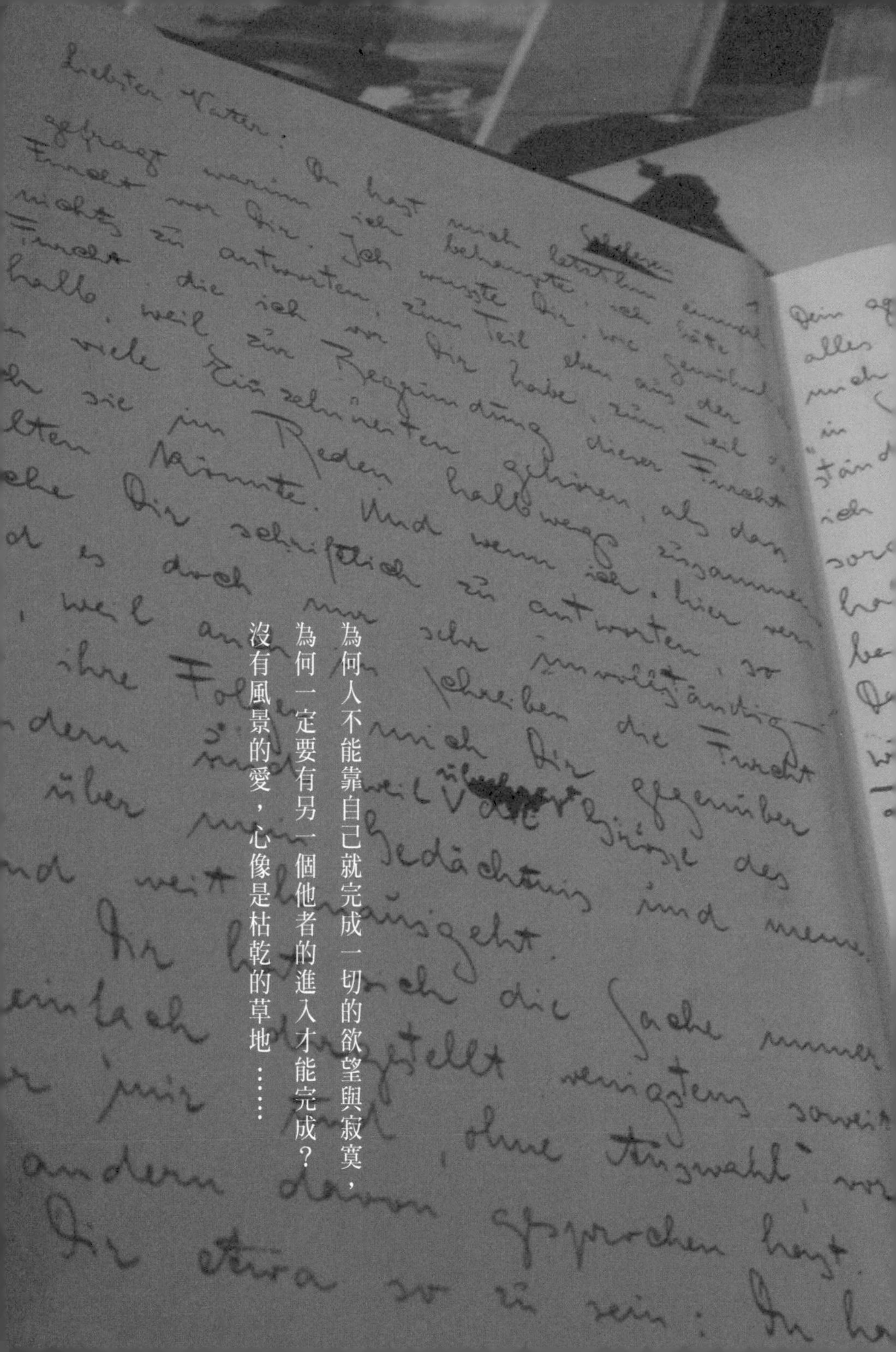

為何人不能靠自己就完成一切的欲望與寂寞，
為何一定要有另一個他者的進入才能完成？
沒有風景的愛，心像是枯乾的草地……

壹　在墨西哥城

抵達前

我帶著出發前看中醫的配方藥包，打算和異地的孤寒長期抗戰。藥包的藥名就已經是我身的寫照了。

獨活寄生湯、加味逍遙散、威靈仙……每天服用，飯後一包。

醫生說，帶一個月藥包打八折，帶兩個月打七折。

我說我要帶三個月藥包上路。

他說還是打七折。

我當時心想，是否應該要給自己的旅程打折，不要待太長。

這名稱很孤絕又很認命：獨活寄生湯——我獨活，也寄生。

但之後痛的卻是右背和右手臂，感覺手臂被挖開一條隧道，空蕩蕩地，無力承載我的任何施加的重量，包括只是手指很輕很輕地在鍵盤上跳舞，都感疼痛。我需要扎針，但在紐約要索這樣的「痛」卻很貴。

到唐人街藥房，買藥膏抹，藥名「克痛能」。克痛能，很卡蘿或者很卡夫卡的名字，一生脫離不了「痛」感的人，痛以凌遲的速度展現耐力。

也有一種人是無痛人生，我想起父親，但最後他的痛爆發起來很可怕。

來到紐約，迎接生命裡頭的第幾場冬雪？

在紐約冬日街頭，忽然那麼地想念島嶼冬天強佔路邊的卡車上賣花生、菱角的熱騰騰小販。這回的紐約是青春焚城前我最後一次的深情眺望。我將不再那麼喜歡紐約，不再眷戀這座城，因爲你們都已遠離了。沒有你們，紐約將是我心的失落之城。美好事物也足以引發憂傷。

你以爲我不傷心嗎？

夜裡十二點，所有哥大的宿舍學生正在爲了寒假即將來臨的告別而四處在舉辦著熱鬧的派對。

Party，是誰翻譯成「派對」的？這麼的適切，沒有成對者想在那裡尋找配對者，無法配對者至少在那裡或可和同是落單者共度一夜。

我披著外套，卻忘了套襪子，在公共電話亭用盡了我的二十五分錢銅板，且還跑去商店把所有的十元美鈔都換成二十五分沉甸甸的銅板了，我聽見電話筒愉悅地吞食著許久沒有的銅板（公共電話在手機年代總是肚子飢餓），然而你仍然冷酷。

直到我手中再也沒有銅板了。我散盡千金，感情卻不還復來。

哥大學生的派對正熱，我只好盪回校園。冥思著我究竟是孤單才在意你，還是我的心眞的在意你？二者都有是慣有浮上的答案。但同時間緣盡情了也是答案。遺憾，在紐約飄下第四場雪時，我離城。

雪，紐約的雪好讓我這樣的人惆悵，因爲潔白的時間短到讓人還來不及讚嘆就已經髒了，像是我在此城的青春，竟然一回首就是十年忽過。冬日的欲望之都，姿態依舊。十年後，初抵新大陸的青春不再，藝術生命曾有的靈光時刻卻成永恆。重返故地，凝視過往，在情愛足跡看見自我的鄉愁。冬日紐約，沒有浮華的節慶氣氛，孤獨如影隨形。孤獨是創作必須的處境。

告別紐約。

我心沉靜，我想棲止於眞理的純粹，對我這麼多年寫作作回首與詰問。告別歇腳的咖啡館、泊宿的房間，或許只有不斷書寫與凝視，懷著古典巫師般的心情儀式才能再度遠遊。

哥大的宿舍，是我行旅中短暫泊宿的孤獨房間，在此明室心靈偶有旅行的快意，或者午夜的異鄉旅夢自燃起閃爍的夜之微火，但是當我醒來，卻感到自己的旅夢依然黯淡。

沒有來電，沒有留言。我討厭手機。手機讓人不安，一種被設定成等待心理狀態的不安，我討厭這種不安。我更極端厭惡手機的各種聲響，那像是聲聲催魂令。我更更厭惡自己在心情不好時情不自禁地打電話給某人。

開往機場的車子在樓下等我了，抵甘迺迪機場，飛往洛杉磯，我將再轉往墨西哥城。

我想尋找卡蘿好遺忘你。人生轉身不復見的情人名單又多了一個人了，或許這是幸。

我瞭解愛情千呼萬喚不來的感覺，但撐過去就好了。

撐過去吧。以自己的心爲支點，緩緩地撐起傷感的結構，仔細地看著，盯著，看心的樣貌，看著看著，忽然就撐過去了。

雖然我知道隔夜醒來，我的眼皮將慣例有著沾黏之感，以淚水將心上了膠。

亂流華美人生

1

十二月三十日清晨抵墨西哥市。

耶誕狂歡後的新聞瞬間跌入海嘯災難新聞，等待上機的時間，機場休息區電視持續報導。蘇珊・桑塔格此前過世，世人又少了一個文化耕耘者。

深夜的機場，我在寂寞的最深處。

一直把白雪公主摭在懷中的隔鄰墨西哥小姐，只會說西班牙文，我聽了大意瞭解她在洛杉磯工作，她回來探望媽媽。一張有著馬奎斯筆下的臉孔，緊抱著白雪公主，像是在補足遲來的美麗童年。一些拎著米老鼠的小孩也在走道來去，迪士尼樂園總能收買孩子的快樂。而我是那麼難靠近童年般的快樂，不論個性或文字，都難以靠近。

清晨抵墨西哥，把錶上的三點快轉，五點零六分。墨國清晨幽冷，機外持牌子等人者眾，頗讓我吃驚。

阿杜先生眼上還擱淺著一夜的眼屎來到我的面前，揉眼睛地微笑。

先在機場餐廳吃早餐。他吃典型墨國早餐：玉米餅裡面包起司和雞肉，紅豆泥，兩杯咖啡。

入宿卡洛琳娜家裡，墨西哥人家裡不脫鞋，即使鋪有地毯也依然是鞋子堂堂邁入而無妨。

休憩後轉往市區中央廣場，最靠近墨西哥中心的中心，過往革命的血液已經無法讓此心臟跳動了，於今讓這顆心臟跳動的是經濟，四處流動的人潮商家小販與環伺建築物牆面的巨大連綿燈飾，閃爍著古國不再彈動的夢想。我在此夜晚徒步時，想起墨國蒙面革命詩人馬柯士，他在查帕深山的深山處，當年為印第安革命的那些蒙面人，現在卻成了觀光客和他們拍照的觀光品。這感覺好怪，像是披著左派的臉孔，底子裡卻是再資本不過了。

2

在山城異地的冷空氣裡醒來，伸手探外空氣，卻不冷，心想明天天氣將好。氣味浮動著玉米片，散在廉價旅館的氣味。

我為何要屢屢走踏死人的國度？難道我是個偽旅者？（多麼流行偽的世界，娓娓道來換成偽道來。）偽翻譯者、偽記錄者，現在我是個偽旅者。偽就是真，真就是偽。

佇立在墨西哥首都墨西哥市（Mexico City）的城市核心中央廣場（Zocalo）超過十分鐘以上，便有色盲（忙）與聽盲（忙）之感，那些來來回回不斷兜售小物品的小販們，把所有要販售的家當全掛在身體上，幾十頂帽子幾十個皮件幾十樣工藝品幾十件T恤……都掛在那唯一的身體上，身體是一座座流動市場，身體也是他們唯一的帝國。

中央廣場像是一座海洋（全世界最大的廣場之一），無論從哪個街道的人潮皆可流匯到中央廣場，公園般大的中央廣場除了人還是人，在陽光刺目的時光裡，人影如皮影戲，然即使是剪影也仍看得見那些濃烈的色澤正要企圖穿透陽光，把繁茲顏色兜攏到我的瞳孔裡。那色澤是古老文化不曾凋零的熱情彰顯，人們不論手中拿的或是身上穿的都是繽紛可喜，一種非常中南美洲情調的氛圍於今仍然流在墨西哥人的血液裡。

我如何述說這座首都之城？

先是它的機場讓我記憶。在極其市中心的國際機場，旅人好不容易步出機場，即被高密度人車驚慌了一晌，每天在高密度市區上空飛著巨無霸大鳥，屋頂上在曬衣服的人一不小心衣服可能瞬間飛走了。初抵墨西哥市感到頭痛，清晨時光冷，讀了資料才知墨西哥市是世界最高的城市（2240公尺）。

再來是它的計程車，綠色福斯金龜車在眼球裡不斷進進出出，這城市賦予色澤最多的可能協調與衝突。

每天行走墨西哥市總會揉眼睛，空氣污染和早晚冷熱溫差過大所形成的霧是我的記憶。

太陽才剛升起，街上已是川流不息。入晚，仍然炫人耳目，墨西哥人晚餐吃得晚，九點開始乃正常之事，於是主要市區入晚燈火通明，樹蔭下座無虛席。當然圍繞食客旁的各式各樣小販也如蒼蠅般不斷在桌與桌之間流動，賣花賣乾果的小孩、戴牛仔帽彈吉他者、想要企圖幫你算命的女郎……

雅痞餐廳外面的世界街道是真實的墨西哥底層生活，貧富大斷裂永遠存在於經濟發展中國家，這於我已是慣見的畫面。

3

十二月三十一日，舊歲將去，新歲接踵。

一個人閒逛 Reforma 大道，中央人行道十分寬闊如巴黎香榭里榭大道。耶誕節歌頌天主的那些《聖經》故事以各種裝置的樣貌仍矗立著。

新年倒數，仙女棒。

遠東貿易公司墨西哥代表請吃飯。不知該感激還是該逃避的這種制式飯局。九點半才吃晚餐，兩點才結束。

此時確定是該逃避。

4

一月一日新年的墨西哥市，沒有太多的新鮮感，只有幾個山城小巷的孩子還在遊戲，燃著仙女棒。

科悠坎（Coyoacan）小鎮，竟已有星巴克，我去喝了杯拿鐵，感覺十分不可思議，這就是全球化的刻板商業模組化。

教堂，市集，表演。廣場擠滿了人群、小販。

靠近卡蘿故居的某些很窄很窄的石板路古老小巷，倒是十分安逸，富有人家的門面十分浮雕精緻，顏色繽紛。我走著走著，幾乎迷失了方向。

尋教堂鮮黃色高高尖塔，才確定了該行走之方向。

卡蘿一生的身痛是車禍之永恆傷痕，卡蘿一生的心痛是最愛迪亞哥的不斷出軌。

我告訴自己，身痛的際遇我無法掌控，但我看著妳的床，妳的眼神，我告訴自己我再也不要有妳這般的心痛了，我不再承受這種心苦，不再——Never！

我厭惡將歲月浪費在心痛的等待。

5

讓我把世界塗成黑色吧。

或者把我的呼吸、把我的器官、把我細緻的每一條神經或者我的目光、我的耳朵、我的小臉……塗成黑。墨黑。

什麼最黑？

心最黑。我自問自答。死寂就是黑，我心一片死寂。連愛都救贖不了。但黑卻又讓我感到安全，我想沉沉睡去，如果不再想的話，我也沒有想要交代的後事。

因爲沒有眞正的黑，就是在最黑的事物上，只要有光，就還是可以看見。

白天參觀木乃伊博物館。

從來沒有看過這麼喜氣的博物館。館內的人就在玻璃裡面裝著古老乾屍的旁邊喝著咖啡，博物館英語導覽人員不僅送了我一粒張著兩個大窟窿的骷顱頭鑰匙圈，他當然也很大方地請我在木乃伊玻璃櫃旁邊的咖啡座喝杯濃縮咖啡。並聽著他說哪一具木乃伊是因爲喝毒藥自殺而死的，哪一具木乃伊是生病死的，哪一具木乃伊是偷情被村民毒打死的……

我不怕木乃伊，卻很怕聽這些悲慘的故事。我和導覽員在這樣的死亡空間喝咖啡的畫面，讓我感到墨西哥眞的是一個超現實的國度。難怪他們那麼歌頌死亡，難怪他們的藝術充滿了超現實的況味。

不知是否拜訪的人太少，加上我從遙遠的東方來，導覽人員十分熱情，我也就聽了不少故事，雖然我呵欠連連，疲憊萬分。

最後，就在館方有人來催這位年輕的男導覽員後，我才鬆了口氣。在夕陽猶紅時分，告別了位在山城的木乃伊博物館，搭小巴士回到山下小鎮，循著教堂的指標，無誤地下車。然後在傍晚回到靠近旅店的市集，向小販買了麵包和奶茶及幾包零食後踱步回到小巷內的不起眼旅店。

在異鄉這樣遙遠的墨西哥的陌生民宿旅店，在浴室看著自己，感到很陌生，浮動的心像是異地的土地，無法耕耘，只任憑塵埃飛揚。

拉開破舊的花色窗簾（這國家十分喜愛花色），窗外就是教堂，很古老的美麗教堂，尖頂就在我的窗前，廣場已經安靜下來了。但旅店一直有著濃濃的霉味。民宿主人不太會說英語，我大概聽懂他的意思，我是第一個住進來的東方女生。這是一間十分孤獨的旅店，冬日裡，只有我一個訪客。十分淺眠，教堂總是噹噹地不斷響起鐘聲。

六點就醒來了。拉開窗簾，窗下的人生已經在走動，有小販在賣咖啡奶茶，有騎腳踏車的人，有往教堂廣場擺攤包著花布的小販……

屋外霧濃，寒氣冷冽。

我決定出門買杯奶茶喝。

喝了奶茶卻仍絲毫無幸福感。

我這樣的人竟然也開始想家。

我缺乏把生命像切肉般剁開的勇氣，雖然我曾經想到死亡。

6

欲念沉重如下了幾年幾月的梅雨，無止無休，直到心的大地發霉發爛。

我想要，總是我想要……想要……接著，我不要……不要……

說不要卻比說要快樂。

要的人痛苦。

忽然片刻，才想起了什麼，我擱下吃一半的馬鈴薯，趴在膝上忽然想哭。一種劇痛似的邪惡從內心傳來。

去美國的卡蘿，深惡痛絕美國的工業與極端無法適應的原根鄉愁。

我瞭解這種母土揮之不去的鄉愁。

7

等待，復等待。

依然感到得貧窮度日，以爲墨西哥便宜，卻不，隨便一家餐館和台灣物價差不多。除非吃路邊攤，但水土不服，常拉肚子。

想聽聽有生氣的現場音樂，於是隨意拉開一家飄出音樂的喝酒之地，一推開玻璃門，所有的目光全飄向我，當地的酒吧，是當地人社交之所。我點了杯小酒，孤獨地喝著，聽著進來索取小費的女郎唱著西語蒼涼的歌。她不斷地唱著愛啊愛啊，米克拉索，米克拉索……

龍舌蘭酒的微醺，蒼涼的女郎，瞬間使我有些幸福感了。整間酒吧，只有我給女郎小費，近看她才發現有點年紀了，我喜歡她，如果她沒有伴我願意成爲她的伴。但她只是微笑，聽不懂英語，接著她離開去了別處。

我也離開了，我是因爲音樂才來。

8

我愛自己的生活嗎？

我有愛嗎？曾經我說，我爲愛而活。但現在愛在哪？

愛，極其奢侈。除非自我圓滿，爲何人不能靠自己就完成一切的欲望與寂寞，爲何一定要有另一個他者的進入才能完成？

美麗的愛讓人心痛；但不美麗的愛讓人無趣。

沒有風景的愛，心像是枯乾的草地。

我能做什麼？一個旅人，除了消費，一無所有的貢獻。

除了遺忘，否則無法前進。

醒來，窗外的天空黑了。是我睡得過晚還是天本來就是陰灰的？

推開窗外，賣早點的小販已走，我確定我睡遲了。

我沒有錶。手機沒電（眞好）。

我的心好像因爲睡遲而消失了，感覺空蕩蕩。但我好想給自己幸福，不要依賴別人給我的幸福。

我下樓，盪去前方的教堂。走進古老陰暗的教堂，看見喃喃對上主禱告的臉孔，或許我可以目睹幸福的臉孔。我如此期待。上主眞可憐，聽的禱告詞不外是那些我要什麼……我害怕什麼……我希望如何……悲哀無盡的眾生。

眾生微笑的臉孔太少，因爲這個時間點會進來教堂的幾乎都是老者，遲暮的耆老，被遺忘的人，但他們還是想要上主聆聽，永恆的聆聽他們的人生苦路。

很輕的禱告聲音，卻是很重的希望。我感到有一片巨大的水泥牆阻隔在上帝和人心之間，不知這種阻絕感從何而來？

9

忽狂下大雨。

巨大的雨，把所有的人都關在房子裡。異鄉人只能在窄小方寸的旅店，像貓踱步般無奈。想寫作寫不出來。看著雨勢又發起呆來。

眞希望你回饋我的愛也能像這場巨大的雨一般壯闊。

大聲地喊出愛來。但除了天地還有這種能量外，世間人還有嗎？有氣魄的人太少，無畏世俗價値者更稀有。

我著迷於你的心，但我又無法忘懷你的軀？

我究竟是精神者還是物質者？

蔓生的意識如恐怖片，夜晚讓我做噩夢。我看見燃燒的自己，忽然一場大雨淋下，我又恢復了原身的美麗。

10

我記得那一天。

他要我務必等他。

PILARES

iscos
TANO
imaCAZUELA de MARISCOS
ÓN
FILETE
MARIS
ista, TANO te invita a disfrutar del...
NAVAL 2005
A ESTAR DE ¡AZUCAR!..
PALADAR
MARISCOS TANO
EL VERACRUZANO
CASA FUNDADA 1967

但我等到天亮，他沒有出現。我關上房門，走上台北安靜的街道，沒有人的街道。一直走，越過橋，有個騎腳踏車的歐吉桑以爲我要自殺，竟然停車向我曉以生命的大義。其實我只是疲累地想歇息看河水罷了，清晨的河水，等待鐘聲。

我仍然沒有值得等待的事物。

我走在墨西哥的清晨街道，想起我城的這一幕，不可思議的意識流，可以越過千山萬水，來到異地的此刻。記憶果然是心最大的敵人。

我想寫作，但一滴水也擠不出。新的孩子目前無法誕生。

一本書就是一個世界，一個無盡連著一個無盡的漫漫長夜。我在異鄉的漫漫長夜，總是隨手塗鴉或者發呆，連半篇散文也寫不出來。

看著鏡子，發現自己又瘦小又疲憊。像是蛻了一層美麗的皮，但新生的皮還無法滋長出來，這是長途旅行的代價。

莒哈絲又入我夢來，她說，如果沒有必要，不要發掘人生的難處。

我爲何一再去碰觸人生的難處？我發臭的內裡，還有什麼可以發掘的？爲何我常不安？人們習慣以香掩臭，看看路邊多少人在賣著當地自己提煉的精油，那刺鼻的味道，幾乎使我鼻子失靈。

長途旅行下來很容易只剩下發呆睡覺走路吃飯……

囚犯似的。我自己給自己放逐，海外的無期徒刑。但我知道我即將免役，我知道只要再給我幾次的長途孤獨旅行，我會開始反感嘔吐的。

孤獨旅行，過了十幾年，已經在我身上開始產生反作用力了。

我期望之後在我的島嶼沉澱，靜靜生活。
旅行的時間因爲思念而開始有停下的跡象。

11

總是節制。在東方。
墨西哥人，倒是放任。
我二者都欠缺。我屬於兩端的灰色者。
很多人以爲我喜歡痛，怎麼可能？誰會笨到去拒絕幸福？（若幸福要付出違背自己的代價那是幸福嗎？）
有時我會想起阿嬤，沒有離開過南方故土的女人，恆守在自身的方寸荒荒小村裡度日，也許這也是幸福。畢竟所謂的世界，也常常不過是複製的人性與宿命罷了，雖然風景各異。
搭巴士，永遠是坐後座和靠窗。窗外的人生是熙熙攘攘。墨西哥市的吵雜，列爲都市噪音之最。西語又快，我感覺這座城市的子民真的是耐得住一切，從貧窮到擁擠，從吵雜到等待……他們都習慣了。
穿越長而筆直的大路，人群恆在街道兩側肆意兜售物品，紅燈停車，瞬間兩個小孩幾乎跳上車窗，搖晃手裡保特瓶，肥皂水剎那噴上玻璃，無法拒絕的擦玻璃街童，他們結束宛如在玻璃寫中國草書的快速幾筆後，終於獲得幾個銅板，這時紅燈也正好轉綠，小孩一手沾著泡沫地齜牙笑著。
我問身旁墨西哥朋友阿杜這些擦玻璃街童一天可以賺多少？他說大概二、三十塊披索（不到

POR LA PIEDAD I MUNIFICENCIA
DE EL DE
ESTA DIOCESIS D. F. ANTONIO ALCALDE
AÑO DE 1839
S JULIO
ALVAREZ

La Sopa
La Fonda
BUEN PROVECHO
$30=
SUGERENCIAS DEL DIA
ESTOS INCLUYEN UNA DE LAS SOPAS o INTERMEDIO DEL MENU

台幣一百元），他們不上學？阿杜搖頭說，這就是墨西哥最大的問題，文盲仍多。肥皀水幾乎不需成本，水到鄰近公共場所接，但在人行道來來回回搖晃著保特瓶一整天我想也夠折騰人的，同時也危險。

但那些一整天都在街道晃著擦玻璃零工的小孩卻總是精力用不完，一躍就躍到了玻璃窗前。

12

在這座有著邪惡般的古老之美與超現實土地的國度，我感到想要呼喚自己失去良久的神秘直覺之心。我想融入他們，但我感到困難，我連現實都無法靠近，何況超現實。

這裡的人除了流浪漢外，很少一個人孤獨地行走在街上。

我忽然覺得自己也是流浪漢。

沉睡的流浪漢在陽光下有種美麗的姿態，我用眼睛把他畫下來。

13

收信。

你說：「妳眞的是一個很會把心放入畫中的人，妳的圖畫是妳自己……」

你說：「妳是這麼奇怪，又這麼正常，妳放得很開……」

你形容得眞好。我確實是又奇怪又正常，只有眞正讀懂我的人才知道我生命具有的兩極情調。有人說我很怪，因爲他們可能只讀其中一、兩本，那很可能只讀到我的片面。我是那麼多樣，多樣到自己也感到奇怪。可以又正常又怪異，你竟然看出來了。

我感動你對我的瞭解。我愛你，你是知道的。但願你不孤獨，因爲每每你的來信都讓我心或者目光感到無比的疼痛，那種眞誠的吶喊，那種年輕就對世界的失望，在在都讓我心疼。

14

到異地是逃避面對心愛者的最佳方法或者逃避苦痛的最好方式。

但我現在要否定這種說詞了。因爲思念更甚，痛苦也不曾遠離。

親愛的妹妹，不要一個人孤獨地長期在異鄉放逐自己，若再加上經濟困頓，那簡直是自己虐待自己。

你無色無聲地愛著你心愛的人。

不動聲色地愛著。這需要多高段的心思與能耐啊。

而我總是大動聲色。眞要不得，因爲大動聲色而使得一切失色。

內斂，我們都該學習。

墨西哥的西班牙歌眞好聽啊，那麼蒼涼，來自古老的靈魂深處。

聽著歌，看著卡蘿的畫，我就又稍稍有了安靜。我決定回台北送你一張墨西哥的母土大地蒼涼之歌，好好地安慰你那敏感而年輕的受苦靈魂。

在墨西哥東走西走，都沒有不期然在小巷忽然聽到這樣的歌聲還來得讓我動容呢。

15

情緒是個可怕的東西，不知下一秒會爆發出什麼大火山來。

把自己燒得片甲不留。

你來信提到冬天吃火鍋就會想起媽媽，這讓你想哭。

我在異鄉聽見火鍋這樣的名詞，更是奇特。墨西哥哪裡有火鍋？你這樣寫來，讓我墜入很深的鄉愁。冬天裡，一個人在遙遠的墨西哥，眞不知爲了什麼？墨西哥的食物，沒有一樣是火鍋的。

我只能在心裡生起一爐子火，來溫暖我自己。但是火鍋可不宜一個人自己吃不是嗎？

你應該要找朋友一起吃，在台灣這應該不太難。我寫信這樣說，你一定想笑，一個火鍋字眼，讓我們足以掉入奇怪的鄉愁。

我們的臉應該是用來笑的，我不該常掉淚。

16

輕如羽毛的夢境。醒來一片淚水，但卻也不是悲哀感。

很怪的夢感。

嘴唇有血絲，意境很輕的夢卻讓我咬出了血痕，眞奇特。

白天，我又來到藍屋，第四次了。

我都無法不想起她的傳奇，我的目光見過畫作那栩栩如生的眞跡後，好像也永遠都染上那些設色凝重又鮮豔的狂焰了。

那間還在我夢裡發光的藍屋，框著芙烈達·卡蘿靈魂的藍屋。我離開都還能觸摸剎那的狂躍彈動心跳，當我初抵卡蘿出生與死亡的藍屋居所時，心跳高速衝撞血脈，我一直記得那個在異鄉撞進某個奇特時空的心臟節拍。

也記得這心跳節拍一直到第四次來到藍屋才慢慢恢復該有的正常（雖然我的心律也常不很規律）。

轉進墨西哥市西南邊緣郊區科悠坎，輪胎哐哐噹噹，是石頭路，人行道站著一些人，他們企圖佔車位或是作手勢幫車主停進車位（而車主當然不需要），等車主一出車門即可伸手要點他們認爲該得的服務小費，並稍微緊隨車主一陣，殷殷勤勤地希望幫車主的車子洗洗擦擦。

科悠坎是老文人區域，古老氣息凝結在石牆屋宇，廣場教堂坐滿假日對天主懺悔禱告的教徒，廣場四周的中下階層卻不進教堂，他們盡日在周遭賣著聖像蠟燭念珠玉米餅豆子馬鈴薯片或鉤毛線娃娃毛線小鞋小襪賣，墨西哥人好喜歡娃娃。卡蘿也有收藏娃娃的癖好，她的藍屋房間就有很多奇怪的娃娃，有著魔法般的娃娃臉孔。

大黃大白大紅大藍，大膽用起正色的國度，色澤在視覺裡成了畫面的刺點，像是牆壁長出了熱帶水果，豔豔在白晝裡發光，和搖晃的樹影嬉遊錯置。顏色是一種視覺指引，一種暗示性的存在，像是催眠過程的言語引流，讓遊走的步履穿梭在內我的明意識與潛意識裡，在光點裡視覺白霧化，我心忽忽茫索，有點眞實又有點不眞。

從遙遠的街上就看見那樣的藍，像是整罐整罐顏料倒上去的藍！很假卻有很眞的雙重個性，像卡蘿。

「我畫我的眞實。」使幻想成爲可捉摸的，腦中不期然飄進卡蘿那獨特的畫作。

也連帶想起很多年前在紐約習畫時有同學跑到我畫作的面前說妳的畫很像卡蘿。當時還老土不知卡蘿這號人物，還請同學寫下他口中卡蘿的拼音，跑去書店找畫冊看。一看驚嚇於我夢境氛圍與幻想勾搭連成一氣的相似程度（當然筆觸與內容敘述不同），自此我明瞭有些人是屬於同一種創作狀態出發的，即使路徑後來迴異。

17

人物空間用色光線……

自我表現、空間深度、光線變化、輪廓、意識……

看畫時，我的腦筋閃過一堆名詞……

失落，快樂，交疊而過。

常常忽然很快樂，連看陽光灑落在葉脈之間都感到熱溫溫的快樂！好像整個人生都那麼有把握，把握到地老天荒都會有這種快樂感持續地充實走至未來。但時時忽然又很失落，連看欲滴未滴的雨水兜盪在葉片間都有想要泣然之感！好像整個身心都碎成片斷，飛揚在塵土滿天的未來天空……

連出走他鄉，都尋無解藥。除非把「心」搞定了。真羨慕有些人從來不感到心情低盪、不被某種無形的感情痛苦束縛的人。

每天穿衣脫衣，每天穿鞋脫鞋，出門進門，連生活在他鄉的新奇，都無法挽救生活無可奈何地必然朝向百無聊賴。

18

墨西哥友人在看著電視，聽不懂西語的我，禮貌地坐在客廳陪著看，吃著水果，感覺像在看鬧劇，無聊而滑溜的話題答答地穿過耳膜。

我討厭手機，討厭電話。在墨西哥，這些都消失了。互道晚安。我回躺在潔白的床，聞到肥皂味。試著想自己所躺之處是一具棺材，試著想整個墨西哥子民那麼熱愛骷髏頭的感覺，試著想卡蘿的死亡……但我還是沒有聞到死神的氣味。那是什麼氣味？甜香或辛臭或無色無味……

連幸福都覺得悲傷的此時此刻，揮灑烈愛，如何揮灑？

我推開窗，夜晚寒氣直逼而來，山城下有些未捻息的燈火。我但願任何人都幸福，但我不知爲何卻無法對自己這樣說。

爲什麼有人那麼容易快樂？眞好啊！像媽媽，只消給她錢，她就很開心。錢可以讓她有安全感。她說這就是現實，妳爲何學不會，愛情能吃嗎？

我吃的不是愛情本身，我吃的是愛情之後的苦果。

母親，妳不會明白。

卡蘿，妳明白。妳怎能度過那樣的苦痛，妳最愛的丈夫搞上妳的妹妹，妳怎能再愛他，怎能？

我亂想著事，我渴求寧靜。

有朋友問我心情不好是太久沒談戀愛？恰好相反，我不談戀愛時，好寧靜啊。

但我的心門像是紙糊的，輕輕一戳，那喜歡的人就策馬長驅直入了。

那狂野的馬常把我的身心踩得疼痛，發爛。

我對世界的熱情已然說了太多話了……

19

綠色的福斯金龜車滿街跑，像是綠蜥龜，望久目光都有一種綠意飄浮眼前的幻色感。那麼詭異的計程車樣貌，常常有假的錯覺。

我站在街頭等車。手裡拿著紙張，仔細地對著公車掛在車頭的字，以防搭錯車。等車時，意識流東飄西流，無可捉摸。

冬末的晚上，月亮像是銀色又帶點檸檬淡黃的金杯，而我要搭的公車漫長未至，我感覺自己等著等著像是快生鏽了。

周邊等車的墨西哥人好像都不太用手機似的，至少在我漫長等待的觀察裡，竟然都沒有聽見手機響的干擾。沒有手機眞好，是誰發明手機的？這眞是世上最糟糕的發明。心的自由完全被控制了，人的期待完全因爲手機的快速變化而顯得輕薄了。

但更高境界該是，無論什麼事物或境界來臨時情緒都應不受影響，如入無心之境。

20

我不諱言，我曾吃了許多安眠藥和鎮定劑。那些年的無數夜晚。從半顆到一顆，接著兩顆，兩顆半……三顆。乾脆睜著眼睛看天空從暗到亮。

那種寶藍到死灰，沒有一刻是不變的。天地萬物皆有時，生有時，別有時，散有時，聚有時，歡有時，哀有時……我究竟在害怕什麼？爲什麼這麼在意失去？

「當你覺得你不屬於這個世界時，你是誰？面對死亡，我選擇活下來！」

我一直記得這句話。

在想要踏進夜晚的死亡深淵裡，我也選擇活了下來，我告訴自己要死在筆墨裡，不是死在因失去的無能裡，我要安靜而祥和的離開。

卡蘿，妳的死亡太壯美了。燃燒妳的軀體，妳因火燒所引發之熱流而倏忽坐直了起來，長長髮絲如太陽火焰般地往上竄，這樣的魔幻是偉大地而壯觀，這誠然不屬於我可以擁有的世界。「死亡爲何要哭泣，死亡只是回歸。」墨西哥人唱著這樣的歌。那麼自然地將死亡納入大地的一部分，成爲灰燼，成爲塵土，成爲大自然。

死亡爲何要哭泣，死亡只是回歸。

中國人的送終儀式和請孝女來到亡者面前虛假的哭泣讓我從小就深深地害怕著。

我但願有道彩虹升起，安安靜靜地如梯子般讓我靈攀爬而上，登天。

這是一個讓人常想起死亡卻又一點也不想死亡的國度。

世人無一例外地都站在死亡的門口，或遠或近，都很孤單。

21

回憶，是血。

想不流血，要心如牆壁。但我摸摸心，卻像紙糊的，竟一戳就破。

愛情利刃穿紙，所破之洞即我的心之所。

22

卡蘿的盛名是來自於死後。這樣的死後方有的盛名狀態在美術史文學史數之不盡。不要在人死後，才表達愛。不要在藝術家死後，才給他讚美。不要在文學家死後，才開始讀他的作品。

活著給予，對當事者才有意義。

沙特說：他人是地獄。我要說：失愛也是地獄。

蒙在虛假的平靜裡，這是我的弱陷。

書寫是一種貢獻嗎？還是一種自我滿足？我希望傳達我的眞實就像卡蘿妳畫妳的眞實。我們和所有的哀歡甚至大地的一草一木都成爲一體，我們知道一切無從僞裝。

但在卡蘿妳的身上，雖然一再描繪的是自我肖像，我卻看見一種無形的自剖力量。這樣的自剖，讓我感同身受，遂不寂寞。

因此我沒事就跑去看妳的畫。看畫作眞跡的感覺和看畫冊簡直是天壤之別，眞跡的筆觸肌理和顏色彷彿都還在述說著生命，都還在生長，都在說著蒼涼與哀歡……畫冊沒有，畫冊只有圖像、映像，或有感動，但和眞跡相較，卻一下子就被丈量出印刷畫的輕薄與失眞失色（沒有生命）。

23

千萬不要傷到我的心，讓我心死了。那就千軍萬馬拉不回。

縱然心中還有欲念之魔，但心死是無愛了，我知道。

但心死爲何還有這麼深的痛感？這麼地心痛著那還算心死了嗎？人的兩難。要進入深深的愛才能有深深的壯闊風景，但深深的愛反彈時卻又瞬間使一切成枯萎般的廢墟。說當朋友好了，但當朋友就會怠惰，就不會全力以赴，就不會有什麼交心般的靈光與特別覺受產生。愛的兩難……

有超越人生盟約的東西嗎？爲何不能只是內心愛著就好，不要形式？卡蘿，妳是自欺欺人地接受迪亞哥的不斷外遇，還是妳眞的這麼有容度？哭泣過的眼睛像是被灼傷的皮膚，疼痛至閉上眼睛都有灼燒感。

這裡沒有我想要的東西（卡蘿的畫又不能偷），滿街販售的骷髏頭我可不想買，我的人已經是一具皮骨了，不需要骷髏頭來提醒愛情或者生命的無常。這裡的一切都無法滿足我心的破洞。只有虛空的風強烈地虎虎灌進我的心，脹滿我的痛。

我需要的或許都是些看不見的力量。

例如蹲馬桶時，大哭，一種洗滌，流光眼淚的暢快。

24

如果來生我們相見，我們認得出彼此嗎？所有的情感底蘊都在指向這件事，能否再相見？能否不要分離。

今生就能解脫，不要再墜入輪迴苦海漂流，佛語。我心卻無法善護念，一丁點愛的痛感就被燒成如灰燼般了無生趣，一點小事就壓歪了我的生命樑柱。

爲什麼你們都比我堅強，看到來電顯示都可以不去接，而我沒辦法，因爲我會想到對方所期待的，我怕對方失望，我懂那種失望之折磨，我不敢給別人這種椎心的折磨。但最後，我還是徹底地做了個眼不見爲淨者，索性就關機。

如果能永恆的把「心」關機就更美好了。

我應該停辦手機。在異鄉接到手機響，實在很恐怖，像是行至天涯海角都跑不出手機這個迷你的如來佛掌般。

永恆的課題，進場或退場，要或不要。我卻又再次卡在中間。

我厭惡我的軟弱。（這和菩薩的慈悲簡直不能相比。）

我厭惡我的淚水。我厭惡我的眞誠。我厭惡我的燃燒。我厭惡我的期待。我厭惡我的憤怒。我厭惡我的依賴。我厭惡我的牽掛。我厭惡我的在乎。我厭惡我的退步。我厭惡我無法承受的孤單。我厭惡我繞了地球大半圈了，故鄉的他者還在我心纏繞不休，這難以降伏的欲望之心，我厭惡它。我厭惡數位相機隨時可以殺掉前一個刹那。我厭惡我自己遺忘了自己說過的話：自己才是自己最終的伴侶，人要向自己的一切負責。

我絕少使用厭惡這個字眼，我厭惡我不斷地吐出厭惡。

啊，還是厭惡。

我厭惡這充滿玉米氣味霉味的國家，我的旅程才一半，還不能回家，我只能擱淺。或者想想卡蘿，才能減少厭惡感。

我如此地厭惡自己這麼任性地寫了這麼多次重複的字眼——厭惡。

鄙俗的自己其實更靠近媚俗。

25

有小孩進來咖啡館，我就想離開了。

小孩讓我害怕，想起陰陰悠悠的童年。大人對小孩說話的腔調也讓我想吐，想逃。

我離開咖啡館，又走進人潮擁擠的墨西哥市。一座和台灣人口等量的城市，我聞到肉味，強烈的生之氣息，卻是臭的。

但他們都活得很熱切，小販叫賣聲昂揚。

卡蘿車禍地點，我去憑弔。但小販聲音實在太吵了，我只好走走想想一番後，離開擺滿中國製仿冒品的市區街道。

在人潮洶湧及喧囂裡，我格外想念你，於是我打開手機電源。

忽然手機響。台灣國語問妳是佳佳嗎？我不是。不是0912……，沒錯，但我不是佳佳。妳不是佳佳？對我不是，不是，一萬個不是。

掛上電話，才想起是國際漫遊。隔這麼遙遠竟接到一通打錯的電話。思念眞是會成爲我生命的災難。

我想要愛上別人，好遺忘你。學學卡蘿受不了迪亞哥的不斷出軌，於是她也出軌，她愛上借宿她家的蘇聯流亡左派份子托洛斯基。

藉著另一個客體遺忘眼前的客體。她失敗了，她藉著另一個客體發現更愛不斷傷害她的迪亞哥，這究竟是爲什麼？說不通的道理，具有強烈傷害性卻又同時具有強烈吸引力的愛，除了夙緣宿命，還有什麼能解釋這種現象？

26

我不允許自己這麼懦弱地進入痛苦的深淵了，多少年來，轉身離去者眾，難道我還學不會放空？

除了寫作，我什麼也不是，那我爲何要在意那變化無常的愛情？我要把寫作擺在第一位，任何人都不能搶在它的前面佔有我（這像是激勵自己的自言自語之廢話，因爲寫下這些字句時，痛苦仍盤據在心）。

人爲何而苦？爲何要受苦？美麗事物怎會憂傷？

築好的心牆竟然瞬間被擊碎，還談什麼清明？我渴求清明，也自覺有此能力，但是一旦有了愛情我就失去了清明的能力。

我怕愛情底層的人性嫉妒與佔有欲，因爲愛情來自於他者參與，如果能只愛自己就感到圓滿，就沒有苦了。我再次想起沙特說的：「他人是地獄。」想起好友，一個寫作者。

無論我二十歲，三十歲，四十歲，五十歲，六十歲，七十歲……，我都決定不能對不起自己的生命。

寫作吧！那是唯一看得見的且操之在我身上的「幸福才情」。

許多人家的牆面有凹進去的神龕，擺著繁花般的聖母雕像，蠟燭滴盡了淚，看來聖母的容顏既十分脫俗，又非常人間。

山城下方的燈火如煙飄動，我在山路高處看著，夜半時分，觀望著這個陌生的國度，觀望著與我這個異鄉客一切無關的夜色，但我卻感到有一種如永恆似的美麗，但旋即卻又是無望。像是花布窗簾般盪過來又盪過去……，心情總是在自己盪鞦韆，只要有一絲苦楚的風吹過。

有讀者曾說，在我的文字裡找到安定的方式。我收到信既感恩又感羞愧，我哪裡能給別人安定了，我最多只是一面鏡子，讓別人看見我的同時也看見可能隱藏的自己罷了。

就像此時此刻，我擁有的東西幾乎等於零，除了肉身之衣物鞋外，手上有枚戒指，除此空空然。

漫步回友人小屋，仍覺得這樣的夜半散步，還是自己喜歡的事啊，雖然憂愁沒有離開過我。但片刻的歡愉乍現卻也不匱乏。

孤獨應該是面對生命最清醒的時刻。我說過的話，現在才想起來。（人常背叛自己說過的話。）

27

他一生裡從來沒有孤獨一個人過，他說只要他回家一定要見到人，若家人不在就把他們全叩回家，他不能回家見不到家人，他不能一個人待在家裡。

一個從來沒有孤獨度日的人要如何來理解像我這樣一個自小即孤獨且往後都長期處在孤獨的孤獨者？

我真的要和他共度一生？

我是被什麼迷惑了？他的好？那種像父親般的好，但這樣的好卻好像排隊等迪士尼樂園，等待很久才輪到，快樂卻只一瞬。

我應該放棄了。我決定把手機丟掉。手機讓我的心情不自禁地期待，讓我的手情不自禁地想去撥一通很難接通而導致我心潰堤的號碼。

他應該跟平凡人在一起就好。我不是說我不平凡，我要說的是，我很麻煩，搞創作者有不麻煩的？如果我是順婦，我寫作的叩問會有力量嗎？

我不該貪圖片刻的歡愉，卻墜入漫漫長長的等待。

除非我又瘋魔了。

卡蘿能把意外化成意義，我亦當如是。

心愛與痛苦的感受，都很相像。

當我描繪靜物時，我眞羨慕它們的安靜，那麼靜，靜靜地存在著。眞美，原來畫靜物這麼美，安靜的美，不動聲色的美。

28

你來信說，如果人是一只瓶子，那她就可以餵養許多花，因爲身體裡有許多的淚水。

你的信好美，所以我忘不了你。

我的淚水可以餵養的不只是瓶子的花，我的淚水簡直可以餵養一座花園。直到他人繁花錦簇，直到我身壞血枯。

「兩個芙烈達．卡蘿」好壯觀，一百號的畫作，兩個卡蘿對望著我。

像是靈魂列車朝我轟轟開來。此是有能量的畫作，此地是有神靈的國度。

魔幻似的美，是從現實世間的苦處扎根而切下。

夢裡的夢，沒有身體的痛苦，沒有失去孩子的痛苦，沒有面對愛人出軌的痛苦，一切都靜悄悄地只是綻放著瑰麗的顏色，溫柔又暴烈地，雙面卡蘿，我的愛。

有人說妳是自殺而死的。但我寧願相信不是這樣的，四十幾次的開刀手術與無數面對愛人與別的女人的交媾，妳都承受下來了，沒有理由自殺。妳是安靜地在夜晚走的，我這樣地想著，看著妳藍屋裡面的床鋪，一張有著妳深邃面龐的青銅雕像擱在白色的床單，床枕繡著的字義是「我的愛」。

如果妳是自殺的，那我要傷心了。

連妳這樣堅強者都這樣地走了，我怎能不傷心呢？

旁邊有不斷來回走動的參觀者，唯我看著妳生前躺過的床，不斷地想著妳的哀歡。

但我該學妳嗎？學妳接受迪亞哥，迪亞哥這樣的男人？

還是妳要告訴我的是，離開吧。

我佇立妳的床畔，我得不到回音，只有歷史情愛的虛空陰風從屋子的窗口襲進我心，這是答案嗎？無論選不選擇，反正都是虛空一場。

要麼盡情地享受對方的好，遺忘對方的不好。要麼是徹底地離去，瀟灑地告別。不要卡在兩難裡。因爲橫豎都是要走的，要告別人世的。

妳在死前畫下的畫裡寫下的字句是：「生命萬歲！」

我很想激勵自己，告訴自己：我喜歡人生。

妳在死前畫下「生命萬歲」的西瓜圖騰，高更在死前畫下他懷念故鄉的下雪之景，那麼我呢？

如果我要在死前畫下最後一幅畫，我要畫什麼？我要寫下什麼字句？
或者就是一張留白的圖，一句空白的話。或者一片美麗的枯葉，妳看過洋紫荊嗎？兩瓣落葉對生，每一片落葉因此都像蝴蝶，好美麗的死亡。
我還活著，明天的晨風會喚醒我看看初昇太陽的柔和之光。
但願我有幸福感。雖然很不幸地「幸福」已是個浮濫的名詞了。
我寫過一本書——美麗的苦痛。苦痛真的可以轉化成美麗？我現在已開始背叛自己所說過的話了。

29

墨西哥的夕陽有如瑪格麗特調酒的烈性，紅豔豔的豪華感。但走在夕陽下的人都顯露疲憊的滄桑，車流飛速，捲起了沙塵。墨西哥市的那些行道樹都像是石雕巨人，古老地林立當代街頭。
年輕人迎面走來，他的酷酷墨鏡攜帶來我自己的容顏，我和自己的臉錯身而過。透過他，我在陌生的街頭看見我自己。將來透過記憶，我才會記得你和這座城市。
我不知要怎麼走下去，一切從離家出走開始，經常在移動，卻感到一無進展。
偶有一絲歡喜，就像在燠熱裡吹進涼風。
金蟬脫殼，脫胎換骨，旅行的大夢幻。
我連最基礎的心都難甘心。

30

連懺悔都需要體力。

我整日懨懨。靠芙烈達・卡蘿太近，像肉體之病也衍發了心病。卡蘿終於面臨截肢的肉身殘酷，她一時之間尙有幻肢症，以爲那腿尙在。後來那腿跑到畫布上，永無結果的願望，這讓人悲傷。我佇立在還願牌的樑柱下方看著那些卡蘿從教堂偷偷取來的教徒獻給天主的「還願牌」，一種畫在錫版大小的畫作，謝主隆恩，謝主慈悲加被。卡蘿以爲這樣自己也可以沾些好運。但不幸地，她的願望不僅沒有達成，且總是更慘烈。妳說妳要愛，妳要塗抹，妳要走動，妳要瘋癲……此爲狂野的心碎。

妳的願望已然被沖走，身體持續敗壞，外遇事件持續發生，妳堪忍或不堪忍？風吹拂而過，藍屋外高插入天的尤加利樹發出耳語，沒有神諭的耳語。

我看到妳的骷髏頭擺在潔白有如妳還活著的床單上，詭異的畫面是毛澤東史達林肖像在牆之側，既荒涼又俗世並置。

一把槍穿過妳的脊椎，一把長刀刺過我的心。

31

爲什麼我要一個人走在這塊超現實土地？是爲了看卡蘿邪惡的美，那眞實擺在我眼前的畫作，可以聞得到油料的古老氣味，可以看得見層層油料肌理在訴說著亙古不逝的死亡與憂傷。是爲了看幾眼藍屋，如廣告顏料之虛假的大藍鋪呈在路的視覺盡頭，好藍好藍，藍到整個海洋都氾濫到我的目光。藍屋總是不斷地有人走動，來自他鄉的觀光客擠滿了卡蘿的死亡地，我們趕著時間來看妳的死亡居所，妳可以嘲笑，也可以流淚。因爲我們很孤單。

但就只是這樣？就把我千里迢迢地吸引到這樣又華美又迷亂的城市？

我常不知道是何等地衝動把我的肉身推開家門？

友人問我為何人大了就不再看卡通？

我想了想，看著墨西哥電視不斷發出的西語，我想也許因為童年時我們看卡通會覺得那個世界很真實，可是當你大了，就會想要看「真人」演的東西吧。而我自己從很久就消失了對於卡通的感覺。童年消失得太早。

32

人在異地過新年，心並沒有什麼改變。

郊區山丘處有人在放煙火，華麗的孤單。耶誕節剛過，墨西哥人家庭院仍擺放著一閃一滅的耶誕老人、麋鹿、雪橇或者皮卡丘、超人、凱蒂貓、史努比……牆上的聖母瑪利亞塑像也亮著，套上的花圈已枯萎。

準備要倒數了，吃畢冗長的墨西哥年夜聚餐，主人驚覺跨年將至，大夥酒杯一放，全衝出屋外，在庭園裡點燃起仙女棒。倒數是一個奇怪的時間逆流，明明時間是往前的，我們偏偏要喊10987654321，為何不是從0開始喊？不論倒數或正數，舊歲過了。

年年神似的新年，我仍然是人，沒有變成怪物，我還記得笑與流淚。

33

以前讀過關於藝術發展階段：人從潛意識塗鴉到可以控制的塗鴉期，從前圖示期至圖示期，接著就是寫實的萌芽，進入寫實視覺期。視覺時期，美術老師要我們注意事物的外觀輪廓、人物樣貌、空間佈局、光線與用色等。

我總是還處在塗鴉期。而卡蘿妳是觸覺型畫家，妳的感情來自主觀的自我，妳描繪自己的痛，痛是妳的基底，傷口就是妳的線條，而愛是妳的永恆光線。

完美的邪惡與和諧的堆疊，不平均的比例……妳的畫就是妳的歷史。

34

我的心可以擁有的退路竟然如此地少？

35

你說我眞的是一個很會畫圖的人。「這麼奇怪又這麼正常。」你用了很精準的話來形容我這個人的特質。「妳的圖就是妳自己。」你幫我把自己說過的話像是提醒我似的再次替我溫習一回。

36

光陰之河在墨西哥市快速流動。

但是大部分時光在發呆，在卡蘿的陰影下移動，她的藍屋、聖安琪、學校、市集……，車禍地點離墨西哥廣場不遠。一場生命關鍵性的車禍，這場讓她一生和病痛糾纏不清的要命車禍卻讓她成爲另一種受苦與愛欲的聖母象徵。她因爲在病床過久感到「無聊得半死」而拿起畫筆開始作畫，未料這竟成了她給世人最大的啓示，且成爲今日擁入墨西哥市的所有觀光客所欲朝拜的「傳奇」對象。

當卡蘿前往紐約展覽時，《時代》雜誌稱其作品爲「血腥的幻想」以及種種超現實的形容。「我從來不知道我是個超現實主義者，直到布烈東到墨西哥來告訴我。但我自己還是不知道我是什麼。」

「血腥的幻想」，這對卡蘿來說是一種荒謬，因爲這不是幻想，那血腥是來自於現實，殘酷的現實。

現下曾發生在此的車禍，仍然是一片屬於墨西哥式的繁榮喧囂。

37

雙重火焰——所有的墨西哥子民都具有詩人帕斯所形容的雙重性。

讀帕斯，在他的祖國之都，我喜歡讀他的詩，非常非常的喜歡，從以前就喜歡，來到墨西哥更喜歡。他成爲我異鄉可以擁抱入眠的他者，他讓我覺得必得在入睡前反駁一下沙特說的「他人是地獄」的話。

我在床畔閱讀：〈時間透明〉

如果鳥兒無形
它的歌聲的顏色
我們卻能看清
沒有盡頭的記憶的長廊

對著空蕩的大廳敞開的門
每一個夏天都在那裡腐爛
飢渴的珠寶在深處燃燒
臉龐剛一憶起便又消失……

不該記起的臉龐，如點火即吹。

貳　在布拉格

抵達前

抵達前，刻板的波西米亞符號跟我許久，我這個「僞波西米亞」樣貌女子飛抵波西米亞，我發現我果然比他們還波西米亞。這就好像一個西洋男子來到東方穿起棉襖學起太極的模樣將甚比東方還東方。

我在此亦有此感，即使我的長相是無比的東方。但我那種經年揮之不去的波西米亞流浪氣息仍在，而此地四處寫著波西米亞，卻已然化爲水晶，化爲鈔票……Blue Bohemia ，藍色波西米亞，爲我生命打底的顏色。

藍色波西米亞

1

不論白天或者夜晚，他用餐時在餐桌上一定點兩支蠟燭，蒼白的血管上流動著固執的表情，像是中世紀的嚴肅清冷教徒，但內在我聽見他對我的不滿，關於我孤僻難解的行爲。

「爲什麼我無法和別人一樣過正常的家庭生活？」我撕咬著麵包，望著兩道往上吞吐火焰的燭火想，幾乎不敢凝視他的表情。

「你後悔了嗎？」

「你想錯了我這個人？」

「你要的只是一個平凡的家庭主婦？」

……許多念頭穿過我的心。

他幫我提行李，趕搭六點最早一班的渡輪往奧斯陸市中心，他送我至奧斯陸中央車站。他忘了帶老花眼鏡，看不清售票機器的文字，而我不懂挪威文。他問了一個在機器旁的年輕人如何操作機器買通往機場的快捷票，兩人嘰哩咕嚕一番，我一邊擔心著快捷直達車將開的時間，一邊仍仔細聽著好聽的挪威話，像音樂般。

吐出一張票卡。

在清晨只寥落幾人的車站揮別他，車速很快地將他化爲幾道光線般，停駐我心。

半小時後抵機場。

出口時，將票插入機器，無法通過。趕緊將通道讓給後人，至出口窗口問這票怎麼回事？窗內人問，妳爲什麼買老人票？我一聽遂笑了，想剛剛在中央車站的年輕人誤以爲是我的挪威友人要買的票，而他已白髮蒼蒼，年輕人遂自動幫他按了老人優待票。

我對窗內的工作人員解釋不懂挪威文，按錯了鍵，遂買錯了票。她方微笑點頭，當場補差額，換票。

趕上機場櫃台。又是一番折騰，在台北辦的捷克簽證，被櫃台小姐看了又看，還叫值班航空經理再來確認簽證無誤。不知排錯隊伍，將護照一遞，只聽見窗口內的海關人員大喊一聲「China！」手勢一比，隔壁才是外國人隊伍。來不及說我不是China，就被「Next！」給擠出了隊伍。從頭排起，再次被海關女警詢問。我心裡嘀咕：「連離境都困難，一個女人單獨旅行就是容易被懷疑其行爲動機？」

2

布拉格一區，落腳查理大學教職員宿舍。淡季，六人床裡只有一個人住。發霉慘白的床單，受過多少旅人的攪拌，然後清洗，再次攪拌，再次清洗。

宿舍櫃台的短髮女生，長得像是電影「布拉格之春」的特麗莎，是查理大學學生在此打工，英文卻很不好。問她許多事，都只是微笑。天眞而青春，美好且美麗。連帶我上樓，她都哼著如銀鈴般的歌。

拉開花布窗簾，還有一層白蕾絲窗簾，用力推開像是關了一個冬日的窗戶，小巷口教堂鐘聲正巧噹噹響起，石板路飄著四月初春但寒冷的雨。

我彈出鞋子，倒在床上，決定搶在黑暗把我罩下前，先沉沉睡去。

3

在吶喊還沒被喊出前。

我樂於當波西米亞人。

依然有命運交錯的虛構想法跑到我的腦中。比如，如果沒有死亡的提早到來，你會不會感到快樂一些？我問著你——K。你要我自己找答案，解答就在這座城市的細節裡。

受陰面和受陽面兩種截然不同的溫度。

忽然饞，想吃甜和冰有關的東西。在雜貨店冰櫃前挑選冰棒太久，婦人一臉的不高興，我不是在比較價錢，而是不知要吃什麼。匆匆挑了一支雪糕，給錢時，婦人依舊不高興。推開玻璃門，在冬末陽光下蹲在騎樓旁吃冰棒。忽然一聲雷劈閃電，轟然刷下大雨。電車裡的布拉格居民，映在雨窗外的臉，像是流淚的鬼魂。

我很遺憾我們在旅途裡認識。

你說有遺憾之感代表我在意。

我在意嗎？

還是我只是悵然且認可這樣的遺憾才是眞正的人生實相。

無智亦無得，以無所得故。

4

卡夫卡，你竟比我還東方啊，你可說是東方的東方。

《莊子》、《南華眞經》、《道德經》，你熟讀中國哲學寶典，我若不熟悉我可以算是來自東方？傾心古代中國繪畫和雕刻的卡夫卡，像是爲了示現一種處在痛苦的人依然無懼的樣貌而來到世上。「通往眞理之路無途可循，唯一可靠的就是個人全神貫注，全力以赴。聽別人的指令，意味著爲進先退，缺乏信心，這是一開始就踏上錯誤之路。人一定要無懼且耐心地接受一切，人天生是要活的，而不是死。」

他生前言談的記錄者古斯塔夫曾形容卡夫卡常帶著「夏天要去遠足」的快樂表情。

這一切如此難得，似乎改寫了我們對於老是一身黑的卡夫卡印象。

明媚的夏日，遠足者的神情。

我應該要快樂。沒有什麼事好不快樂的。我很想朝著似天生就愁苦的波西米亞人大喊：Be Happy！

故鄉帶來的蒟蒻，藏在行李箱的底層，壓不扁的玫瑰。吃起來像是塑膠，裝滿胃，止住匱缺與飢餓。

路過高級的巴黎餐館有人拭了嘴，打著響嗝。我感覺蒟蒻凝結成透明的膠質，在胃裡像是磁鐵漂浮著我的旅途點滴。

忽然就天黑。從很藍很藍的色澤像是換螢幕般地轉成了黑布。

忽然就來雨。從很灰很灰的天空抖動而下。

5

布拉格舊城窄巷裡的石塊馬路像是連環細胞，鬆動一塊就全體鬆動，四處有工人在補修被無數旅客踩踏而過的小路。

卡夫卡，你曾說：「布拉格是個悲劇城市。」過去它的悲劇是蘇聯共黨坦克堂堂開過，今天它的悲劇卻是共黨坦克換成了「俄羅斯娃娃」——全面觀光化庸俗了它原本厚重的歷史況味。

我仍記得絲絨革命，我青春印記的他鄉年輕人爲了自由發光。歌手 Karel Kryl 不斷反覆唱著：Dekuji！（謝謝你）……「謝謝你，你的愛，安撫我的恐懼；謝謝你，你的軟弱，讓我瞭解和諧；謝謝你，你的飢渴，讓我明白了慈悲……」

我日日聽得這歌，在那還充滿著愛之暈光的激情年代。

如今響起這歌旋律，對應滿街觀光食客與瞎拚人潮，我不禁啞然失笑起來。

我的記憶地平線從此斷裂。

我幾乎是帶著失望的心情重返這座當年瀰漫著夜霧愁緒的絲絨革命之城。冬末時節查理大橋日日擠爆了人潮，趁清晨五點趕緊跑去弔唁自己曾履及這座城市的青春，查理大橋上卻坐著幾堆未眠的年輕醉鬼，他們朝我亂叫吶喊。

晃至通往城堡區的維爾塔瓦河橋畔下，我知道這時候可以去卡夫卡文學新館，即使新館未開門也可先在廣場前溜達。

6

隔著一條河，維爾塔瓦河，對岸紅瓦屋宇縮小成微物，漂流的樹葉卻在目光裡比房子還巨大，還沒有光。

年輕人喝得醉顛。

突然邁向高度物質化的城市，酒醉成了最輕易的下墜姿態。

河流嗚咽竟夜。

維爾塔瓦河，米蘭・昆德拉《生命中不能承受之輕》筆下的薩賓娜和特麗莎陪著我一起成長和老去。

這條河流如草蓆將特麗莎如嬰孩般送到了她一生深愛卻又受盡嫉妒所苦的男人身邊。

昏黃夕陽，人影疊沓拉長移晃在查理大橋的石磚牆上，似斑老油畫。橋岸基督門徒雕像全活了過來，金燦望著盲動的旅客。那樣的光，像是盛世歷史的再次回魂。

我不禁拿起相機想自拍。一名白髮男子靠近我，溫和地微笑說：「請讓我幫妳拍吧！」「謝謝！」

我看著數位相機的視窗，盯著會心笑著，想像著原本自拍可能導致的大頭照成了白髮老人眼中按下的小小身影。

7

感覺自己是斷垣殘壁，從來沒有擁有眞正的完整。

在布拉格我如此地靠近東方禪思與清明，如此地靠近卡夫卡的叩問與眞切。但我仍是斷垣殘壁，碎瓦處處。我一轉身，背後的曾經就頓成廢墟。只要一個轉身，艱難的轉身，緩緩地甚至可以聽見骨頭摩擦廝廝響，甚至可以聽聞呼吸的氣在某個艱難的關卡困頓的阻塞，痛苦地穿越血栓與流動。

8

所有的人都停在這口巨大的鐘下。我耳鳴地自動閃出字眼——下列音響，整點時分。耶穌十二門徒魚貫地步出，雞鳴鐘響，報時。群眾面目發光，大人仰天笑，小孩歡聲雷動，觀光客猛拍照。

我卻看見了，只因這口大鐘太過完美而導致的殘疾者盲眼人也在望著這群旅客，發著冷冷的笑。

打造這口精美大鐘的天才者加上悲劇者是漢努斯。

一四九〇年，漢努斯睜著發亮的瞳孔望著自己打造的這座精美的大鐘傑作，他不知道鐘響起時，也爲自己敲下了喪鐘。可憐的漢努斯自此世界黑暗一片，無法目睹他自己的傑作，執政者爲了怕他替別人製造一樣的傑作，遂弄瞎了他的眼。

機械發條報時，漢努斯附耳表面，他流下了懺悔的眼淚，他後悔完美。完美帶來黑暗，人應該要不完美，神才完美。

他不是神，但卻被賦予完美的必死之路。

當年，卡夫卡你從你的屋子走到廣場必經這口天文鐘。卡夫卡，你面對因完美而導致殘疾的盲眼人時，你怎麼想？

同樣地，史麥塔納（Bedricha Smetany）失聰，從未親耳聽到自己晚年最著名的〈我的祖國〉，昂揚的〈我的祖國〉。

太完美而失聰。

聽不見聲音的音樂家如何知道他的作品撼人？如何說服自己作品已臻完成？火候恰好？無法言說如何言說？

9

粉紅甜美頹唐的新藝術裝飾風格和卡夫卡的黑鴉哀傷色調成爲對比。

原本卡夫卡你昔日工作的勞工保險局大樓，改裝成一家旅館。來自歐美的觀光團正在廊下等待大巴士來接走他們。他們的聲音過於吵雜高亢，讓我不禁快步行過。

上班還要受氣，下班還要嘔氣。

上班十四年的卡夫卡，一直在面臨著工作或者全心寫作的兩難。文學和藝術家從來都得面對的兩難。難怪他的小說人物，醒來會變成一隻蟲。蟲不需要進入冰冷的辦公室，蟲只需要土地泥土的氣味。

卡夫卡在〈判決〉裡寫：「長久以來他就已下定決心，要非常仔細地觀察一切，以免被任何一個從後面來或從上面來的間接打擊而弄得驚惶失措。現在他又記起了這個早就忘記了的決定，隨後他又忘記了它。就像一個人把一根很短的線穿過一個針眼似。」

多少直接或間接的打擊也曾揮向我，我常感到傷心，有時那種傷心幾乎要是時空相合，恰好讓我站在夜晚深淵的邊緣而又有人剛好推我一把的話，我一定摔得粉身碎骨。

夜晚傷心的孤獨是個危險的時空，我想過各種死亡，但都因為信仰和思及他人而又再度復活。

生活眞是艱辛，感情眞是折騰。

布拉格查理大學六人房的學員宿舍裡，冬日住了一個遙遠的東方異鄉客，她的行李只有她那沉重得快要下沉且永遠拋之不去如影隨形的「心」。

你明白我為何出走他鄉嗎？十多年的長途孤旅於今思來又甜美又悲傷。甜美是遇見了無數萍水相逢善待我的陌生人以及世界浩瀚無盡的文化與風景衝擊；然而悲傷呢，一個人的旅店裡，鬼影幢幢的愛情死亡幽魂總是不期然地闖入腦波。我知道人生當如戲看，自己當導演，但「心」的敏感特質常讓自己成了被搬弄的戲偶，說悲哀卻眞是悲哀。

有人說，菩薩的最大障礙是「慈悲」，我沒有這麼高的胸懷，但我確實常不忍心，因為許多的不忍心，最後苦楚都像 Boomerang，一種如彎刀的澳洲原住民迴力棒，丟得愈遠，回得愈快。我的心，被射得血淋淋。

在布拉格，我想起了前一個旅次——墨西哥，卡蘿，被愛之箭射傷得血肉模糊的卡蘿，在森林成了人頭鹿身的受傷者。

有朋友傳某部落格討論的對話給我看，有人問，眞不知道鍾文音要苦到什麼時候？

我莞爾一笑。是苦啊。我豈會拒絕幸福，殊不知我是被我所以爲擁有的幸福所傷啊。

何嘗擁有，又何言所失。

布拉格窗外飄雨，這是個容易下雨的冬末之際，鄰旁的中世紀教堂天使都因此顯得悲傷，斑駁身影的天使任雨淋，任鴿子棄廢物。

我看著石板路上冷冷清清的，半個人都沒有。

我看著天使，覺得自己恍似也成了那樣的化身。

這雨來得眞不是時候，在我心情悲傷時。但這雨又來得正是時候，因爲它讓我明白生活永遠不會風和日麗。但也無畏風雨，一切的好和壞都會離去。

一切都要學會告別。躺在不知多少人躺過的舊旅店，我瞪著天花板，又再次告訴自己這樣無聊枯萎的話，說明白是要提醒自己，說不明白的是這樣的提醒又有什麼用呢？一路多少反反覆覆，多少跌跌撞撞，多少給給予予……

佛陀在祂的前世曾經因慈悲而割肉餵鴿。但在天平的兩端，說也奇怪，祂割下幾塊肉都不足以和鴿的重量相比，最後祂乾脆把整個肉身獻祭出去，剎那之間大地震動，全化爲光芒。

說來，我的心會痛，都是對割捨出去的不論情愛或物質都還是希望有回報才會有痛感。割捨得不夠才會痛啊！全捨就大地震動。無所求，何其難，何其高貴！

10

Ebel咖啡館。

幾乎每天到我最愛之布拉格咖啡館報到。

昨晚上網，讀妳寫來的信。年輕的妳。我感到十分溫暖，又暖又痛。妳說妳讀我的書信，妳當下覺得非常心痛，非常可怕，妳讀幾行就哭得很大了。

妳在房間下雨，很傷心。妳寫信想安慰我，卻說自己很淺。妳一點也不淺，是我的痛太深。

妳說，轉身的人比較痛苦。我說，凝視轉身的人更痛苦。

妳問我怎麼會這樣？妳說我是在對世界寫信，卻絕望絕望。「我不會形容，我覺得妳寫的是死，把自己的死亡攤開，我眞的嚇到了，妳把文章寫得那麼用力，用力得像自殺那麼地用力，無論我自己能力多麼微薄，都想要盡力安慰妳，我不能見死不救。」

親愛的妳，我很好。沒料到妳讀我的信以爲我心痛得快死了，當讀到妳寫妳不能見死不救時，我感到妳幾乎就在我身旁耳語，安慰我。是心痛，但沒有欲死，沒有，一點也沒有。

我只是離開，離開一個鉤傷我心的血肉之地。

那種心痛曾經無人可解。現在至少我覺得妳解我。

何況這裡還有卡夫卡。還有如此安逸的布拉格小巷咖啡館陪著我，一整個上午，我都感到靜靜而美好。反而我讀妳的信，感到不安，我試圖問自己，是否把哀愁帶給了妳。我此刻遺忘了哀愁，但我想起了妳。

際遇被誤解，誤判。卡夫卡的人性元素，也是我的。

11

持續和妳通信，妳寫得勤，我感到愧對妳的凝視。

妳喜歡赫塞，「你們知道嗎？你們寫出來的書是眞的可以改變某些人的一生。」我讀妳的文字心疼極了，我想我怎麼可能改變妳，除非妳是我。

但我一定要抄下這段話，因爲再也沒有人甚過於妳對我的愛了。這愛，無從說起，只能記述。這看見，是我的畫在人間少有的知音。

妳又寫說有個重大的事要告訴我：「我好喜歡好喜歡妳畫的圖畫！看《裝著心的行李》震撼住了，這麼強烈、直接，怎麼有人這麼勇敢？眞正的狂野，怎麼形容……有些人的圖只有美就已經算美了，妳畫的圖有全部。我眞的不知如何表現我心中感動，妳那是眞正的美，不是一般的。一百萬個名氣畫家也沒有妳眞實。請妳多畫很多圖好嗎？我眞期盼有一日能親眼去看看，我盼妳能超前且更超前，那到底會變成什麼樣子？沒有人到過這麼遠，所以我無法替妳想像了。妳才是眞正的畫家，畫家這個名比妳到的地方低……」

妳在我的祖國對我高喊「我愛妳」，我目光一陣濕熱。何等眞誠的赤子之心，我的好妹妹！不要怪我一個人上路，因爲我知道這是我最後踏入的心靈聖殿，之後，我將安居島嶼。

我像小學生般地在網咖煙味繚繞之地對著螢幕抄下字，我得在旅途裡擁有妳的看見與期盼，這麼深沉，這麼遼闊，我從沒有獲得這樣的期許與讚美。

我將妳的話摅進口袋裡，像是袋鼠媽媽懷抱著孩子，彼此溫暖彼此。還有什麼比袋鼠媽媽那個自懷裡長出的口袋更神秘的物體？

我的口袋藏有妳的文字，妳的愛摩挲著我。

我很喜歡小袋鼠自口袋張望世界的樣子。我忽然就成了如此張望世界的一張臉。

未料封閉網路咖啡館外早已大雨傾盆，而我已結帳。遂只好一個人在騎樓躲雨，巴洛克時代的雕刻華麗地在頭頂凝結古典時光。冬雨打在臉上有點刺冷，但我心因爲妳的文字而溫暖。

一團團觀光客行經，看著落單躲雨的我。像是望著一個異鄉人的同情與好奇神情。

異鄉人，陌生人，在卡夫卡的書寫裡，永遠是被隔離者，被懷疑動機者。

組成卡夫卡的元素，如今也組裝著我這個個體。有人問我吸引我的感情客體是什麼樣子？我回問她？她很清楚地說那個男人一定要「優雅」。而我想了想，才勾勒出我歷來感情客體都具有一種奇怪的人格特質。也因爲只要這個人具有一種吸引我的奇異人格特質就能使我想要有愛或給愛，以至於我的感情對象似乎寬廣，蓋因各行各業都有怪異人格特質者，而人格特質奇特者也通常都有「反」社會或者總是不自覺地以各種姿態滑進奇怪的人生軌道且多無法自拔。

那個小女孩走過童年的稻埕，廣場有金黃黃的米穀色澤，發亮在我心中的是那個午後我獨步在無人的稻埕身影，那接近一種詩意。但那也僅能是緬懷，眞要拿身影來面世，豈不挫折橫生。

我必然得面對自己的社會化與世故化。

雨仍無停歇之勢，遂又彎去咖啡館上網。等待收信，感到有一種無望隨著主機板在跑。無望美，一種缺憾旋即爬上心頭。

我以徒步走過我的愛情沙漠。

無新郵件。

十五分鐘二十元捷克幣，飲料另點。

電腦閃爍著溝通的語句，想起之前你說沒收到我的信，我說大概雅虎是以感情重量來秤信，太沉重的信無法寄出。

我之前的信都太沉重了。

放下沉重，卻無話可說。

你收不到。

忽冷忽熱，忽重忽輕。不知道寫什麼？發呆半天，只傳了一封信給另一家位於十四區非常廉價的旅館，內容告知不過去住了，還是住市中心方便。

只是查理大學教職員宿舍的早餐很奇特，有些是客座教授，有些是交換學生。他們都很好奇每天上午孤零來吃早餐，像貓只吃一點點早餐，卻喝很多咖啡或者茶，然後又不發一語離去的陌生女子。

直到有一天，我在餐桌上遇見另一個孤零人。

他先開口問我可以一起用餐嗎？我點頭，他把餐具食物挪過來我這一桌。從美國來的交換學生，說得一口比當地人還當地人的捷克文。

他問我，有無朋友？我搖頭。

晚上想去走走看看嗎？他又問，我點頭。

我們去跳騷莎。他說。

我不會跳騷莎。

我還以為妳只會搖頭和點頭。他說，我笑。

我教妳，騷莎舞是最簡單不過了。

但你——陌生人！對我一向有相處的困難。我心如此想，但沒說出口。

這個交換學生，打破了我在這裡想要眞正的陌生感，在一座城市不認識半個人的陌生感。

12

窄窄巷弄錯落一致的面貌是四處可見的水晶工藝品店。

在大唐飯店吃了一道雞腿中餐。來自山西的大陸人說十多年前他們來捷克做成衣生意，「以前這裡衣服貴得要命，所以我們就來這裡做貿易，沒想到就待下來了。但現在生意難做多了。」

13

爬查理大橋的高塔。

感覺自己像是穿梭在歷史陰風的小鬼。不知爬了多少級，只知每個轉彎處都有小窗戶射進的陽光等著我。每扇小窗的人影隨著高度變小，見到如蟻般小時也差不多登頂了。窮千里目，所見的是中世紀時作爲布拉格人肯定有的驕傲。

14

在市中心 Mustek 搭上地鐵，到 Zelivskeno。地鐵車廂內，一對年輕戀人不斷餵養彼此口水，旁邊坐著像是一輩子受盡共黨之苦的老婦人露出不舒服卻又無可奈何的嚴肅神情。

新猶太墓園，有卡夫卡的憂鬱之心。心愛與痛苦都沉澱，安靜靜的墓地，抬頭卻是陽光燦麗地直透園林而下。這麼寧靜的陽光感受，在布拉格的喧鬧之城很少，看來死亡之地永遠靠近寂靜。

墓碑安靜，小草安靜，紅龜子安靜，小石頭安靜……，我讀的文字安靜。這一切竟都因爲死亡而顯得可喜，一切的一切，在安靜之中像白天的星辰，隱在光亮裡。星星是這個世界需要有黑色作爲生命帷幕的物體，否則它將永遠不被看見。就像卡夫卡，他必須死，有死亡的黑色罩袍才能使他的作品被看見。

被看見——我們要被看見，所以創作。星星也要被看見，所以黑夜會來。看見——我們要看見，所以我需要你的眼睛，在你的瞳孔我才看見自己。

這是寂靜的一天，卡夫卡的永恆流放地。

如果把這一天凝結下來，可以變成什麼？一只戒指？一枚耳環？一雙你的眼睛？

「永恆的孤獨，和人在一起也一樣孤獨。」我在你的安逸之所，算不算是一種打擾？是誰獻上的花，已然凋零，燭火也已燃盡燭心。我空手來，獻上最誠摯的心，並在四周撿拾小石頭，堆成一座小佛塔，佛塔擱著我的筆和札記本，我似乎聽見你的祈禱文。

讓你備受煎熬的父親終於和你合而爲一，且父之名在你名的下方。你超越了父親，但又同時父子並置。

紅黑點的金龜子在小石間遊竄，急急尋生之出口。

我忽然想起老是把電話聽筒拿顛倒的父親，早逝的吾父。因早逝，所以留下來多是已因懷念而轉成美好形象。我常沒寫好男人的角色，是否這也是一種不曾有過的缺憾。

依然是走在陰影和向陽處完全兩種溫度的狀態。布拉格是我個性兩極的展現。

OPEN
Cafe Ebel

15

出國前，有個人恭喜我。恭喜我什麼？我不解。

她說報紙很大篇幅地介紹我。

那有什麼好恭喜的？

她繼續說，那代表妳被注意。

那要看什麼樣的注意。我不知道文學還有什麼力氣。

突然心情不好。

睡覺去。

16

布拉格捷運，眞正的布拉格人都在車廂裡。

台北捷運開挖於我年輕時光，現在繼續開挖。捷者，速度快也。

我打開心窗，層層世界在眼前都消失了邊界。

號碼，占星，星盤，種種……我在塗鴉著各種可能的生命組合。

我回旅館，拿出鑰匙，才莞爾一笑，想起這房間號碼就是剛剛自己爲自己算的生命靈數號碼，我的流年數字——走到了和神對話開智慧之年。

開智慧，智慧開。

我在寂寞旅店，自娛。

收信，有朋友大陸無錫歸來。提及吃了無錫排骨，重點不是排骨，是無錫。因爲過往這座城鎮爲了搶奪「錫」而戰爭不休，皇帝遂命令自此不得開採錫，於是成了無錫。無錫就是和平。

我眞希望有個城鎮叫做「無愛」，因爲所有的浮世男女都爲了「愛」而爭奪不休。名詞向來是人類的智慧，記得離島前曾看到一則社會新聞，提到抓到賣治療風濕痛的「濕樂」假藥，濕樂，多像濕樂園，又和風濕痛可聯想在一起，這就是台灣人的某種奇異智慧吧。

你寫信說：「無錫就是和平」，而我卻不妨提了個很無聊的話題：「濕樂可治假風濕痛。」我需要濕樂，我感覺自己的整個身心在布拉格皆邁入乾燥之境。即使是假藥，若可以給我濕樂，我或也願意買之吧。一個人孤單的旅途裡任何的小小寬慰，都是無上的犒賞呢。

17

又突然心情不好。（我一生都受到情緒海洋的海嘯波動。）

很不好。情緒的感傷坑洞。那種回到一個人的孤獨狀態，是我熟悉的。我在質變的布拉格，找不到革命的原初熱情與人的原味。

卡夫卡餐廳，卡夫卡肖像被印在餐紙上，一個肥胖的美國人正在用卡夫卡肖像餐紙擦拭他多肉的流汗下腋。

我差點嘔吐至奪門而出。

18

隔兩、三天就晃去傳統市場和超級市場，生活的傳承秘辛都在食物裡。布拉格舊城的哈維爾

OCCASVS

市集，魚肉鋪子連結，綠色雨棚搭起的長條形市集有各種小販，買兩粒蘋果。小販攤開手，無奈地問我有無零錢，比著手勢，意思是說大鈔找不開。只好又把蘋果丟下，轉身彈撞到正要委身矮進雨棚的一個胖女人。西方婦女的下盤之大可以如台灣阿嬤木桶，也實在是讓人驚訝。我被這肥胖婦女一撞，胸口簡直就是痛得要叫出來，她卻像是被一粒塵沙彈到般之文風不動。

19

一個人流浪久了，感染長年不癒的游離症。

一個寫作者進入無所事事的荒原，離開中文社群，離開有所作爲的集體，流蕩在新大陸的陸塊，企圖尋找可以泊岸的心故鄉。

但多年來此心不可得。

深淵是隨時都在黑暗裡等著你一躍，只要稍有差池，異旅的孤獨就會蔓延成災。連帶往事都會被攪拌而將深淵挖得更深了。

寫作讓我超越了深淵。

而卡夫卡，你呢？寫作讓你認爲你自己是個力量的生產者，但你仍無法超越內在的長年陰影。

陰影在幽深如宮闈般的城堡上方飄蕩，城堡是你心高牆無望的象徵，也是無父城邦的空城。

父親是誰？人子問。

卡夫卡的父親，以嚴厲的形象烙印其心，那是童年脆弱心靈的噩夢。強壯的君父，拎起了他，把他關在黑夜的陽台。

自此心理懷有陰影。

20

童年渴望有一個削鉛筆機，可以夾住鉛筆，把鉛筆削得光滑。幽淡廉價的木削氣味。

遠離布拉格市中心的某條小巷文具店櫥窗裡擺著削鉛筆機。

21

這城市抽菸的女人特別多。

下水道卡著許多菸蒂。

他一直戴著褐色的墨鏡和我說話，我必須將整個頭部往桌子的中間移動，非常地貼近才能模糊看到他的眼睛流轉。

我錯以爲他是盲人。

我叫他把墨鏡摘了，他說他只戴這個眼鏡出門，這是有度數的墨鏡。

「那摘下來片刻，至少讓我看到你的眼睛。」

好迷濛的眼睛。像布拉格天欲亮未亮的清晨。

那雙眼睛隨著霧散消失在我的眼前。

22

我不久將抵達你死亡的年紀，那時我想我也不年輕了。

PORTRAIT

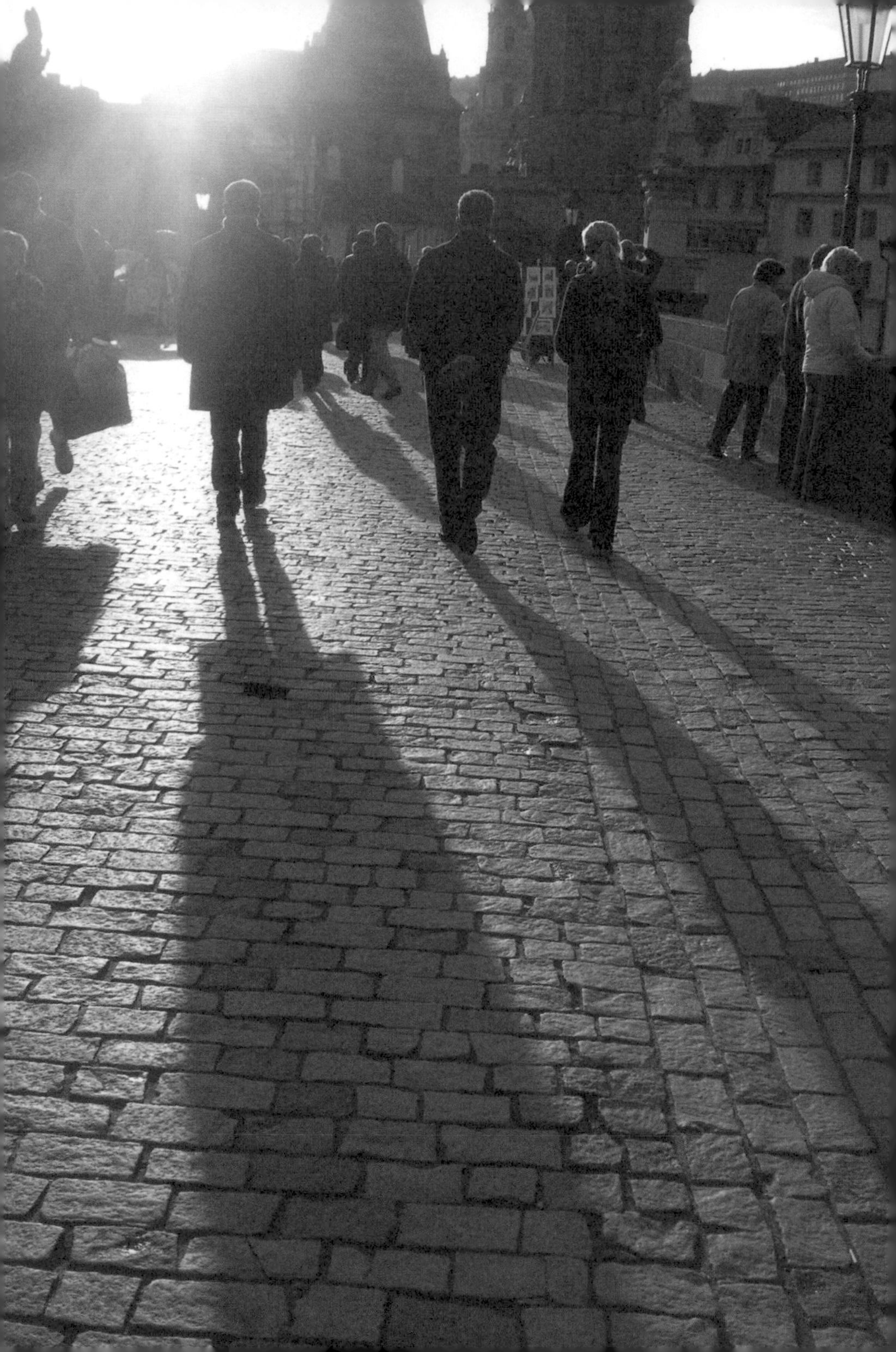

我想到這句話後，又接著想，我爲什麼在這裡？

冬季的旅店窗外飄雨的寒氣滲進，修馬路工人敲打著幾世紀就被嵌進的古老地磚，他們生活在布拉格，春天還沒來的城市，小巷陰森森，不若觀光區的雜沓。

我爲什麼在這裡？這一切不得不的捨與棄？我在陌生城市只剩下一顆心，有一顆心卻沒有可裝的世界。

馬路工人小心翼翼地敲著磚，這古老鋪磚的方式得緩緩地用人工敲進恰恰好的縫裡，這種以小方磚塊拼成的「馬」路，很禁不起鬆動，一塊鬆動了，就全盤皆毀，這讓我想起我的愛情，也是過於古老的慢板，禁不起現代的快速輾壓。

我爲什麼在這裡？

卡夫卡打造了這座城市，但他抵達得太早了，太早抵達者，當代人見不到。

23

收到妳來自遠方的信，夾在我旅途的筆記本裡：

如果我愛自己的生活，都是因爲你們。是你們！華麗的你們！……

妳在心裡吶喊妳的精神人物赫塞。妳將努力尋找即使沒有愛情也能活下去的方法，尋覓喜歡自己這顆石頭的方法，尋覓歡笑的方法，尋找幽默的方法……

此刻妳十分卡夫卡而不自知。每個人都在尋找愛情，包括卡夫卡一生的掙扎：既想爲愛碇錨，卻又害怕愛的束縛。

而我此刻在布拉格，吶喊的人也是卡夫卡。世人誤解卡夫卡，多以爲他是悲劇人物，其實他一點都不悲劇，他的個體核心非常堅強，若他眞有悲劇，是眞愛來得太慢，在他生命最後末年才出現。但他的生命與思維是強壯的，是壯闊的。基於這樣的內在，我認爲絕非悲劇，因爲他不自棄，不自棄在我看來就無悲劇性。但他的外在際遇確實是悲劇，這他無從抵抗。

妳順道附檔了網路部落格聊天的文字，妳不平竟有人把我歸類成鴛鴦蝴蝶派……，我收到夾帶附檔文字，笑了笑。（夾帶檔案，像是海潮。）想安慰妳，他者目光本來就大都不盡人意。妳還年輕，對生命有很多渴愛與憤怒。這向來是我尊敬的。若是人人都喜歡我，那才可怕哩。要謝謝那些看輕妳或不喜歡妳的人，因爲那意味著我們還有很多進步的空間與容度。被批評是好的！

能夠攪動我心硬土區塊的，我會十分感激，不論好壞。

這座城市能夠攪拌我心的只剩下一些逝去的靈魂，文學的、音樂的……

24

我已許久未畫圖，原因是少了那股孩子般的宣洩感，我困在文字愁城。有塗鴉了些東西，僅是黑白兩色。我的空白之地，已無色彩。

世界也沒有空白之地，我感覺嚮往的座標開始失去基地，汪洋之界，無處送愛上岸。

如果有顏料，我或許會把已經墨黑的天空塗成藍，那種藍，梵谷的畫見過。在歐洲的深藍天空行過，永遠都會牢記那種如深海的大藍。但我總是穿黑衣，有時我會有種錯覺，以爲自己的呼吸吐出來的也是黑氣。然後是臉，是手臂，在旅途裡逐漸曬黑的野性之姿。

感覺，還有感覺。這人生還有美麗，或許是因爲心還「覺得」有痛。

妳的照片夾在我的筆記本。那也是一張很藍很藍的天，妳穿著藍衣，側坐在地上，藍天下有台灣的南方地景——青綠稻田，但妳的側臉好悲傷，即使我看不清妳的臉。

我疲憊地走了一趟又一趟的石板路，常常轉個彎有驚豔的視覺讓我眼皮跳躍。一片斑駁牆面、一座暈光罩身的教堂尖頂、一個踽踽獨行的背影、一座失去光澤的雕像……

我登上教堂鐘樓，眺望這座不屬於自己的異鄉之城，中世紀古都的生活與我無關，眼下這一切與我無關。我遂感到一種無望卻又絕美的心情。因爲一切都帶不走，我不屬於任何地方，也沒有任何地方屬於我。

遂連心痛都感到安靜。靜靜的心跳，緩緩的呼吸，像在水中活了百年的烏龜，在這樣高尖顛危的鐘樓，我偷偷地登頂，像是一個渴望和上帝告解好能通往天堂的修士。

25

數位相機沒有機械相機的快門聲音，也沒有膠捲的味道。

機械相機屬於物質，而數位相機不是，它是e世界。

一些買很久的膠捲還在行李箱裡，沒有拍下任何事物或者顯影的膠捲就像是胚胎還沒問世。沒有任何表情與故事，只是一個物件，在未被裝進相機按下快門前，甚至無意義可言。數位相機卻連胚胎都沒有，它像是個隨時就懷胎十月的子宮，只要一按快門，隨時就可以看見所誕生的畫面。

一切都在變化，不是過度濃烈的氣味就是沒有氣味。

再也沒有任何事等我前進了。

孤女行。不是一般的孤女，是指孤獨行走的女子。曾經定過這樣一個演講題目，自己都覺得奇特。

眼睛爲何會流淚？我的臉不需要澆水啊！

老旅館的旋轉電扇被風吹得無法停止，扇葉和光影跳舞。像我的淚水和我的臉。無法抑止。

沒有眼睛還能畫圖嗎？

所有對愛（或者寫作）的燃燒都只是徒然。

我已快要喪失對繪畫的愛了。

所幸，我心未封鎖，我仍喜歡看，看人臉的哀歡，看樹葉和風的姿態，眺望維爾瓦塔河在冬末開始澎湃的激流，遠從北歐冰海雪融的河水一路流到了東歐，河水漫漫溢至岸邊又退下，日落的河水如鎏金，光芒射入我黑暗之心，霎時我可以有一種開開朗朗想要大叫之感。

我無聲地在內心吶喊，我像是被裹在整個玻璃櫃一般，無人看見我的心之騷動。

26

想看陌生人，只要彎進舊城任何一條路。

想聽你的聲音，只要撥通電話。

想看見特麗莎，故意去旅館櫃台和那個短髮大學生說話。

想看見薩賓娜，要找面乾淨的玻璃，看著還殘存些自由與野性的自己。

想關上耳朵，躺進旅館有著霉味的床。

想關上心房，連沉沉睡去都不可得，連夢都擾。

想讓我死，只要像敲安全玻璃的四個角即全面應聲而碎。你握有我生命四個死角的秘密。

你只缺拿起鈍器敲我的勇氣。

在布拉格，走過卡夫卡生活的昔日地景，陰影尾隨，很容易就聞到死神的味道，那種腐朽的濕氣，來自中古世紀的陰幽地窖與猶太人集中營的毒氣味……

27

下午我去咖啡館看書，走進一個姑娘，牽著狗，卻穿起很春天的花草圖裙，像是有著月亮般光澤地在眼前發亮。

是少見啊，當地人少有的春天容顏。

這座城市少見粉紅，甚至也少見粉色系。

這是老成之都。

就像我的衣櫥或者我的顏料，擠不出這樣的色系。

生命的暗色系，是自己選的。

但有陽光的時候，倒影很多。首先是牆面的燈飾極古典，接著是擦得亮潔的玻璃窗倒影、豪華汽車鏡面倒影出美麗的巴黎飯店巴洛克裝飾、波西米亞水晶玻璃閃爍……

倒影是最難以解析的顏色，一如心。

28

這是有六張床的學生宿舍，淡季只我一個異鄉人住著。住那麼久，櫃台的特麗莎總是綻放美麗又悲傷的微笑，那悲傷像是她的體質，我非常靠近這種體質，一種無從單獨稀釋的成分。

空蕩蕩的其他五張床，我想像他們都睡著我愛的人。

可惜我的空間，現下看起來非常家徒四壁。

只有幾樣簡單的東西。

包括一雙疲憊的球鞋。這雙球鞋，上一回陪我在佛羅里達見艾瑞克，自此說不再見的艾瑞克，對我深深的誤解與帶點恨意。

我記得這雙球鞋走在他小屋外的熱帶小徑，寂寞地看著龍捲風肆虐後的佛州，自然傷痕累累，受傷與死亡的樹木像是戰地荒野的小兵，任陽光曝曬。

現在球鞋在我的床下成雙成對，耐磨耐走，陪我走天涯，卻也陪我道別許多人。球鞋隨著我的身體轉身，踏步，只餘灰塵沾惹其上。

我從來沒有洗過這雙球鞋，它不適合水洗，它適合以記憶乾洗。

我將來想把這雙球鞋擺進我的櫥櫃，提醒我一切在上路後，都將告別。

這雙灰色的球鞋，帶有抽象的人生美感。我在午後停歇的床畔凝視許久，像在欣賞一幅寫實的古老油畫般，或者它更像是無聲的紀錄片，或者是小說式的長長光陰？

我心中最純白的事物，在現實世界卻可能是最陰暗的。

29

早餐是由兩個臀部胖至如汽油桶大的婦人執行，其中金髮的上年紀婦人，皮膚像是皺紋紙。

她們兩個總是很嚴肅，幾乎不苟言笑地說歡迎，謝謝！很捷克人。

路邊的小雜貨店婦人，像是還活在共黨時期，但分明開的店是如此資本主義，到處是巧克力冰淇淋和可口可樂……，我打開冰櫃觀望太久，她馬上不高興了。

超市的結帳女人成排，我故意每次都換不同櫃台結帳，沒有遇過一張給我微笑的臉。咖啡館的矮個女人也沒有笑臉，即使她已經見我第七次了。

沒有，沒有笑臉。

不深談就不給笑臉的城市。

捷克人很需要花時間相處（和挪威人相反，畢竟挪威祖先是維京人），要花很長的時間才會讓捷克人打開胸襟，然而一旦暢談了，他們卻又滔滔不絕，是赫拉巴爾式的人物。

卡夫卡筆下的K——奇異的混合著絕望和建設的意志，二者不互相牴觸，是上升至複雜到極點的綜合物。

完全是捷克人的寫照。

嚴肅人的天地，就像卡夫卡，死前的字還十分地工整。

連招牌都沒有的宿舍，隸屬查理大學，僅淡季時偶爾開放給旅客。

查理大學教室分散，有幾間教室就在熙熙攘攘的大街上，木窗往外開，路人來來去去，學生背對著路人，老師和黑板卻正對著路。我在窗外悄悄林立一晌，看不見學生的表情，不知新一代是否還有當年絲絨革命者的熱情？

大學校園內安靜，中午學生都出去覓食了。

我走在古老的建築陰影下，很慢地走著，腦袋空空的走著，在知識的殿堂下。

午後，學生陸續回到校園。好像有露天演唱會。

我跟著學生步履來到露天演唱會之所。

我移到一棵樹下。

是現代樂團，學生迷有的開始發出尖叫。好陌生的尖叫聲，我已經忘了如何尖叫，只餘無聲的吶喊。

30

昨夜的記憶還是入晚的查理大橋，遊人如燈火般幢幢，戀人如橋上的使徒，全擁抱如雕像。

醒來第一步，貓洗臉。

清晨五點半出門，冷颼颼的。路邊有年輕酒鬼對我鬼叫。趁天色寶藍，想看一眼無觀光客霸佔的查理大橋，但卻已有酒群進駐了。不，該說他們根本沒有撤離。

前方傳來歌聲，原來酒吧尚未歇業，一個左手糊著石膏抖得厲害的醉男人，對著手機咒罵著。

酒吧門大開，我梭尋見到一個肥胖黑衣婦人在酒吧裡扭舞，她旁邊的男人都醉得東倒西歪，酡成一團了。

只有廣場還像是初生，觀光客都在四周的旅館裡鼾眠。沒有啤酒沒有馬鈴薯片沒有炸雞……忙碌一天，被千千百百人坐過的竹籐座椅，此刻都收攏作對拜的禱告狀。

夏天還沒到啊，椅子就發出無比疲憊的打盹樣。

31

如果心裡失去壯闊的力量，如果目光流失渴切的嚮往，那麼我爲何還要繼續當異鄉人？

我聽見教堂鐘聲噹噹噹響起，旅館大廳的白色大鐘，一格格地答答答移動……光影一寸寸地斜打白牆……

我低頭看看腕錶，卻看見了卡夫卡被時光壓縮的臉。

同時間臉散出一股奇特的香氣。

人類的歷史就像花朵或者果實般，歷經發芽抽長綻開……，文學作品有如是其中特別碩大豐美的花朵所迸開散出的香氣，十分迷人。卡夫卡的文學是一座以驚世文字所打造的存在花園，也是良知者想要泅泳其中的豐饒之海。

32

走在陰影下和行在向陽處，完全是兩種溫度。

一如我記憶此城。

雷聲，我在第一聲雷響時，即將離開布拉格。

雷聲過後，豔陽出來。之後是，時雨時晴。

維爾瓦塔河的水已經不再洶湧，氾濫已停，一切轉向，就像迎向春天的船開始緩緩滑離岸邊了。

賣船票的年輕水手對我招攬生意。

我說，即將離城。
他說，等妳回來。
我來，你不在。
他說，不，我在，我一直都會在。
我聽到的是神話嗎？
街上佛洛伊德回顧展肖像海報，標語印著——生活不過是一場夢。

33

明天要離城了，突然覺得觀光客也不那麼討厭了。
一座城市如一個愛人，離開前如迴光返照，因爲即將拉開的距離而討人歡喜。
我抵達時，這座城市還在冬日。
我在旅館，待到第一道雷陣雨閃亮天空。
我離開時，這座城市即將染成綠色了。

參　在奧斯陸

抵達前

任何一個抵達前的轉機移動都充滿著未知、期待或者疲憊、準時或者延遲。這回是延遲。

又是曼谷機場，蘭花椰子榴槤芒果……金亮的絲綢和木雕銀飾，燠熱的人獸氣息和各種背包客轉機客錯身……，這座機場讓人心情浮動。

我問自己，離開我的島嶼後，疼痛或許會少一點。

機場分別男女，男的一直對女的說：「球在妳手上！只要記得我這句話。妳懂我的意思吧，球在妳手上。」

我的手上空空然，沒有球等待我握住或拋擲。

直到夜晚十二點，才發現飛機延遲至明早九點飛。被帶至過境旅館。一座名叫「奇蹟」的旅館，果真是奇蹟。奇蹟飯店允許我打五分鐘國際電話聯絡延遲班機之事給挪威友人。

五點半被喚醒，胃還沒醒，晃蕩在早餐的餐吧上不知要吃什麼，延遲的各國旅客們眼泡浮腫、神情疲憊渙散得像是再也不想旅行般。

我沒有這樣的表情，但我忽然明白這將是我最後一次長途且長時間的一個人之旅，從今而後，我將只作個短暫啓航的觀光客。我過去鄙夷的觀光客行爲，此時卻讓我感到簡單，我再不想給自己生命難題了。

難道寂寞得還不夠嗎？

這樣的想法，對一個十多年來在旅途上的人來說，確實是奇蹟了。

我的際遇常有奇蹟，但我的愛情老是沒有奇蹟。

你呢？

你期待奇蹟嗎？

挪威森林的黑暗之心

1

我第一次看見雪景，看見了潔白，無瑕。至少在某些時日，這種純淨世界爲我所有。挪威女子蒼白，血管流動，白雪下，世界提早得了白化症。我帶陽光來，卻帶黑暗走。才出海關迎向涼風，我感到一股刺冷。「你得小心讓你的心破碎！」自言自語著。抬頭見到他出現了，杜爾，高大的維京人。和他站在一塊，我頓然感覺自己像是一隻小黑貓來到了大白狗的土地，他若要把我叼起來丟棄大概也是輕而易舉之事吧。

我認出他，他也認出我。他認出我很容易，整個機場沒有任何一個像我這樣來自遙遠東方的落單旅者。

但當我們在機場咖啡館稍作休息時，我發現他對我十分的陌生。後來坐上他的車後，我在快速移動的車窗雪國風景片裡冥思這份陌生感從何而起時，我忽然明白我心冒出這片陌生的空白之地的原因了。杜爾和我相遇在夏天的某座充滿花香鳥語海水的島嶼，當時他的肌膚古銅色，整個人明朗而可親。現在他的肌膚冒著死白，在那片死白上點綴著無法掩飾蒼老的褐斑，頭髮灰白，法令紋如刀劃下的讓我感到嚴厲之色。

相逢的背景被抽換了。

感覺多麼可笑，剎那就可以是愛或不愛。天堂或地獄。但我又捫心自問，絕非好「色」之徒，只要我心有個地方被鉤住了，我一定不至於快速不愛一個人，何況我們通信了五年。

（往後的兩個月，我更加明白，是通信害了我，是文字的想像錯覺了我心。）

在自己國家的他，才是眞正的他。

他問我爲何突然沉默了？

我搖頭，說沒有，只是欣賞風景。

挪威森林，披頭四的歌放著。貼心的服務。他說挪威森林也是此地大麻的代號，我問他知道日本知名小說家村上春樹寫的《挪威森林》嗎？他說聽過，但沒讀過。

這很正常。我們聽聞過太多東西了。

我想起台北的挪威森林，寫字者與流言之地。

2

我來到有如得白化症的國家，我的黑髮我的古銅肌膚……我的一身「黑」成了雪國冷色系下的焦點，東方的暖調子成了他們的內在渴望。

我恍然明白孟克筆下的人物爲何幾乎都以「黑」色出現。挪威人迷戀黑，黑是他們的生活對比，一個遙遠東方的神秘象徵。

孟克曾經在許多照片裡留下他裸體於海邊身影的照片，我在挪威奧斯陸孟克美術館裡盯著孟克裸體照尋思：「除了為黑迷戀外，海灘裸體是否也是冰天雪地的挪威人心中之嚮往？」

走在挪威街上，總有當地人對我發出善良溫和的微笑。整個國家的英文好到讓人忘了他們有自己的挪威語，我在挪威生活自在，但是有兩點非常不自在，那就是秋冬太冷和物價太高。（去酒吧喝一杯啤酒，挪威幣兩百元，折合台幣一千元，尋常在路邊買個三明治加一杯咖啡，最便宜得花上台幣五百元以上。）

終年只有三個月春夏陽光之地（夏天最熱也僅二十度）的挪威，他們的地理環境影響了他們的內在，目光所及的內在世界是冷調的，是亟需溫暖的。

挪威人出走他鄉的比例極高，他們的祖先維京人所向披靡，打到英格蘭，怪的是後代竟是極和平極溫和（每一年諾貝爾和平獎獨獨在奧斯陸頒發）。但血液基因裡的出走仍作祟著每一代挪威人。我的挪威朋友在十七歲時就加入了船隊，遊走他鄉。今天的挪威人最普遍的是在西班牙等熱帶國度置產，冬天到來，他們看著變成黑白兩色的土地常自問著：「我為什麼留在這裡？」等到春天，挪威人卻又不捨得走了，他們在心裡又發出：「有哪個國家比挪威更美的呢？」

這就是挪威人，徘徊在出走與返鄉的歷程。

孟克、格利葛都歷經這樣的出走再回返的歷程。他們最尋常的是去歐洲，孟克年輕時即以巴黎和柏林為其主要的藝術學習、發表與浪遊之地，這一浪遊十多年忽過。

他們如秋天的候鳥。

3

列車長按錯了電腦鍵，所有車廂的車號因此都亂掉了。但我和杜爾不知，我們持著票尋找屬於我們的車廂，卻納悶為何6車廂後面接著2車廂，3車廂後又是9車廂……？我們只管對號入座。直到有人來喊我們，所有的車廂號碼又回到秩序，阿拉伯數字該有的順序。12345678 9……這順序有如眞理。

於是在月台上，我忽然想笑，看著一堆人提著行李彼此再度交錯。

這一換，我們的同車旅客就不同了，一個電腦排序再次改變我們遭逢的可能性。因為調整車廂，一個挪威歌手坐到了我面前，挪威火車是兩個座位彼此相對，四人中間有用餐桌，旅途又通常不短，不說話簡直是不可能的事。挪威人喜歡說話，見了面不說話對他們是不禮貌的。

我得收起我寫著「我要孤獨」的臉色。

朋友杜爾認得坐在我們對面的挪威吉他民謠歌手，杜爾說，他頗有名氣。很快地，他就彈起了吉他，唱起悅耳的民歌來。這歌手帶著嬉皮感，蓄長髮，唯一可惜的是滿身酒味，像是把一座夜間酒吧帶在身上似的濃烈。

看在他謔稱我是「東方公主」的讚美下，他的酒味於是我假想成是他的流浪況味，何況這況味幾乎絕少出現在挪威人身上，挪威人多富而好禮，但也少了戲謔玩笑與雜亂的人性原始快感。

他為我獻唱幾首歌，「人來了，人來了，他們來了，我們夢想著世界，我們成為世界，每個人彼此都是彼此的一面鏡子，如果你要裝扮好，你得要有面對的鏡子……」他唱挪威歌，接著用英文向我解釋意義，聽來還頗有禪意的歌呢。

接著他又粗鄙的說，挪威的祖先維京人到處幹「Fucking everywhere」，當時維京人還打到了蘇格蘭，留下混種的血液在後代人，所以現在已很少有純正長相的維京人了。

他說他唱歌的能量來自於人，我讓他感到有能量，所以他想唱歌。

眞是會讚美啊！這語言是天生的嗎？

我們不能殺掉好的事情，這是最後的天堂。列車眞正進入挪威森林，挪威歌手對著我這樣說。

只有我們兩個不斷地望著外面的風景發出讚嘆聲，我相信他看這風景無數回了，但他可能是因爲我這個異鄉人而熱切地想要和我處在同一個頻率吧，好激我熱情地欣賞異國風光。

我感到這是天堂的風景，但彷彿車廂的人不知道全進入昏睡（連杜爾都去餐吧自己買東西就吃了起來，連客氣問一聲也免了），列車駛過的風光乾淨晴朗，近乎無瑕。

他在中途換車，臨行前他說：「呀　愛樂斯基　待！」「Jeg elsker Deg!」——「I love you」我愛妳，不是普通的愛。

在最高的高山鐵路站Finse，標高海拔1222。白雪茫茫，風吹雪中，我們告別。

列車繼續前進。

在別的車廂和其他女人搭訕的杜爾回到我的座位旁。

他說，我有很多張臉。（語氣帶點諷刺，我知道他不喜歡我對那個陌生的歌手熱切地交談且還彼此互唱起歌來，他不知道因我明白我再也不會和這個在列車上相逢的人此生再相遇了，故特別有珍惜之情。）

杜爾不明白的，我也無力言說。（我只是隱隱感到我或許不該來挪威，難道就爲了畫家孟克？當然不是，人旅行的理由可以千千萬萬條，但唯獨有一條是要讓自己至少渴望著什麼，不論吃喝玩樂或是愛情藝術等等，總得是有所渴望，連休息或是脫離軌道都是旅行他鄉的渴望。）

我沉默，我沒有很多張臉。我只是遇到對的人就開心，不對就闔上我的心罷了。心當然是多變的，心才是我的臉。

4

復活節大假期，我處在挪威和許多來自歐洲團體之中。

這國家如此富裕，物價如此高昂。在匯率兌換下，我簡直是乞丐身分了。

伐木、原油、漁貨是挪威得自天然的禮物，尤其是北海原油的發現，遂使得維京人再次因爲富裕而將野性馴化，進入富裕之國，即使身處邊陲，也是強國。（挪威政府斡旋中東和平，已斥資兩億美元了。）

我來自夏天的國度，我發現我和雪國的人用口袋的方式非常不同。

他們的外衣口袋非常多。

我的外衣卻只有兩個或甚至沒有口袋。因爲太冷，他們總希望隨手在外衣口袋裡就能取出東西來。

5

我幾乎成了邪惡繼母，我萌生了一篇短篇小說靈感。

和他青春期的兒子每天出門散步海邊，逛街。

很多人以爲我們才是一對，我卻以此爲喜，頗爲邪惡。

他父親對他說要去接一個來自東方的女人時，他正好鋼琴課結束，他問父親是否可以在前往機場的途中順便先去載他，然後再去接這個他從未謀面但聽聞父親屢屢述說的東方女人。

他父親說好。（如果那時候沒有說好呢？會不會我的道德性可以保有所謂的純潔？如果沒有出現大兒子，我和其父親的結局會不會減少那個難堪？或者不論有無他大兒子的出現都沒有什麼關係，因爲重點是我發現我根本不愛他。但愛是什麼？）

奶奶奶——Nai Nai Nai，挪威語的好好好。（我想起——細細細——義大利的旅次。）

6

拜訪奧斯陸畫家工作室。

我說他們很幸福，那種幸福不只是來自於環境，而是來自於被高度的關注與瞭解。

7

所有的牽掛都成了一只鏽釘般。

無可掛之物。

或者錨釘打得不夠牢，任何一點施加的重量都足以壓彎鐵鉤或者墜垮。然而牆壁也非無所動，只是他受傷的是如漆的表皮。而鐵釘或者懸掛物，卻以其所有來承擔。

17 2232

8

如果不是一個奇怪的決定，我怎麼可能坐在這裡？如果不是他這幾年來對我不斷發出關懷的電子郵件，我怎麼會來到和我如此迥異的世界？一個遙遠寒冷的北國，從以前就想像至此時此刻忽然在眼前的「挪威」，挪威森林，從披頭四到村上春樹，時間流逝的是我的青春。時光無法捕捉，徒記憶幽蕩腦門。

在此雪地，有流離失所卻無日暮鄉關之感。沒有日暮之冬，陽光被遮蔽在重重的雲團。至於鄉關，也只存乎一心。

我和此間的杜爾，是不同世界的人。我黃，彼白；我深，彼淺。他永遠也無法瞭解我的，誤解才是人接觸的始端。他誤解我的活潑，我誤解他的可親。實則我常寂靜，實則他常嚴厲。他說我們昨晚是如此接近的陌生人，我說有的人是如此陌生的接近者。

他說男人會離開女人，首先就是妳給他壓力，第二就是不愛妳了。

我對他沒有壓力，我對他的問題根本是無重力。

我可以剎那喜歡一個人，也可以剎那就不喜歡一個人。

他不明白我，他永遠也不會明白我。

這種可怕，這種血腥，突然在此時此刻我就聞到了。

9

這年，我準備改變我自己，從寫作到愛情，從靈魂到軀體。

他於是參與了我的生命，而我來到北國。
一個過去於我是個絕對的絕緣者。
我準備放掉自己了嗎？或者挪好了給別人就定位的空間？
沒有沒有，我又開始自問自疑。
或許這一切，只意味著我想進入安穩的寫作期。
如果十九歲認識你該多好。
爲什麼？
我就沒有像現在這麼多心事了。

10

擠滿了人潮的海岸，排隊等渡輪的人。
復活節。
渡輪，奧斯陸人日日在海水裡暈眩目光。
昂貴的島嶼。低血糖，晃動中更暈，在渡輪福利社花上兩百元台幣，鈔票化成一塊小布朗尼糕點消失。

11

我處在一個小我二十歲和一個大我三十歲的兩個男人當中。
父與子，他們和我生活在一起，他們都喜歡我，有如喜歡一隻少見的小黑貓般。

直到父親發現我有很多面孔。他說我有 many faces。

我用力地撫摸臉，像是要把隱埋在臉部下的許多張臉孔揪出來。

孩子教我 Jeg elsker deg！呀　愛樂斯基　待！（我愛妳。）

父親教我 Jeg hater deg！呀　哈地　待！（我恨妳。）

12

收信，我見妳難過。遂寫說，千萬不要用電話找男人，要讓男人來找妳。

她有關於這樣的難堪，忽然就失聯的男人，她因此亟欲叩他，愈叩愈不接，終於她瓦解，覺得失去了自我。

想當然耳，我們給人安慰的種種關乎「勵志」的都是這樣的「無能」言語：妳不要如此殘缺，要作一個完整的自我。以前妳對他那麼自在，一旦有了牽掛，那個自在就不見了。

然我又自問，我自己做得到嗎——妳不屬於別人，別人也不屬於妳。

不要嘗試挖掘人生的苦難。

杜爾在客廳放著英文歌，不斷重複的字義：你總是超乎我可以想像的海洋……

求歡式的輕愉，最柔軟的武器。而我在客廳一隅的書桌呆望著數位相機拍的異鄉風光，我臉上的微光僅來自於電腦的藍色。我和杜爾隔著一片海洋，彼方如出嫁的哄喧卻溫暖，我方微微冷，在我體內拍動的有水母，穿著透明性感睡衣的水母悠游卻不肯泊岸。我們同屋，但合奏著不同調的性子。

當你唱歌唱到不覺得下巴在動時，你就是真的在唱歌了。

當感覺不到愛時，我或許就是心死了。

他無法明白我的迷宮，或者城堡。因爲感動，五年的持續寫信，因此我來了。但你總是，無法改變我。

13

卡夫卡說，我必須離開囚籠式的家。

卡蘿說，我可以避開意外的不幸嗎？

孟克說，我要吶喊，對死亡吶喊！

我說，連自己都抓不住自己！

14

斯堪地那維亞，我在北歐，金髮碧眼，美麗之都。

男女到晚年都還要有伴，這裡沒有伴簡直無法度過漫漫長夜與枯萎寒冬，在這裡一個人生活，如處冰嶽。

因此他們也常不覺得自己老了，可能是因終生都處在戀愛期之故吧。但其實是老了，老人很多，我常不需回頭就知道老人在我身後，聽得見那鐵拐敲地磚的叩叩響。

這裡，你的同居人很可能日後成爲別人之同居人，挪威人不流行結婚，但流行住在一起，取暖。

在那一刻，我忽然明白，這就是我喜歡他的原因，那種直爽中的明白與自信。

很多都是我做不出來的。那是過過某種獨特日子所培養出來的人格特質。

台灣聽說也冷了。春天來臨前，哥哥至八里剪樹，爲我的窗景多添了水色。

北歐冬日黃昏很快就來了。燃起的煙，很快就撲向瑰麗陽光的大氣層，若不大口一吸，很快就火花熄滅於一瞬。陽光吃掉冰山一角，那陽光的最後燦麗使我有種錯覺，以爲那海邊一角應該很溫暖。實則那是極地的雪獄方向，很像愛情，光色予我們幻覺。

光滅，天變臉，灰炭。

在佈滿濕氣的冷冬裡，愛的枝椏無法抽長，我只能在眼前揚起的風吹雪裡張望美麗的可能。

咖啡館，一個作業務的人的口才與世故眞是沒話說。吃定那個女人的方式，且又稍稍地調了情。這是一個不客觀的世界，所有的客觀都來自於不客觀。

我心忽起情緒起來。我看見了——他背後拖帶的那個世界，是我無能爲力的。

在奧斯陸渡輪港口岸邊，沿港成排咖啡座酒吧，我一個人常至港口邊的麥當勞二樓用餐，只因視野好到收攏了整個北海。

當然還有就是我的荷包只供得起我來到這裡用餐。一個近三百元的漢堡加紅茶，昂貴至極，我可得坐久一點。

15

歡迎回到一個人的世界，夜晚的咖啡館，週末人聲鼎沸。

我多久沒有處在這樣我最喜歡的時刻了。

離開吧，說不要不會比要難受。

如果都不用手機，是不是可以有不同的安逸生活？

事實證明，不會，因爲心還是一樣。

晚上快十點的咖啡館，每一桌都在談政治或者娛樂。（從表情和他們看電視的表情，我猜。）

這就是所謂的普羅大眾的實相生活。

他應該要過這種生活才對。他進入我的生活很奇怪。他應該屬於我眼前這樣的世界才對，他不該自討苦吃。他不是怕孤獨嗎，無法一個人在家。多可笑，這樣的人要和我生活。

是他瘋了，還是我瘋了？

當一個人有一種瘋魔狀態的過程，而結果卻是讓她啼笑皆非的樣貌，你說她的心不死去嗎？

我心是愛你的，在形式上，我要把自己對你的愛徹底冷卻到冰點，如眼前這片雪。我不斷沸騰的熱點，被你的誤解徹底打入冷宮。忽頭痛欲裂，一種思索過度的前兆。

有陌生人請我喝啤酒，我就喝了。

16

北歐夜雨，雪地。

有一種情調。

緩緩地，慢慢的，我感覺到。

男人看著窗外，他的新妻在他的耳際低語。

對面的印度醫生，移民北歐多年，黝黑的肌膚仍像是地理符號之無法改變。

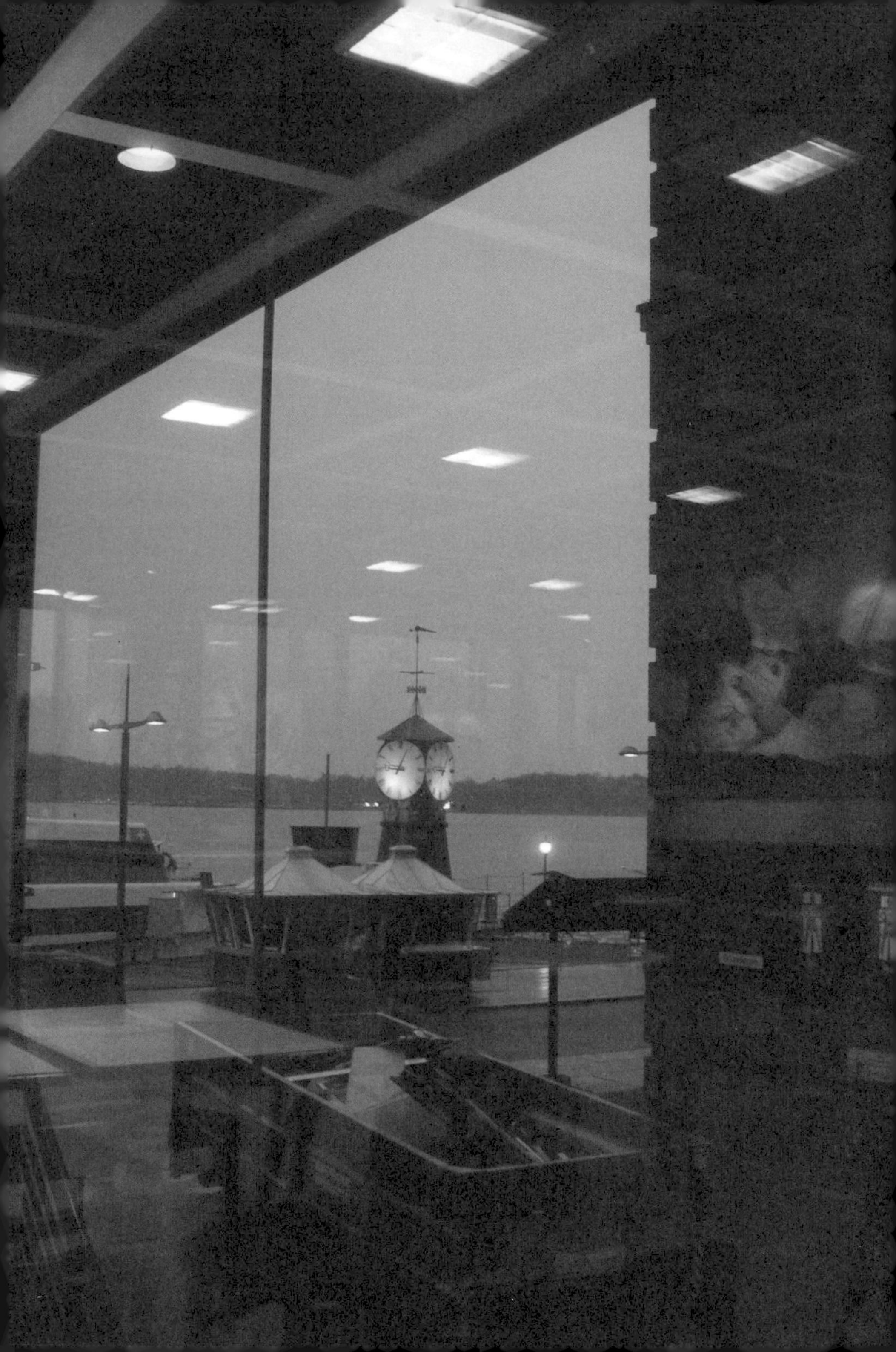

17

挪威男人全家去奔外祖父的喪禮。

我一個人在如此大的房子窩著。吃著冷冷的起司。起爐火。

木頭劈哩啪啦啵啵響。雪融聲沿著紅瓦兜落。

溫度和聲音變小了，在火光的溫暖裡，我終於像個老太太地在沙發上睡著，多天來睡了個較爲沉睡的覺。

但仍頭痛。

18

我現在有兩個家，卻不敢回家。

我有兩個窩，卻在外流浪。

因爲心空蕩蕩的，一點也感受不到有愛在其中滋生。

「不知道爲何要有家」是讓我困頓的原因。

我在奧斯陸渡輪岸邊的二樓咖啡座觀看著對岸，我知道對岸的某戶人家已經捻熄了燈火。我不知爲何延遲著回家吃晚餐的許諾，因爲另一個女人的出現？

我搭最後一班渡輪回暫時的家。

下船搭最末一班公車，下了公車徒步在山丘小徑。

確實是如童話般美麗的國度，但我終於明白眼前這些美麗都不屬於我，我不能去幻想這些不屬於我個性本質的東西，我不屬於過這樣的家的生活。

不久前的旅次布拉格於今又已遠了，我又從布拉格再度回到奧斯陸。在奧斯陸想卡夫卡，讀卡夫卡的文字。吾之寫照竟像是卡夫卡在收到未婚妻菲莉絲的電報時，他如是形容那張握在手裡的電報：「我凝視著它，彷彿它是一張臉，一張我在所有人群裡最想要瞭解與擁有的臉。」

我但願能收到這樣的一張臉，此時此刻，冰冷雪域，寒風冽冽。若有這樣一張臉讓我握著，我內在長年的冰山或許會和眼前的冰海對撞而發出情感的強震與海嘯呢。

我不會說我是快樂的。儘管我那麼嚮往快樂。

愛情像是我每夜渴求的鮮血，但我卻又不是一個當吸血鬼的料。我沒有長出刀刃般的利齒好狠咬愛情一口。

奧斯陸海域天邊送來一座雪山似的雲朵，如喜馬拉雅山。接著是兩道烏雲開了銀河似的一道天眼。

汽笛漸漸靠岸了，離開窩了極其溫暖的咖啡座。搭上渡輪，生命的黑夜輪船號已啓航。

你成了我生命的劫數，但我已疲憊於自我不斷地審判。

心若滅亡罪亦亡，我何罪之有？

玻璃隔絕了海潮音，我的心隔絕了有缺陷的愛情。

眼前這片愛情的流刑地，無芳澤無水草，零度下的寒氣幾乎使我心情失溫。

滿城無故人，我得離去。

Part Three

局外人的制式掠影

長途旅行的孤獨者在路上發生的種種故事，
虛實之間，需要小說的濃度與留白……

los unos a los otros
como Yo los he amado
LA SONRISA DE DIOS
es mi pastor, nada me faltará.
VENID EN POS DE MI
QUE YO OS HARE PESCADORES DE HOMBRES
SAGRADO CORAZON

壹　在墨西哥

亂流與華美之間的古老靈魂與現代之心

墨西哥首都墨西哥市的白天是永無止盡的車水馬龍，光是一座城市的人口即超過台灣整個島嶼的總人口。

在這座海拔兩千多公尺的高原城市，由古老文明孕育而成，整座城市裡遺有許多阿茲特克遺址，中美洲古文明人類藝術資產，加上過去社會主義風行之故，遂締造了許多壁畫藝術，古老文化爲現代藝術打了根基，因此墨西哥市的藝術是這座城市的瑰寶，也是這座城市帶給旅人心靈最多犒賞的緣故。

作爲古文明聖地（墨西哥市曾是阿茲特克帝國的首都，在市區中央廣場有阿茲特克帝國遺址），它總是傾心於古典藝術，華麗美炫皇宮與博物館處處；作爲一座政治經濟中心，它也總是有摩登高樓大廈聳立，有著現代時尚與現代美術館來鋪陳它的當代生活底蘊。

於是認識墨西哥的藝術，必須時光穿梭幾千年，不論古文明博物館或是現代美術館，都必然無法或缺。於是我試著在此系列裡，將墨西哥眾多的博物館與美術館以歷史時間順序來作爲座標，把錨拋在時間的一波波洪流裡。

1. 國立考古博物館（Museo Nacional de Antroplogia）

墨西哥改革大道上的國立考古博物館無法一天看盡內幕，它的巨大與宏偉牽連著整個墨西哥與中美洲的歷史文明。

打從進入墨西哥考古博物館即被建築吸引，現代流線線條的建築裡卻蘊藏著無盡的出土文物，共二十三個展覽廳的巨大數字裡，於是我的視野不斷地出出入入在新與舊之間。

墨西哥考古博物館是由Pedro Ramirez Vazquez設計，結合了火山岩、大理石和木頭三種媒材建造而成，博物館於一九六四年才落成開幕，是墨西哥市的一大盛事。光建築物總面積有四點多公里，看兩、三天才看得完。

在此博物館裡所收藏的出土文物幾乎濃縮了墨西哥的文明歷史與人種誌遷徙史，從中央高原前古時期、提奧迪華坎、特爾特克、阿茲特克、Oaxaca、墨西哥灣岸、馬雅文明等等。因此預約的英文導覽通常都會以時間座標來介紹該館，首先登場的必然是中美洲文明（Mescoamerica）的歷史與出土文物，此爲入門區。

從入口大廳進入寬闊中庭，先從右邊展覽廳開始古文明遊蹤，提奧迪華坎（Teotichuacan）館的雨神石雕十分引人注目，另有一面仿提奧迪華坎羽蛇神廟的浮雕，神廟裡獻祭的枯骨依然排列成序。在特爾特克（Toltecs）館中展示著巨大的戰士石雕和奧爾梅克人石雕皆是該博物館最受瞻仰的出

考古博物館巨大宏偉，有若輝煌阿茲特克文明

土文物。

我個人非常喜歡馬雅館，馬雅文明的石雕藝術充分展現原始藝術的況味，高懸博物館牆上的馬雅文明使用的年曆至今依然存有許多謎，也讓人嘆爲觀止。

馬雅人居住在中美洲，事實上是由多語言多歷史的民族組成，之後才慢慢成爲單一文明，而馬雅人也是至今還存在的民族，並未消失。馬雅文明在前哥倫比亞時期已出現傑出的科學農業及文化藝術，不論是天文曆法數學或是象形文字、雕塑繪畫等。

馬雅人的象形文字是由祭司及神職人員撰寫，據考古出象形文字是由八百五十多個圖形和符號組成，目前這些文字約有三分之一的文字已經被理解出，但大部分仍是個謎。符號可以構成兩萬多個字彙，大多刻在石碑、墓室或神廟裡，考古內容大多是記載當時的重要事件。據悉馬雅人是最早使用「0」這個符號的人，有考古學家認爲比印度使用「0」還早些，比歐洲則早了八百年。

在天文曆法上更是又精細又複雜（此曆法圖騰更已成了墨西哥著名的觀光紀念品之一），馬雅曆法有三種，由神曆、太陽曆、長紀年曆組成，神曆每年只有二百六十天，由二十個神明圖像和一、三組成。太陽曆依天文測算，當時一年分十八個月，每個月二十天，另有五天爲特殊祭祀日，如此一算仍是一年三百六十五天。

老鷹圖騰象徵墨西哥精神

2.國家藝術廳（Museo National de Arte）

行走在整個墨西哥市區總是會把目光不經意地飄到國家藝術廳這棟美麗的醒目建築，這是義大利建築師 Adamo Boan 採用新古典建築及融合了前哥倫比亞藝術設計而成，這棟建築從一九〇五年開始建造，後又因戰爭中斷，一九三四年才完工。

在國家藝術廳的大門外矗立著西班牙國王卡洛六世（Carlos IV）騎馬青銅像，成爲這棟華麗建築的來自歐洲文化的身分象徵。

沿著中央樓梯扶拾而上，首先奪目的是Rufino Tamayo所繪的兩幅壁畫展示著墨西哥的今昔，三樓最著名的畫是迪亞哥爲了報復美國大亨約翰・洛克斐勒（因洛克斐勒中途取消與迪亞哥的壁畫合作），他將這名富商放置在放蕩的夜總會裡，藉此諷刺了美國資本主義的種種病態。

另外像是歐樂斯可（Orozco）、西奎羅斯（Siqueiros）、塔馬尤（Tamayo）等畫家的壁畫也是喜愛美術者必然流連之地。

國家藝術廳可說是墨西哥美術史的濃縮之地，從中世紀的宗教畫（和雕塑）到殖民時期繪畫和現代繪畫，宛如是上了墨西哥繪畫美術史。

我個人非常喜歡該館，特別是當代繪畫館的繪畫部分，表現了墨西哥人的激情與神秘，又兼混合著原始的土地氣質。

國家藝術廳的紀念品和書店亦頗有可觀，而藝術廳外附近的卡理巴狄

國家藝術廳，建築本身亦是藝術創作

廣場（Plaza Garibaldi）也最具西班牙和拉丁混血的廣場氣味，咖啡館餐吧林立，墨西哥彈吉他者和三重奏（Mariachi）在廣場來回表演，是十分情調之地。

3.聖法蘭西斯克教堂（Iglesia de San Francisco）和磁磚之家（Casa de Azulejos)

聖法蘭西斯克教堂約在一七一六年完工，這裡原是阿茲特克皇帝的動物園遺址，一五二四年西班牙教團來此而改造了這個地方，當時教堂規模宏偉，佔地極廣。

與聖法蘭西斯克教堂位於同一街道的「磁磚之家」是棟美麗又特色十足的西班牙殖民時代建築，完成於一五九六年，來自墨西哥普耶貝拉（Puebla）所生產的藍白兩色磁磚組成了美麗建築外觀（不過這是在一七三五年才貼上去的外觀）。

當時這棟新貼上藍白兩色的磁磚建築被稱爲藍色宮殿，據悉是當時的歐里薩巴公爵的兒子爲了取悅父親，因此重新裝潢成新的外觀。

這棟建築從十六世紀穿梭到當代，它的現代性已經被餐廳和百貨店取代，在室內的Sanborns餐廳用餐是一大視覺享受，尤其是餐廳的中庭及通往二樓的歐樂斯可壁畫更是成爲必要參觀的景點。

磁磚之家洋溢西班牙風情

4. 中央郵局與國營當鋪

在磁磚之家附近我建議定然要去參觀中央郵局（Correo Mayor）和極具特色的國營當鋪（Natioanl Monte de Pledad），墨西哥最豪華的當鋪，帶著華麗的荒謬。

中央郵局是十六世紀的維多利亞時代建築，不買郵票就只是爲了看看那種歐洲氣派，難怪至今墨西哥人還是很自傲於曾經受到西班牙文化的影響（西班牙殖民不僅徹底改變了墨西哥人的宗教，連文化和建築等景觀及價值都深入人心）。而不遠處的國營當鋪建於一七五五年，是全世界少數的國家經營之二手店，且全部都是賣金子的店鋪，墨西哥人愛金光閃閃的黃金，走在這家當鋪，感覺把外頭的陽光都兜攏了進來。

世紀情侶——在愛與死的歷史現場

注意我，我與眾不同，我要你知道我。——芙烈達．卡蘿

來墨西哥，起先是因爲卡蘿，後來卻是因爲自己。

因爲看見卡蘿，同時就等於照見自己那埋在欲望冰原下的底層面目；因爲看見卡蘿，就等於撞見肉體的疼痛與有限之無法避免；因爲看見卡蘿，就如同瞥見靈魂因爲愛情而導致的破碎與哀傷。

因爲卡蘿，就無法不見到自己的倒影。卡蘿是一面沾滿愛欲毒鉛的鏡子，光是照見她的自畫像者都會面容疼痛扭曲，卡蘿，一個高度渲染力的畫家。

因爲提卡蘿，就不免要提及她終生所愛所痛的迪亞哥。

是再也沒有這樣的夫婦因爲如此戲劇性地愛恨糾葛而著名一生，且聲名至死不休。靈肉所痛所苦都因爲愛與死的無法分家，因爲那死亡恆常如同那墨西哥高原烈烈陽光下的陰影，恨總尾隨著愛，因此讓人逼視。

然而提及卡蘿卻也不得不提及她的共黨左派情人托洛斯基。

我是無法忘懷藍屋，那曾是卡蘿的出生、成長與死亡之所，厚塗著深如寧靜海的大藍，一種接近死亡的寧靜感。藍屋四周那些繁密高大的龍舌

蘭於今在主人遠逝後依然像是還在分泌著濃烈塔奇拉（Tequila）酒精汁液……

我是無法忘懷墨西哥國立預校的禮堂，那曾是卡蘿初次遇見迪亞哥之地。

我是無法忘記聖安琪，那曾是卡蘿與迪亞哥婚後的畫室，四周種滿了高大仙人掌，仙人掌總予我一種荒蕪與繁華並置的奇特感，長得像是植物卻宛如有著古老肉體與靈魂的樹種。

這麼多的無法忘懷，只因卡蘿。

1. 科悠坎廣場市集，芙烈達．卡蘿藍屋（Museo Frida Kahlo）

前往墨西哥市西南郊區的科悠坎，只爲了藍屋。藍屋就是芙烈達・卡蘿生與死的故居，一棟被漆成藍色之屋，被當地稱爲藍屋。這房子是電影「揮灑烈愛」不斷出現的場景，也成了「瞻仰」卡蘿最重要的歷史場景。

科悠坎是文人古區，鵝卵石石頭路讓車子哐哐噹噹，穿入此區，似乎就把繁忙吵雜的墨西哥市給隔絕在外。大房子錯落在大樹裡，廣場教堂假日總是聚滿著來此做禮拜與懺悔的當地人，向神父告解，請上帝垂憐。

想像一下過去卡蘿時代她這樣端然地行過教堂卻不進教堂。

不小心和一個鉤著毛線襪的婦人目光對上，她不斷地跟著我四處在教堂附近拍照，只爲了賣掉她手上的小襪子。擦皮鞋的人一字排開，我常想

科悠坎廣場街頭演唱者

墨西哥男人有這麼多人需要被服務擦皮鞋這件事，這擦皮鞋景觀讓墨西哥市陷入一種無法現代化的老情調之感。

集結在教堂廣場四周的假日藝品市集喧騰，色彩斑斕，傳統手藝和雜藝都還具體存在且被實用性存在的古老城市。

卡蘿的生活場域，過去如此，今日也變化不大，除了一些家庭有了更多的機器和有些現代化咖啡館外，整個科悠坎變化不大。帶點悠閒帶點情調帶點左派式的進取與頹廢。

卡蘿藍屋旁有個大房子張貼要出售的訊息，同去的朋友開玩笑說，我應該把它買下來，這樣我就可以和卡蘿的魂魄作鄰居了。

當然這只是對我的另類嘲弄。實則是來到藍屋也只能是過客。

只消踏入藍屋入口，那象徵邪惡與毀滅力量的巨大神祇紙偶即迎接著人的古老靈魂，來此以靈魂見靈魂，否則肉身何在？卡蘿不存，僅存是她的精神意志與光芒。

她的傳統美麗服飾、日記是過往無法在畫冊裡見到的，於今親見，她像是活生生地還活在藍屋裡，逗逗猴子遛遛狗兒，和鸚鵡說說話，這是屬於卡蘿在繪畫之餘的生活，藍屋的畫室廚房與臥房，都拓印著女主人的鮮明個性，深鵝黃的廚房，蕾絲白的床巾，貼滿天主教還願牌的牆壁，代表著一生肉體苦痛的輪椅，標誌著一生精神永在的畫架……

卡蘿果眞不死，即使她的遺言是：「離去是幸，願不再重返人間！」

離開這間藍屋，我的魂魄感覺有一角也長眠於此了，我片刻與卡蘿同眠了。

2.卡蘿外遇情人，托洛斯基故居（Casa Museo Leon Trotsky）

卡蘿老公迪亞哥．里維拉不斷出軌使得她有著感情不斷遭到背叛的痛苦。

最後卡蘿也自己出軌，來表達對於這段婚姻的重重一擊。她的情人是流亡到墨西哥的蘇聯共黨要角托洛斯基。

托洛斯基當年是迪亞哥夫婦的好友，流亡到墨西哥時也住到了藍屋，後來才搬到離藍屋僅隔四條街遠的現址，現址已改爲紀念館，裡面有許多關於托洛斯基的革命史與寫的書信，當然還有和卡蘿的合照等等。

令人欷歔的是這一代著名的革命者之過去生活充滿著無比的黯淡與清貧，窄小的床鋪與單薄的幾件衣服，幽暗的衛浴廁所，沒有太多物品的廚房。唯一物品多的是書房，在斜陽下還擱著托洛斯基的金細邊眼鏡與閱讀的群書。

卡蘿情人有兩個，一個是著名的美國攝影師，一個是他。美國攝影師後來離卡蘿而去，另和其他女人結婚。而托洛斯基則慘遭暗殺，流亡者的命運從來都是注定無法上岸的。一個遭祖國遺棄者，恐怕流亡到哪都是個異鄉人，只餘孤獨如影隨形，終生飄蕩在生命的領空。就是有愛情的撫慰，恐怕也都是短暫的幻影。

3. 聖安琪，迪亞哥與芙烈達・卡蘿之畫室與博物館（Museo Casa Estudio Diego Rivera Y Kahlo)

除了科悠坎外，聖安琪（San Angel）可說是我另一個墨西哥市最喜歡的區域。停留墨西哥時，我喜歡一個人來這個區域吃早餐，或只是散步。曲折小徑樹木參天，石板路延伸而去，櫛比鱗次的古老房舍漆著斑斕的高彩度油漆，一種回到西班牙殖民時期的風味宣揚著，一種歐風裡融合著當地的印第安文化，是聖安琪的迷人之處。

聖安琪的房子都很吸引人，其中當然以卡蘿夫婦的故居畫室最讓我想要靠近。這棟漆著帶點桃紅與紅混色的房子是卡蘿夫婦在一九三三年從美國回到墨西哥市的居所。建築是由墨西哥二十世紀著名的建築師歐哥曼（Juan O'Gorman）設計。在以西班牙和印第安爲古典風格的墨西哥市建築群裡，這棟房子顯得很現代且時髦。在墨西哥植物與色彩的熱帶景觀裡，房子卻展現一種德國包浩斯的風格。這房子就像迪亞哥與卡蘿的兩極個性，既熱且冷，既是墨西哥又深受歐風影響。

這棟房子事實上是由一大一小的房子組合成，兩棟房子樓頂以天橋相連，似分實合，各自獨立卻又可以互爲連通。（這樣的房子結構與使用方式，可眞是讓我羨慕死了。）當年卡蘿都是利用這個通道將午餐送去給她

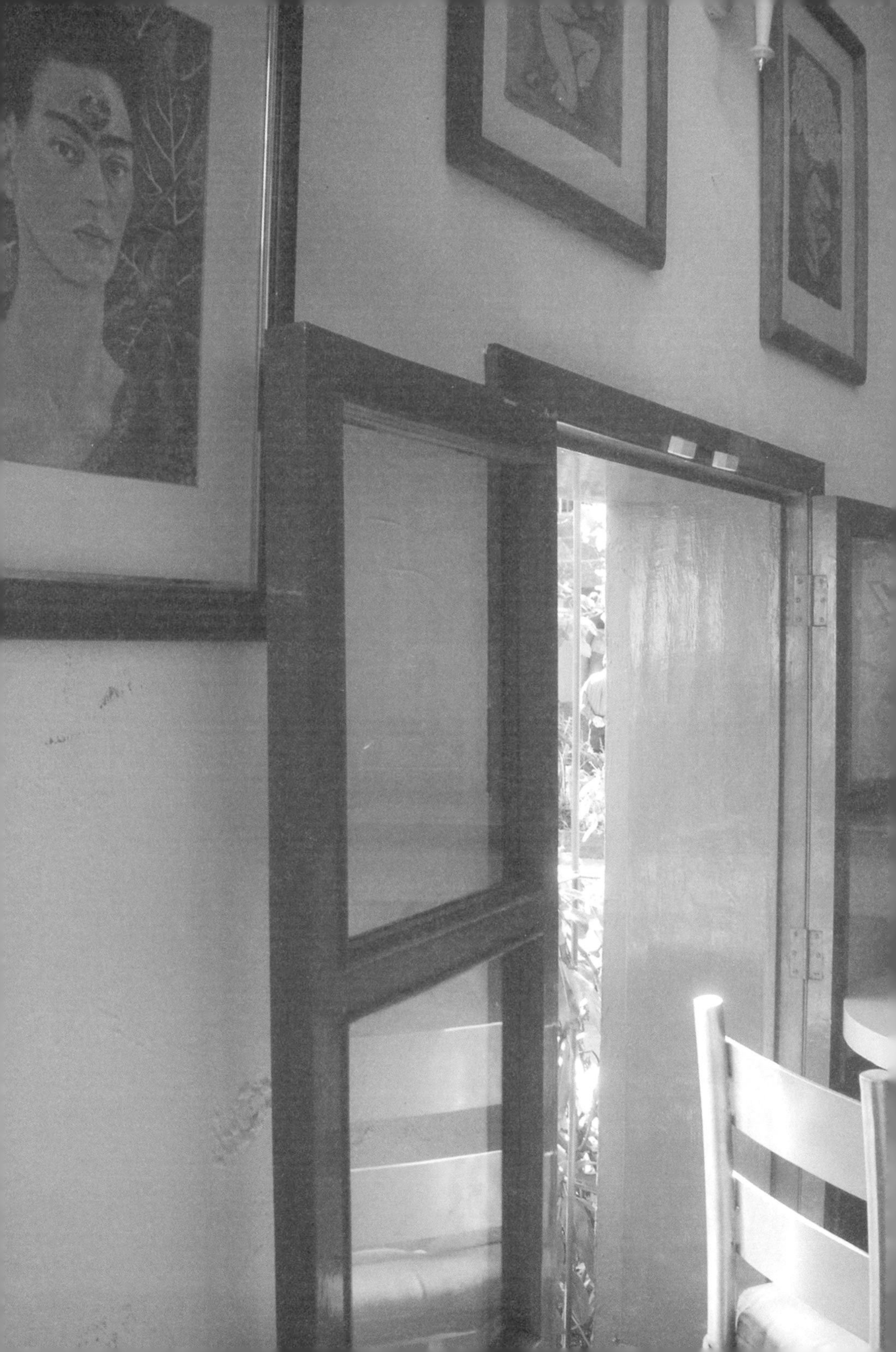

的愛人迪亞哥，想像起來這天橋的午餐倒是有點像是雲南娘子爲書生送的「過橋米線」。

大房子是迪亞哥的畫室，裡面有挑高的屋頂，寬敞的空間，連廚房都很大，塗成粉橘色。卡蘿的畫室空間是屬於較小的那棟，塗深藍色。雖說比迪亞哥的空間小，但空間還是很可觀。卡蘿就在此畫了她生平最大的一幅大號畫作「兩個芙烈達・卡蘿」。

畫室除了陳列他們倆用過的畫架畫筆外，還有迪亞哥以前作畫時穿的工作衣服和鞋子等，那碩大的工作服，讓我腦中不斷地閃過迪亞哥的肥胖高大身影。也由於迪亞哥酷愛收藏文物，所以凡是他們的故居皆陳列著迪亞哥所收藏的前哥倫比亞時期的陶器等古文物。

4.卡蘿與迪亞哥相遇之處——墨西哥國立預校禮堂的壁畫

位在墨西哥憲法廣場後方的墨西哥國立預校舊址（現已改爲博物館）標誌著一個才子佳人相遇的歷史時刻。

那時的卡蘿不過還是個高中生，躲在禮堂作弄迪亞哥，且還語出驚人地對同學說她以後要幫迪亞哥生孩子，她知道她會和他在一起。（這樣的自信眞讓人羨慕，而她也眞的實現了自己的願望。）

墨西哥國立預校讓卡蘿發生了一生的兩次重大意外，一次重大意外是她在此遇見剛從歐洲回到墨西哥應聘到墨西哥國立預校禮堂繪製壁畫的迪

國立預校禮堂內處處可見迪亞哥壁畫創作

亞哥。另一次重大的意外是卡蘿在此讀書時的某日放學搭上了在預校附近市集的巴士，巴士未久發生車禍，造成卡蘿終生無以挽回的肉體痛苦。

這兩個重大意外都不斷地以愛的甜蜜和死亡的威脅終生糾葛著個性鮮明的卡蘿。

當我穿過廣場熱鬧喧擾的無數人群和小販後才找到很容易錯過的國立預校舊址。走進成了博物館的預校，卻無比安靜，安靜到難以相信我剛才才穿過數以千計的人，黑壓壓的人影和不斷企圖靠近我兜售各種物品的小販就這樣像海浪瞬間被推遠了。

在安靜的預校舊址遊蕩，東嗅嗅西聞聞，像個魅影惶惶。

在被允許進入當年迪亞哥繪製他的第一幅壁畫的禮堂時，心跳更是起了劇烈反應，好像自己是卡蘿來附身似的喜悅。禮堂的紅色布幔仍高懸在講台兩側，講堂壁畫凹進牆面，迪亞哥的壁畫作品悠悠現身眼簾，光影黯淡，一切都那麼低調（為了保護壁畫所刻意的低光），使得整個空間的氛圍更有一種歷史時空感。

我偷偷坐在禮堂的紅色布面椅子上，幽思一會。試圖把自己想像成如果我是卡蘿，面對著迪亞哥大胖子正揮汗如雨地作畫的歷史畫面，我不知道我是否會有卡蘿的勇氣？作為一個女人，在那二十世紀初的保守年代，一切百廢待舉的革命初期，我如果活在那個年代，我能否有勇氣追求我所愛？我能否有智慧走過生命的陰暗幽谷？

在於今相對十分開放的年代，許多的女性不僅都無法實踐自己，何況是如果生活在卡蘿的年代（且還發生那樣慘烈至足以致死的車禍事件）。我但願我可以，走一趟卡蘿的歷史現場，除了親炙那些歷史幽靈氛圍與親見那些栩栩如生的繪畫外，重要的是我要感受她的生之激情，那無與倫比的生之熱情，如海浪波濤地洶湧襲來。我但願我可以擁有那樣的生之激情，之於一切挫敗或者榮光。

5.迪亞哥．里維拉博物館（Museo Diego Rivera，Anahuacalli）

迪亞哥畢生最愛的海芋花依然生長在此，極爲性感極爲隱喻的海芋，是不斷出現在迪亞哥的繪畫元素，也是他畢生摯愛的女人象徵。

這棟位在San Pablo的博物館以迪亞哥．里維拉的名字命名，是由他自己出資興建的博物館，博物館四周空曠，登頂可眺望整個城鎮，風光極美，又極爲安靜。

迪亞哥博物館的建築恐怕是在墨西哥市現代建築群裡最讓我印象深刻的建築，以當地的火山岩材質建造，外觀質樸卻很有設計創意。迪亞哥畢生的夢想就是蓋一個博物館用來典藏和展示他歷年來從墨西哥各地收藏的前哥倫比亞時期文物。

收藏館共三層，利用天然採光與微調燈光使得古老文物展品很自然地讓觀者可以細細品賞，天花板也以繪畫裝飾。三樓空曠，佈置成迪亞哥的畫室，四周的玻璃櫃收藏了迪亞哥的素描，最驚人的是還可以見到迪亞哥三歲時的第一幅驚人之紙上素描。（迪亞哥的母親眞有遠見，把迪亞哥的童年和少年時期素描與繪畫都保存得很好。）

這裡也可以說是一個墨西哥古文物館的縮影，如果嫌去墨西哥人類考古學博物館看展太累的話，我十分建議來此，因爲迪亞哥的收藏眼光絕對一流，而這間博物館人又少，空間設計又具創意，幾乎是我看遍墨西哥博物館的最佳首選。

該博物館的書店與紀念品店也頗可觀，關於卡蘿的複製畫與複製產品齊全，可說是卡蘿迷的最佳閒逛地。不過該博物館離墨西哥市區遠，開車得花上一個半小時左右。

6. 迪亞哥・里維拉壁畫博物館（Museo Mural Diego Rivera）

位在墨西哥市區中心的迪亞哥・里維拉壁畫博物館是最容易接觸迪亞哥壁畫創作的空間。許多人來此都爲了這間壁畫博物館展出著迪亞哥最著名的一件巨幅壁畫——「阿拉曼達公園週日的午後之夢」。

這幅壁畫原在一九六七年時被放在離博物館不遠處的帕拉多旅館的餐廳，也是迪亞哥應該旅館所繪製，一九八五年墨西哥大地震旅館建築結構受損，因此旅館便將此壁畫移到此地，未久墨西哥市政府出資改建此空間爲迪亞哥・里維拉壁畫博物館，原本暫時存放壁畫的空間自此就成了永久

迪亞哥壁畫美術館外，
懸掛他最著名的作品精髓

的迪亞哥・里維拉收藏館，連後來旅館整修改建完工後，此壁畫就無論如何都不肯歸還了（一旦歸還這幅巨大的著名壁畫，勢必使得博物館參觀人次一落千丈）。

這幅壁畫幾乎可說是墨西哥的歷史圖畫，其中的焦點除了卡蘿肖像外，還包括了迪亞哥的童年，他所觀察到的墨西哥歷史現象與演變。一般觀賞這幅壁畫都是從左到右分三個部分觀賞。

左邊描述依序是：西班牙征服者和西班牙殖民期間、墨西哥歷史上的獨立運動、美墨戰爭、墨西哥史上最著名連任最久（十一任）的總統安東尼・羅培茲（Antonio Lopez de Santa Anna）、改革運動時的社會百態、法國入侵等。

中間描繪的壁畫故事有三個主角：迪亞哥的童年樣貌、死神卡拉維拉・卡琳娜（Calavera Catrina）和創造死神的藝術家荷西（Jose Guadalupe Posade），畫裡的迪亞哥九歲，牽著死神的手成了這整幅壁畫引人的焦點。死神卡琳娜脖子上圍著羽毛，羽毛象徵著前哥倫比亞的羽蛇神。在迪亞哥背後的是卡蘿，還有迪亞哥和前妻露佩所生的兩個女兒及其孫子也在場，十分有趣的組合，讓所愛的人全部上場。同時迪亞哥也表現出他童年生活的墨西哥充滿著許多的階級，那些被阻擋進入公園的下層生活，那些賣著水果糖果氣球的小販，顯示出迪亞哥的左派理想精神，廢除階級，一切平等，人民才是墨西哥的主人……

右邊描繪的是一九一〇年墨西哥革命結束前關於農民們和工人們所掙扎的改革運動生活劇烈變化（包括犯罪與階級不公等等），現代的墨西哥於焉誕生，歷任的總統肖像和新的工人階級、新的建築和工廠代表等等。

在巨幅與故事結構下，迪亞哥卻能讓此充滿意識主題的壁畫也能擁有自身的完整性與藝術性，細節清晰，明暗色調有層次，是迪亞哥早年很有社會渲染力量的壁畫作品之一。

在午後，
凝視「阿拉曼達公園週日的午後之夢」

生之激情——在塔奇拉飲塔奇拉（Tequila）

墨西哥於我是個激情國度，愛與死等同力道。

其烈性血性就像有國酒之稱的塔奇拉（Tequila，龍舌蘭酒），充滿著龍舌蘭植物的土地精神，一種即使生命已然荒旱也要活下去的性情充溢著古都往來的容顏裡，我總是凝視著那些被土地與古國文明深度刻畫的臉，想要從中讀出這個烈性民族所經歷的風霜與歷史無常。

也許從龍舌蘭酒的文化可以聞到那帶著高濃度酒精的烈火性情。連墨西哥女人都嗜喝烈酒，血性女子和烈性漢子在這塊土地上彼此以酒魂酒靈相見，怪不得推開入夜的墨西哥傳統酒吧，男男女女都喝著塔奇拉酒，幾乎少有人喝葡萄酒（除了在墨西哥市的一些西式洋化酒吧例外）。喝塔奇拉酒時，他們會抽些菸草，有時流浪藝人進來酒吧彈吉他唱唱歌，有時是穿著長裙的豔麗長髮女郎推開酒吧的門張著長長睫毛的大眼睛梭尋著潛在的客人，想要爲他們算算命，卜卜塔羅牌。至於街頭賣各式糖果和豆子的小孩通常都被擋在酒館外頭了。

在墨西哥當地人才去的老派酒吧待久些後，有種魔幻的情調升起，以爲自己也流著美洲的革命熱血，頓時所有的拘謹鬆開，也試著將酒一口飲盡。

在我年輕的時候，和男性友人混酒吧時，當年很喜歡坐在吧台上喝塔奇拉，迸！

擎起杯口抹著鹽巴的塔奇拉，往木頭檯面敲一下，自以爲如此是一種豪爽流露，且以爲「迸」一下是喝塔奇拉的一種必要方式。或是坐在吧台前，聽著拉丁音樂，啜飲塔奇拉混合著細細白白的鹽粒與幾滴檸檬汁的調酒，感覺又烈性又甜美，矛盾的口感，像是雙重性格的人。（當年感覺喝這樣的酒和自己頗像。）

然則去了墨西哥才知道喝的方法百種，加白蘭地、威士忌或是加礦泉水對成混合酒。墨西哥人有各式各樣獨特的塔奇拉酒杯，這塔奇拉酒杯都是一組對杯，小巧可愛，對杯有小盛盤，杯盤附有一迷你鹽罐。他們有時把鹽抹在手背，用唇舌舔手背，眞是性感豪邁。至於對杯，是一杯盛龍舌蘭酒，一杯盛礦泉水或特製的一種番茄汁（或其他特殊口味）。

瑪格麗特，以塔奇拉調的酒，口感柔和，很好喝，很容易就喝多了。塔奇拉調酒是危險大蠍情人，愛你時激烈，分手時也可以讓你難過和難忘。

也許在墨西哥首都墨西哥市喝塔奇拉酒不夠過癮，因爲眞正要喝這款酒的過癮處是應該到塔奇拉小鎮喝塔奇拉酒（這有點像是在法國香檳亞丁區喝香檳酒般）。

龍舌蘭裡流著墨西哥人的烈血

1. 在塔奇拉飲塔奇拉

墨西哥的龍舌蘭酒是以塔奇拉鎮爲酒命名，因爲它名副其實，塔奇拉是墨西哥產塔奇拉的最佳最大酒區。

在塔奇拉飲塔奇拉，成了墨西哥最知名的觀光活動。

首先必須先從墨西哥市搭巴士抵瓜達拉哈拉（Guadalajara），可以租車也可以搭巴士，墨西哥的巴士公共系統比台灣更有秩序且更組織化，在各企業競爭下，巴士可以選擇的類別與公司不少，巴士等級一般分有三等，一等巴士最高級，位子寬且舒服，大型巴士載滿也不到三十人，很寬鬆，廁所乾淨，上車還有飲料點心。搭巴士從墨西哥市抵瓜達拉哈拉約費時七小時，墨西哥高速公路因採高額收費，所以等於以價制量（一般小市民爲省錢者多走不收費的省道或山路），除了進入墨西哥市的路段會塞車外，其餘高速公路路段好走外，一路沿途荒漠山色與孤樹仙人掌龍舌蘭交替行過瞳孔，野生動物奔跑其中或者乾屍曝曬……，美洲古老土地的獨特荒涼美感與壯闊風景是讓我不捨得闔眼的映畫片。

瓜達拉哈拉是墨西哥第二大城，人口雖多，但卻沒有首都墨西哥市犯罪等問題，這裡的市民和善多了，最多就是經過市集時會遇見不斷企圖想要賣東西給你的小販罷了。

瓜達拉哈拉距塔奇拉約五十公里，飯店多有安排龍舌蘭酒莊之旅，也可在瓜達拉哈拉火車站搭龍舌蘭快車（Tequila Express），整個車程的視野風光即是連綿一片的龍舌蘭，一種無盡的生命力感，就像塔奇拉酒般之濃烈又爽口。

2. 西班牙殖民風情——塔奇拉博物館

塔奇拉博物館的橘紅顏色佔盡視覺，直逼目光而來，是小鎮醒眼座標。塔奇拉博物館是瞭解塔奇拉酒之歷史的最佳之地。塔奇拉的歷史可追溯到西班牙殖民前的阿茲特克帝國（Aztecs）與提奧迪華坎（Teotihuacan）時期即有此釀酒傳統。而塔奇拉小鎮開始遍植龍舌蘭與開始釀酒則從十七世紀開始，塔奇拉小鎮約有十七家蒸餾場，小小的鎮集結這麼多蒸餾場，所以打從走進小鎮即聞到濃濃的酒味，空氣帶點甜，在陽光下，與飽滿的色彩牆面陰影裡，我尚未飲酒卻已有點醺醺然。

整個小鎮的建築多保有西班牙時代的殖民風情，大教堂廣場前的男人裝扮還保有墨西哥男人的典型樣貌，戴著大草帽，穿著率性的牛仔褲，連老男人都如此，使得這個小鎮時光似乎是凝結不移了。

我參觀的蒸餾場是著名的塔奇拉酒大廠 Jose Guervo（也可到創始塔奇拉的老酒廠 Javer Sauza 參觀），從收割龍舌蘭（至少要七年之久才可採收）到蒸餾過程與試飲各年份塔奇拉酒和品嘗各種口味的塔奇拉調酒是制式參觀過程。

龍舌蘭多種，但唯一可釀造成酒的品種是Agave Tequilana，葉脈厚實，生長繁密，帶點灰藍和鐵藍顏色是Agave的植物特色，所以在龍舌蘭酒的包裝都會印著100%Agave。

我的墨西哥當地友人偏好特級陳年龍舌蘭酒，這款酒的酒精度數高，味道十分濃烈，喝起來卻不咬舌，反而入口後呈現一種烈爽回甘的特質。這款酒由於品質好，喝起來也不會有頭痛問題，因此也深受愛喝烈酒的女性喜歡。在酒莊品酒過程裡，我發現女性都還是偏好調酒，尤其是高腳杯的瑪格麗特調酒多被仕女一飲而盡，冰冰涼涼，綿綿爽爽（不過後勁極強）。

離開塔奇拉小鎮，回程裡，感覺滿身細胞都像是浸淫在龍舌蘭的酒精裡，恍然可以打個盹，夢裡直通諸神的黃昏，在酒神宮殿裡的天使翅膀都長得像是龍舌蘭植物般，紛紛張開雙手，醉眼迷濛地對我微笑著。

此時我突然感到自己蛻變成多年前自己所寫的短篇小說男主角，一個名叫「高原」的人，他覺得靈魂最美的狀態是微醺，而微醺的感覺像是站上了一片空曠無際無邊的高原，那小說篇名〈微醺的高原〉多年後竟在異地和自己相逢。

像個老友般相逢自己筆下的主角，魔幻之感，只因塔奇拉的微醺！

讓人難忘的龍舌蘭，一種長得像是會微笑的植物，又像是觀世音菩薩千手千眼的植物，確實是很獨特的造型啊，因之獨特而釀造了獨特的酒。

也因此給予了我獨特的一趟墨西哥難忘的小鎮微醺旅程。

穿過拱門，濃烈色澤迎面而來

中世紀銀藝之都——塔斯可

驅車離開墨西哥市，往南南西開，一百七十公里處，將撞見墨西哥境內最美麗的小城之一塔斯可（Taxico）。

白天離開墨西哥市，天光將暗未暗時轉進塔斯可小鎮，從公路即可立即眺望到屬於山城最美的景致，捻亮燈泡的千燈萬火在風的吹拂下搖晃如鎏金歲月。

告示著一座標高一千八百公尺美的山城已為旅人拉開美麗序幕，許多車子陸續開離小鎮，許多車子又即將駛進小鎮，燈速全化為流火。我等著白天到來再好好欣賞這座有墨西哥銀市之街、銀藝之都美名的小鎮工藝。

入晚的塔斯可小鎮銀藝博物館和商店已陸續打烊，先生小姐們在結帳櫃台作最後的採買，店員也在收銀機前陸續關帳。而街上流動攤鋪和把所有工藝品全掛在身上兜售的小孩和小小孩們也漸漸消失在街的一端。六點過後依然撐住小鎮繁華與喧鬧的是那些極具風格的咖啡館餐館，食物飄香使得旅人倍覺飢餓。

塔斯可易找到入宿旅館，蜿蜒的山徑總是幽幽轉出幾家妝點得趣味美麗的小房舍，和西班牙殖民時期風情的宅院。從小旅館到高級旅館，塔斯可像是專程為遠道的旅人準備好安然過夜之鎮，在如此從容的工藝小鎮閒走，狹窄的鵝卵石街道在街燈映照下，安逸得時間恍如凝止，宛如十八世紀時代的淘金潮況味。

塔斯可是墨西哥政府有計畫指定保留成原有殖民時代風格的小鎮之一，中世紀的風貌使得它的觀光業居高不下，墨西哥市的人常利用週末驅車至此度假兩天一夜。

塔斯可宅院建築大多窗戶兩片往外推，在高點用餐往山坡下俯瞰，小鎮夜色全攏，櫛比鱗次的山城人家自成一種風光，暈黃燈光下可見炊煙，古都之感。

塔斯可曾以產銀著名，於今銀礦多已開採淨空，不過此地仍留下了精密的製銀技術以及銀飾品工藝和交易買賣等行業，銀藝幾乎已成了塔斯可的代稱。

1. 銀藝之都

整個小鎮商家除了餐廳咖啡館就是銀飾商店了，銀飾商店佔了全城三分之二，爲了讓銀藝商家保持活力，該鎮每年舉辦最佳銀飾品商店選拔。

一九三〇年代，美國人威廉・司布拉特林克在塔斯可設立了銀製品工廠，從事設計與技術革新，培育不少人才，是奠定塔斯可小鎮銀藝設計品的先鋒。

在塔斯可銀飾商店逛太久後會有想要在這裡批貨，然後回台北開銀鋪

晃悠山城塔斯可

店的感覺，因此地銀飾品便宜甚多，尤其是在銀貨市集採買銀飾更是價格實惠，有的飾品且以秤重計。通常銀飾品以鑲有墨西哥當地產的特殊礦物爲主，最美的屬綠松石。許多來自墨西哥各地的銀貨商人都會在週末至塔斯可銀市集批貨，通常銀市集的飾品比商店便宜甚多，但缺點也是得較費心找才能找到比較特殊設計的銀飾品。

在塔斯可的銀藝仍以飾品爲主流，其次是華麗的餐具和小擺設。細巧精雕的銀工藝索價也不低，但可當作藝術品收藏。其他尚有銅製品、錫製品和陶瓷器及刺繡衣物等，另有一種稱爲Amate的紙畫，這種紙畫是用Amate樹皮作的一種紙料，街上到處有小孩在兜售紙畫，就是以Amate樹皮紙畫上去或印上去的紙畫，圖案大多是花鳥動物或是馬雅人的原始年曆等，這類紙畫是塔斯可很具民俗特色的廉價工藝品，很多人到此都會買一、兩張回去裱起來紀念或是送禮。

2.波達廣場與波達之家（Plaza Borda，Casa Borda）

塔斯可產銀的歷史悠久，但眞正進入盛況是起於一七一六年，法國人荷西・波達（Jose de la Borda）跟著他的哥哥來到這裡，他意外發現許多尚未開採的銀礦，從此波達成爲採礦大亨，賺取驚人財富。由於他引進新式採礦技術又善待採礦工人，並捐助塔斯可建造教堂，所以當地有以他命名的波達廣場和波達之家。

塔斯可呈圓形，小路從廣場擴散由上而下。從任何一條小街道上行都可抵達波達廣場。波達廣場是塔斯可的鬧區中心，還沒行抵廣場，即可聽見許多聲響，墨西哥特有的音樂如心臟般在此廣場鎮日蕩漾開來，形成一座聲音鐘。

波達廣場除了外來客外也是當地人最愛聚集之地，他們來此聊天聚會和到隔壁教堂做禮拜，向神禱告，或者自娛娛人地彈唱吉他跳舞等等。

波達之家是採礦大亨波達家族在一七五九年建蓋作為送給教區牧師的大房子，城牆連綿街道，氣勢不凡。現在波達之家已經轉成專門展示塔斯可和墨西哥各地藝術家作品的文化中心（Instituto Guerrerense de Cultura）。在這裡有畫展有音樂會，定期辦展覽活動以餵養當地人精神糧食。

3. 聖塔皮西卡大教堂（Iglesia de Santa Prisca）

山高之故，塔斯可即使夏日也不炎熱，白色屋宅很有西班牙安達魯西亞味道。小路歧徑甚雜，然並不怕迷路，在各個小路都可眺望到聖塔皮西卡大教堂的兩個高高突起鐘樓，循著鐘樓方向，即可抵廣場中心，所有的公車巴士也都在此中心匯集。

通常一到塔斯可的市區都會先進入聖塔皮西卡大教堂參拜觀賞，聖塔皮西卡大教堂就在波達廣場旁，淡紅和淡黃色（經時間日漸褪色）的石牆，富墨西哥式的巴洛克之極盡繁複雕塑特質，教堂的門是丘里拉風格

小販亦是塔斯可的美麗景致

（Churrigueresque），裝飾的雕像也是繁複至目不暇給。兩座鐘樓和用著鮮豔磁磚貼的圓形屋頂宏偉壯麗，是整座教堂吸引的視覺焦點。

內部禁用閃光燈拍照，教堂內部有許多華麗設計的祭壇，牆壁上有許多出自殖民時代最偉大的畫家米凱魯・卡布雷拉的手筆，裝飾的宗教畫裡具有高度的藝術性。

這即是由銀礦大亨波達捐獻給整個塔斯可鎮民的大教堂（無怪當地人這麼懷念他），不過據當地史料報導，這間教堂在建造時，當時天主教會組織卻先要求捐獻者波達必須以他的房子和財產當作抵押，且保證一定捐助到教堂完工才能退出。在這樣的保證之下，耗時七年（1751-1758）才完工的聖塔皮西卡大教堂就成了波達大亨的噩夢了，因爲這教堂差點讓他散盡家財。

對神的捐獻，可不能食言而肥，但對波達而言，恐怕也才發現供養神是如此勞心勞力還勞財的事。當年波達捐獻建造這座教堂是源於其家訓「神賜予波達，波達再獻給神」的理念，有點像是我們說的飲水思源。

4. 斐吉羅亞之家與修伯特之家（Casa Figueroa）

位於中央廣場西方在瓜達露佩路上的斐吉羅亞之家也是我很喜歡之地，斐吉羅亞之家建於一七六七年，原是當地人卡帝那伯爵的公館，據說這卡帝那伯爵不義，此美麗豪宅是以廉價貧窮的印第安人人力來打造的，所以

HOTEL LOS ARCOS

當地人暗地稱此宅院爲「眼淚之家」（Casa de las Lagrimas）。因爲這個名字，讓我愛上這座美麗宅院。

現在這個宅院已經成爲墨西哥藝術家費蒂魯・斐吉羅亞的私人博物館，博物館內展示的有殖民時代的繪畫和家具等，從這間博物館可以略微知悉塔斯可的歷史與過往生活方式的內容。

在中央廣場東北數條街道外有十七世紀時銀礦大亨波達爲其兒子所建造的美麗房子，正面的牆壁裝飾有繁複浮雕，標誌一個繁華的家族印記。一八〇三年德國地理學者修伯特（1769-1859）曾居住於此，所以現在這間房舍以修伯特命名。

塔斯可當地政府很重視保存這些極具歷史與美麗的建築物，修伯特之家成了民俗藝品館，更多精緻的民俗藝術品得以在此聚集展現。

5. 宗教藝術博物館（Casa Humboldt）

墨西哥整個國度幾乎都是宗教迷，天主教在此無限發光。塔斯可小鎮除了信仰美麗事物外，對宗教也充滿狂熱。

我在此流連多日遇見好幾回宗教遊行，抬著聖母瓜達露佩和十字架及空棺的教徒，在樂隊的指揮下，從教堂步出，一路蜿蜒遊行街道。路邊的觀光客手持相機拍遊行隊伍，路邊的居民則不斷擠在門口窗口朝聖母膜拜禱告。聖母如我們的媽祖，神聖地位無與倫比。

也因此塔斯可宗教藝術博物館在此地具尊貴地位，離波達廣場不遠的宗教藝術博物館是塔斯可最古老的殖民時期宅院，從外觀開始就一路吸引著旅人的目光，浮雕建築與紅磚牆面和淡黃色屋頂結合，在藍天襯映下絕美。博物館收藏的宗教藝術品大多是來自於聖塔皮西卡大教堂內部的歷史聖物，無可比擬的歷史宗教聖物，像是還留有上帝的光芒一般，來此的聖徒總是眼光噙淚，與神對話，訴說命運。

而宗教藝術博物館外，宗教樂隊奏鳴一路而過，抬十字架和聖母肖像的遊行隊伍也依然是神情莊嚴地行過每個注目者的眼皮陰影下。

藍天正藍，雲朵悠悠，然在塔斯可的日子於我則嫌太短。陰影長，良宵短，醒來又是另一個旅地了，在墨西哥悠轉各個小鎮，心情跌宕起伏，難以描述的幽微難能細述，或者留待更長的時日讓這些旅地的幽微燐光自動顯影在我生命的底片上吧。

眺望來路，山城追隨

體驗多元融合美感，在瓜達拉哈拉

每天步行或搭公車兜轉在墨西哥市，這座擁擠之城裡的兩千三百萬人口之心，同時脈動在我的緊湊步伐裡，遂在擁擠之城待過久後，心情就想遠離墨城。

而我知道這個國度總不會讓我失望。

遠離墨城，意味著進入拉丁美洲想像裡的蠻荒，屬於拉美人自然世界的蠻荒是那連綿的山色荒涼裡千百年來矗立著堅毅耐旱的仙人掌、龍舌蘭、廢棄的神殿、遺忘的鮮血、插入藍天綠地的教堂十字架……

在瓜達拉哈拉，可以享有城市的一切文明，但相對生活卻緩慢。為瓜達拉哈拉贏得「西部之珠」美譽，則是源於它包容各式各樣情調的多元精神。

最重要的是瓜達拉哈拉曾誕生墨西哥壁畫三巨頭之一的荷西・歐樂斯可（Jose Orozco），他讓此城發光發熱。

1. 綜合各種文化式樣的大教堂（Cathedral）

歷經四十七年才於一五七一年興建，卻一直到十八世紀初才完工的瓜達拉哈拉大教堂無法不讓旅人駐足。我每天在市中心閒晃，逛到疲累時都會特地到此教堂休憩，感受那巨大的能量。

瓜達拉哈拉具體而微的文化融合精神展現在大教堂的多元建築文化情調：哥德式、科林式、阿拉伯式、托斯卡尼式、巴洛克式、新古典風格式的建築呈現並置。例如遙遙可見的拜占庭兩根尖塔以及哥德式圓頂和托斯卡尼柱子都讓我有一種身在歐洲氛圍（實情是墨西哥比它的殖民國西班牙還更信仰天主教，人們總是輕易吐出各式各樣關於天主教的字眼，例如流血、犧牲、荊棘、聖母、天堂……。墨西哥人大多以流有西班牙血統爲榮），於是教堂處處實不爲奇，但是要見到如此宏偉的大教堂卻並非易事。

這大教堂還曾因兩度地震（一七五〇和一八一八年）而使得大門及高塔毀損，所見的兩個黃色系尖塔是十九世紀中期修復的。

大教堂門口和我們的廟會一樣，販售著聖物聖像念珠蠟燭，門口有乞討者，門內有告解者，對著神父傾訴有罪的人跪在小窗前喃喃自語。

教堂內部十一個祭壇，聖具室（Sacristia）是西班牙王Ferdinando所贈送的，倍爲珍貴。著名的「聖母昇天」也是眾人瞻仰之繪畫。

地下室陰寒，過往大教堂的主教聖體依在，如木乃伊地躺在那裡，寒氣逼人，還是外界亮節，陽光豔豔如常。

大教堂外宛如歐洲廣場的再現，四處有廣場。我穿過中央廣場、我穿過解放廣場、我穿過圓堂廣場、我穿過月桂樹廣場，最後我停在月桂樹廣場，黃昏到來，墨西哥舉世知名的墨西哥合奏瑪琪亞里（Mariachi）已經在

喃喃祈禱，亦或告解

廣場涼亭調音，而許多當地人也已聚集在那裡準備一場音樂盛宴了。

這是墨西哥人的生活藝術，扎根在現實裡，潑灑在生活的滋味中，最後音符穿越人們的耳膜、心壑，化爲夢枕饃。

墨西哥的情調就是既出世又入世，既現實又超現實的一種綜合體。一如它的鬥牛，總把激情拉拔到最高點，然後轟然一聲謝幕。表演的純粹與生死的臨界點，讓我行旅墨西哥，總是既驚且嘆。

2.政府辦公廳（Palacio del Gobierno）

來到瓜達拉哈拉市中心，沒有人會錯過如此經典的壁畫，那就是荷西．歐樂斯可的壁畫「挺立的伊達哥神父」壁畫，此著名壁畫使得政府辦公廳參觀旅人絡繹不絕，導覽員手持麥克風送走一批又一批的參觀者。

政府辦公廳位在解放廣場南方，非常歐洲，米色系建築搶眼，建於一六四三年，此地是當年米蓋爾．伊達哥（Miguel Hidlgo）神父於一八一〇年廢止墨西哥奴隸制度之地，伊達哥也是墨西哥獨立運動首領，因此歷史經典之故，著名畫家歐樂斯可在此宣揚著自由與革命的大壁畫。畫中的伊達哥一手持火把一手緊握著，腳下有西班牙殖民時期無數活得掙扎的人民樣貌，寫實精神裡蘊含超現實氣氛。

二樓的會議廳，歐樂斯可的壁畫畫了許多墨西哥獨立運動的一些寫實人物壁畫。

歐樂斯可最著名的壁畫「挺立的伊達哥神父」

政府廳的建築如同大教堂一般，依然展現著多元文化的融合特色，這棟建築混合著線條簡單的新古典雕像、繁複華麗的丘里拉裝飾風情等，在此欣賞壁畫，建築之美與繪畫互爲輝映。

3. 文化中心（Instituto Cultura de Cabanas）

想要看歐樂斯可舉世聞名的壁畫「火人」，則要到瓜達拉哈拉文化中心，文化中心原名是卡巴那斯（Cabanas），是一家孤兒院，命名是紀念當時的主教Hospicio Cabanas。一八三〇年以來此地一直是收容孤兒的中心，最多曾經收容三千多名孤兒，直到一九八一年孤兒院遷址，此地才轉型爲文化藝術中心。

然這棟孤兒院的建築卻不可小覷，建於一八〇五年至一八一〇年，由西班牙建築師Manuel Tolsa所設計。

二十三座中庭建築分別展覽著不同的作品，其中有一室專關成歐樂斯可繪畫專區，共有百幅之多，歐樂斯可是瓜達拉哈拉的靈魂人物，一如迪亞哥・里維拉在墨西哥市的地位。

文化中心戶外雕塑是標準的戶外家具裝置概念設計產物，雕塑家具即意味著可賞可用，而文化中心也企圖走過傳統，我來到此地時正展覽著墨西哥當代藝術家的裝置展。其中以裝置在文化中心建築廣場內部的玻璃最讓人印象深刻，經過特殊訂製的玻璃箱倒映著文化中心四面的建築風景，

不自覺，
目光便會被禮拜堂圓頂上火人吸引而去

連同觀賞的人也一併倒映在玻璃鏡面內，很當代又很古代的異時空碰撞融合。

進入文化中心的禮拜堂，即很難快速移動腳程，因為會先定住目光欣賞歐樂斯可在天花板的系列連作壁畫，系列壁畫共有五十三幅，誠然是歐樂斯可的野心之作。而五十三幅壁畫核心即是圓頂的「火人」（El Hombre de Fuego），此為歐樂斯可畢生代表作之一。這幅壁畫在禮拜堂窗戶淡淡引進的光線下，赤紅色的火焰彷彿還在燃燒似的，薪火猶在，而畫家已杳。

「火人」這幅壁畫最讓人不斷提及的傑出點是觀賞此圖任何一點，都會覺得這座壁畫的火人目光盯著你瞧，火人目光隨著你的步履盯緊你的視線，這麼栩栩如生的火人目光，灼我眼目。

貳　在布拉格

卡夫卡生命與文學的永恆現場

「我什麼都忍受下來了，因此受苦成了迷人的事，而死亡——它只是生命之甜蜜裡的一種成分。」

「眞理是『心』的事，人只有透過藝術才能企及眞理。」——卡夫卡。

共黨的極權已化成資本的全面毫無性格可言，街上的人面貌一致，左派的鋼鐵鋤刀成了T恤棒球帽。中世紀古都面臨狂潮，也無可自拔地陷入爲物欲奔波的泥沼深淵。昔日學生靜坐抗議引發的不流血布拉格之春，其姿態美麗如煙花，終將快速消殞。

布拉格的人曾流下兩次淚水：一次是痛苦地迎接蘇維埃坦克攻城，一次是喜悅地進入資本時代。淚水質地相同，但流向卻不同了。

捍衛你的眞理至死，

直到眞理讓你自由。

我總是記得絲絨革命前的血腥，關於當時秉持的標語。

如今哪有捍衛眞理的存在，何況自由。

日日人車如潮。

於是導遊必得手上帶著一個清楚的標的物，好讓他的衣食父母不會跟丟。有的手裡高舉著一個布偶羊頭、有的拎著大隻熊熊、有的撐傘、有的持捷克國旗……匯爲有趣景觀，各國口音交織成喧嘩聲流。

我幾乎是帶著失望的心情重返這座當年瀰漫著夜霧愁緒的絲絨革命之城。雪才剛融，查理大橋竟已日日被人潮驚嚇。所幸起先沒有撫慰我心的布拉格最後仍安撫了我，因橋畔多了卡夫卡館。

卡夫卡的幽魂重返布拉格。在舊城區原本就有家卡夫卡館，這卡夫卡舊館（爲了說明起見，以新舊分別）展覽是傳統的（僅以平面手稿和照片呈現，雖有錄影帶，然還是靜態的），空間迷你，瀏覽一下就走完了。那爲何斥資蓋了新館還要保有舊館呢？因舊館有個無法泯去的地標意義——卡夫卡一八八三年七月三日在此誕生。

卡夫卡新舊二館正好位在查理大橋的舊城區與城堡區兩端，日日遊走新舊之間，唯獨卡夫卡有如恆星，閃爍布拉格夜空。

1. 卡夫卡舊館

穿過胡斯廣場，繞進聖尼古拉斯教堂走一圈，想像這座古老的教堂石板路是卡夫卡行走過之路，他的出生地在聖尼古拉斯教堂旁，臨Maiseiova街。他清瘦的臉孔被塑成青銅像懸掛在門口，光是那個臉孔似乎就是整座城市的靈魂核心，穿透我的瞳孔，留下一片無法言說的生命靜默。

卡夫卡的出生地故居是他父親開的店鋪所在地，卡夫卡的父親在其成長階段要他受德國教育，其故居不遠的葛茲金斯基宮即是卡夫卡受德國教育的一家優良學校。

故居舊展覽館小小的，門票僅四十五元捷克幣，以卡夫卡生平（1883-1924）爲主軸的平面介紹，放大的攝影照片如壁紙貼在牆上，巡視而過，其影像歡樂如此少，誠摯如此巨大，好像擔負了許多人的哀苦。

老老的收門票員站在櫃臺前也像雕像，進來此館者少，多是落單旅客，老收門票員只是站在那裡，兀自凹陷在自己的時光。

電視播放卡夫卡生平的錄影帶，一直在重播著。我坐在那裡看著，也把自己看成了一具雕像。

直到我站起，我看見老收門票員望了我一眼，並隱含一種讚許的目光。我知道，他可能奇怪著怎會有這樣的旅客，願意靜靜地坐在椅子上把電視上播放的卡夫卡故事一遍又一遍地觀看著吧。

2.布拉格新靈魂地標——卡夫卡新館（Franz Kafka Museum）

卡夫卡新館由巴塞隆納當代文化中心（CCCB：Centre de Cultura Contempornaia de Barcelona）集團所主導與設計，布拉格猶太銀行家Sebastian Pawlowski在一九九九年建立基金會管理，籌畫興建多年，二〇〇五年始開館。卡夫卡新館副標題：The City of K，K城。K已是卡夫卡代稱，也是布拉格偉大的象徵符號。

卡夫卡不止息凝視布拉格

（一個文學家竟就這樣地照亮了整個國家的光芒。）

較之一般美術館，卡夫卡新館不大，但卻立意與設計獨特，打破一般文學館傳統平面概念——由動態、靜態與三度立體空間交錯而成。運用科技影像、3D、裝置與平面手稿及照片等，多重視覺化地呈現卡夫卡的一生與文學作品內涵。

文學作品要立體化不容易，這得掌握文學作品精髓，我最讚嘆這座新館的設計即是掌握了卡夫卡作品的部分精髓。將卡夫卡長篇小說《審判》與《城堡》視覺化，在空間移動時，透過鳥瞰等變形鏡頭的運用，一種帶著魔幻感又有生存現實逼臨在旁，卡夫卡對生存的思考與思維核心已流洩在觀者心中。（在新館逗留頗久，觀察來者的反應，我發現旅客參觀匆匆，但若對卡夫卡作品稍有一二瞭解者則頗是讚嘆。另外跟團的旅客是不太會到此的。）

《審判》以辦公室鐵櫃裝置呈現（鐵櫃在漆暗裡看起來有點像是墓碑），在每個鐵櫃上貼有許多人名（如墓誌銘），卡夫卡和小說主人翁K都在其中。辦公室無形地緩緩折損人心，卡夫卡在其上班十四年的勞工保險局裡體會很深。

《城堡》以影片、動畫和三面貼著鏡面的空間互動，拍攝的鏡中影像和觀者身影投射鏡中的影像交疊，現在的多數（參觀者）與過去（卡夫卡的小說人物）多重臉孔互映，心理電波也在剎那互相折射，織出三稜鏡的人之眞實「生存」處境。那位被排除在村莊外的土地測量員K，他要離開或者加入他們？人生的荒謬劇上演，進入他者族群的土地測量員(不斷被陌生化、隔離化（影片以鐵絲網和火來表現，最後呈現一個宛如求道者的背影，人的臉、眼睛特寫）……影片結束，K被丟出，倉皇而逃。打出You are a stranger.（每個觀者都剎那看見自己浮沉人世的異鄉感了。）

我很喜歡關於卡夫卡一生生活和戀愛史的影像呈現，日記手稿和插圖的擺置，隨著觀者腳步移動，那些影像恍如跟著觀者眼睛走。卡夫卡一生的四個女人和卡夫卡一樣一生憂愁苦難，現在她們的身後事卻也隨著卡夫卡發光。而讓卡夫卡作品公諸於世的兩大功臣：葛斯塔夫（Gustav Janouch）和馬克斯（Max Brod）也在此隨著卡夫卡發亮。

「藝術是整個人格的事，基於這一道理，它根本上是悲劇的。」卡夫卡說。（藝術是整個人格的事，這正是台灣當代文學頗匱乏的字句啊！）

卡夫卡一生多病纏身，但他絲毫沒有懈怠地走完人生旅程。（就像他筆下的土地測量員永不放棄，他是死於飢疲的，最後城堡村莊人方接受了他，但能給他的也只剩下一床覆蓋死亡的被子。）卡夫卡生活在痛苦的熔爐裡，但他留下一種謙卑、不絕望、不斷冥思生命底層與關懷弱者的精神典範，使我們在回首時，依然見到他在燈火闌珊處的巨大靈光。

在新館裡擺放著他過世前一年（1923）拍攝的黑白照片，目光炯炯攝人心魂。

卡夫卡新館駐立著疏離的「K」

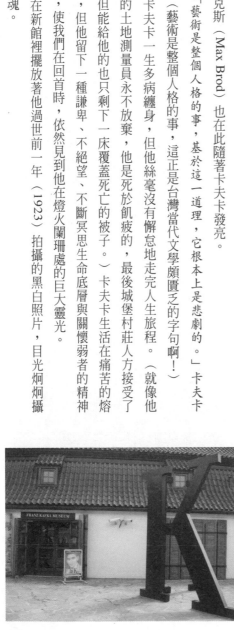

新館旁亦有間卡夫卡書店，和我最喜歡的一間當地連鎖咖啡館 EBEL，我幾乎日日報到 EBEL，咖啡是我旅行布拉格中感覺最有義式風味的好咖啡，價位也平實，館風有閒散人文的特色。

在 EBEL 或者布拉格酒吧，我才深深覺得擺脫了卡夫卡幽影。此時的閒逸與輕鬆調性，是卡夫卡沉重世界所匱乏的。

在某些時候，我想要靠近的人更多是捷克當代最好的文學家赫拉巴爾，他輕易的戲謔是淚中有笑。

沉重偶可爲之，太重會溺斃。

這時候來點藍調吧，讀讀赫拉巴爾。人孤獨卻不瘋魔，喧囂卻又有自己。在 EBEL，我很赫拉巴爾。

在舊城的清晨與午夜的馬路街燈下，我才很卡夫卡。

3. 卡夫卡黃金巷（Zlat'a Ulicka）

卡夫卡在短暫的四十一年人生裡，除了過世前兩年在柏林外，他的一生皆烙印在布拉格的舊城區。從胡斯廣場作四射狀，可抵他生活過往之地。他從法學院取得博士畢業後，強硬的父親要他去上班，他遂在勞工保險局工作了十四年，直到他發病。而我每天從落腳的舊城區查理大學教職員宿舍往查理大學市中心走，即行經他工作過的保險公司（如今已成了一家大型旅館）。

no.22 小屋，卡夫卡的孤獨之心長住

卡夫卡曾經離開舊城區來到查理大學另一端城堡區的黃金巷，我比較喜歡譯成：「煉丹士街」。煉丹士，有一種中國道家的神秘況味。

22號是卡夫卡故居，他在黃金巷落腳僅一年（1916-1917），但可能因爲黃金巷最特別，也因此成了旅人來到黃金巷憑弔卡夫卡的最著名地標。所有來布拉格旅遊的人都被導遊帶到這裡匆匆一覽，所有的導遊和遊客們像是在參觀一間模型樣品屋似的，他們也許都沒讀過卡夫卡的作品，甚至無法拼出卡夫卡的全名，但都知道這裡住過一位於今舉世聞名、在世時卻極爲孤苦的捷克作家。

在極爲矮小的房子裡高大的西方觀光客進進出出，卡夫卡故居很迷你，僅由一個房間構成，一個小得只能放得下一個爐口的廚房，窗戶很大，外面景致視野十分開闊，以至於有種錯覺：只要往窗戶一站，就會片刻忘了所處的屋子只有豆腐乾大。

現在已是家專門賣卡夫卡的書店，櫃台坐著一位看起來像是工讀生的男生，他只埋頭在書本裡，對於三不五時且七嘴八舌闖入的觀光客全然無動於衷，好像他已化身成卡夫卡K的替身，而我們就像是卡夫卡作品《城堡》裡不受歡迎的闖入者。

卡夫卡需要這個地方，並非是居於神秘或浪漫的自我移動，他對於舊城布拉格的噪音十分敏感而痛苦，他需要一個安靜的寫作之地。

卡夫卡一生的摯友馬克斯就曾形容煉丹士街的這間房子有如是「一個

眞正文學家的修道院小屋」。

卡夫卡確實過著有如修道院的生活，他吃素食，他甚至不用電器品，全年屋子開窗，有一說是因他住的房子無法取暖而加速了他的疾病。

煉丹士街原是十六世紀末期爲防守城牆的衛兵所建之宿舍，後來衛兵離去又成了金匠聚居之所，因此命名爲黃金巷。

黃金巷在我看來很不像捷克人的井然嚴肅保守性格，黃金巷有一種小巧可愛的童話氛圍，這氛圍是無心插柳的結果，原是給守衛士兵短暫過夜用，故迷你小巧，但因沿著山城坡度而建，遂房子層次產生一種趣味感。在工藝進駐後，工藝家將房子牆面漆成了許多顏色，而到了當代，觀光如此鼎盛，各式各樣特色商家入主後，也就更活潑了此地。

一場午後的雷陣雨，使我躲進了黃金巷的卡夫卡咖啡館，昏暗的古典油畫式色澤，卡夫卡插圖隨意貼放，安靜而讓人緬懷起一個文學家的深度良知。

這場大雨來得眞好，大雨把我無意中趕進這家在角落邊的卡夫卡咖啡館，把遊客趕回他們的導遊身旁。

4.認同與死亡的靈魂座標——斯特拉斯尼茲猶太新公墓

解脱是無法寫下的，只能經歷。——托爾斯泰《復活》

猶太魂碑錯落

卡夫卡的肉體一生都籠罩在肺結核病的死亡陰影下，他的靈魂則一生都被「猶太人」這個漂泊種族符號負上緊軛。

布拉格所畫猶太人建築物大都浮雕著大衛之星（Star of David），星星中間有一頂帽子，從十四世紀起，猶太男人就戴著這樣的帽子。只要進入猶太人區域，這樣的大衛之星氈帽即跳入眼簾。

我買票（參觀死者要買票）沿著動線排隊進入猶太公墓，L形公墓不大，但墓碑卻有上萬之多，而根據簡介寫著，有的是無碑之魂，統計起來魂埋此地有十萬之多。長滿綠青苔的墓碑浮面雕刻符號各有不同意涵，雕飾符號有：剪刀代表裁縫師、葡萄代表祝福和豐饒，有的則是家族符號，例如墓碑上有雙手祝禱是指死者來自柯恩家族（Cohen），雄鹿是來自Hirsch或Zvi家族。這些浮雕非常人性，手法樸拙，有點像是古代原始人之感，我非常喜歡，感覺有一種生者對往生者的懷念與祝福隱含其中，即使年代湮遠，那樣的感受卻仍在我心中升起。我緩緩地踱步一一觀看，有時猛一回首乍然看見我之後的人潮移動時，我嘴邊泛著笑——彷彿生者在看自己的未來，而死者在觀望自己的過去。生死交織，畫面壯闊，這一幕發生在布拉格的猶太公墓。

繞至公墓盡頭，迎接的是另外三棟建築：平卡斯教堂、克勞森猶太教會堂與裝飾藝術博物館，票包含這些博物館，遂進入參觀，所展覽的無非是猶太教宗教儀式的器皿與宗教和民俗服裝等。

至於我所要憑弔的卡夫卡墓則在市中心外圍。從市區搭地鐵，經幾站後，出地鐵即見到猶太新公墓聳立前方。終於可以不用買票了（布拉格處處都要買票），巨大的墓園要找卡夫卡墓並不難，因爲入口即有他的墓碑標誌。

在樹木參天下，樹影晃動的美感氛圍裡，我終於來到卡夫卡墓。蠟燭花已經有人擺上了，唯獨我擺上的是中文版與英文版的《卡夫卡傳》。「眞理是『心』的事，人只有透過藝術才能企及眞理。」我高聲讀著，在四下無人下。並心想著布拉格市中心遊客擁擠地踩踏著古城的每一塊磚，然而此地卻如此安靜，也如此地靠近卡夫卡。

離開卡夫卡墓，在市郊走著，靠近布拉格人的核心，遠離觀光商業假象。我發現老一代和中年捷克人的臉孔是如此寒傖苦澀，他們鮮少有笑容。

不太會笑的種族，我知道爲什麼，因爲每一個民族都有他自己的生活樣貌，也許捷克人就是這麼嚴肅吧。然而一旦鬆開他們的嚴肅面，他們卻又非常貼心與非常熱心，這的確是個擁有多重樣貌的老靈魂國度，有卡夫卡這樣影響二十世紀的文學巨擘，是如此地安慰我驛動的行旅之心。

用文字陪卡夫卡走一段

生命中不能承受之輕——從左派苦澀到資本繁華

生命不能承受之輕——米蘭・昆德拉曾是我讀書時期的重要文學教主，那時來到布拉格似乎成了年輕生命的一種理想奢華象徵。

改編其小說的電影「布拉格之春」在學校電影院放映，大夥走出黑暗，突然都感到一種激情。那是何等的年代，絲絨革命堂堂燃燒至天安門，中正紀念堂學運，布拉格之春帶動了世界許多年輕人的自由渴望，打開一扇窗，敲碎許多藩籬的開始。

「布拉格之春」海報還張貼在幾年就刷新一次的發亮牆壁，只是我的青春早已斑駁，有時連自己都無法指認出自己的過去幽影。

布拉格之春，成了一種波西米亞的精神象徵。

但問題是，今日的布拉格，早已非常的資本，庸俗的觀光客將這座古城的歷史快速消耗，快速抹去，僅剩下物質。

然而作爲捷克人，他們的底層是難以抹滅的。「布拉格之春」（Prague Spring International Music Festiveal）年年上演，只是愛情退位，換的是原味的音樂布拉格，這是捷克的年度音樂盛事。自一九四六年起每年五月十二日至六月二日期間，布拉格音樂祭（Prazske Jaro）也是歐洲重要音樂節，這時的人潮將更擠爆這座古城，旅客在市中心將面臨一床難求。

1. 古典音樂之都

每天在布拉格市中心行走，不斷地遇見在街角散發當週音樂節目單的人，或者行經某座教堂隨便彎進去聆聽，每一場都是古典音樂的美麗邂逅，韋瓦第、莫札特、約翰勞斯基、柴可夫斯基、貝多芬……他們的音樂像是布拉格的流行音樂，四處都聽得見天籟。

特別在莫札特歌劇院（當年莫札特曾經至此演奏而將此地改成以他名字爲紀念的歌劇院）和史麥塔納音樂博物館、魯道夫音樂廳更是夜晚如音樂精靈在開派對。

我穿梭在布拉格的許多小唱片行，梭尋捷克音樂家德弗札克（Antonin Dvorak, 1841-1904）、楊納傑克（Leos Janacek, 1854-1928）、史麥塔納（Bedricha Smetany）並稱捷克三大音樂家的CD。德弗札克被稱爲「屠夫音樂家」，因曾遭到父親反對學音樂，還把他送去當屠夫學徒。

又或者我會去教堂聽現場，布拉格教堂遍佈，獻唱者還會順便賣CD。在教堂聽免費的現場歌聲，四周是禱告的教徒，在美聲與安靜中還可順便休息。

布拉格遂因此被認爲是舉辦音樂會場次最多的城市。

莫札特歌戲院樂音不絕

2. 左派共黨博物館

離開魯道夫音樂廳和史麥塔納音樂博物館，新文藝古典藝術風格還在腦中放映畫面，若是此時走進共黨博物館，會恍然間不知要往左或右走。

左派共黨博物館記錄著布拉格走向民主的悲情之路。

一九八九年無流血的絲絨革命帶起了民主運動，也連帶牽動了北京的天安門等等事件。

但在絲絨革命之前，卻曾發生過暴烈的自焚事件。一九六九年二十歲學生巴拉赫（Jan Palach）爲了反抗蘇聯佔領自焚而死，以死明志，這民主歷程的陰影一直殘留在布拉格人的心中。他們等著伺機而動，一直到絲絨革命時就一發不可收拾，誕生了一位民選的詩人劇作家總統哈維爾，以及今天我們所見的資本主義徹底化的捷克。

絲絨，沒有暴力的柔軟革命。

在共黨博物館的視聽室，不斷放映著布拉格走上民主的歷程紀錄片，紀錄片分三段：羞恥時光、沉默時光、希望時光。

影片結尾，捷克著名歌手Karel Kryl不斷反覆唱著：Dekuji！（謝謝你）。

Dekuji！Dekuji！得可也！得可也！（謝謝！謝謝！）

共黨博物館展示的是一種集體生活的常民史，從奶粉到工廠，從尿布

絲絨革命引領捷克走向民主

到軍事，捷克的近代共黨歷史在其中黯淡著。

「布拉格之春」這句自由宣言在一九六八年就已經飄飛在城市上空，但華沙公約的坦克軍隊仍強行開進捷克，上百名示威者在軍隊進入布拉格時被擊斃，春天口號才剛響起，寒冬卻早已入侵，傷害自此難以抹滅。

在博物館裡的黑白照片張張記錄「理想」的升起與沉淪，人性的貪婪與佔有所佈下的屠殺血跡。

然而今日的共黨歷史也徹底被資本化了，所有的一切就如同米蘭・昆德拉所寫的小說《玩笑》，沒有永遠的敵人，也沒有永遠的朋友。於是共黨歷史現在當然也要被消費一番，所有的T恤都印上紅星，史達林、毛澤東肖像也是賣點，迷彩裝成為新一代最喜歡的色彩了。

戰爭成為遙遠的想像名詞。

3. 溫瑟拉斯廣場

學生巴拉赫自焚於溫瑟拉斯廣場，地點就在廣場上宏偉的聖溫瑟拉斯騎馬雕像下，在每一年紀念民主絲絨革命（十一月十七日）時還有人會記得這件事而在雕像下放置了花束蠟燭等。

當然除了這一天外，溫瑟拉斯廣場上的人潮沒有人會記得這件悲情往事。廣場大道四周都是商店、餐廳和旅館，是布拉格重要的商業中心。廣場在中世紀是一座馬市，現在所見的廣場建築多是二十世紀初重新規劃後

如今布拉格已宣告自由之春來到

所建的，當時的建築充斥著裝飾形式，建築表面飾有浮雕，往拱廊走可通往另一座區塊，商店俱樂部電影院等林立。

溫瑟拉斯廣場盡頭是布拉格國家博物館，這棟氣派雄偉古典的建築，完全和巴拉赫自焚的現代悲情感毫無半點可以聯想之處。非凡軒昂的階梯與巨大古典雕像標誌的是捷克人懷念作爲過去歐洲中心的榮光象徵。國家博物館完成於一八九〇年（那時文學家卡夫卡才七歲）。

荒謬的是左派最要打倒的正是這種皇權的核心，而任何一座雄偉的建築或是收藏品在當年都是皇室昭告天下的施政之一。

4. 波西米亞沙龍文藝時代

共黨解體，整個捷克人民一方面慶賀自由民主的來臨，一方面也面臨市場競爭化的陣痛期。

沒有加入歐盟的捷克，斯洛伐克也獨立了，整個捷克的氛圍在資本主義下我感覺它的內裡仍非常的古老，封閉，拘謹。

這在捷克近代重要的小說家赫拉巴爾的小說《過於喧囂的孤獨》裡有非常滲透且荒謬嘲笑地寫到共黨生活種種，在會心一笑裡，又感到十分悲涼，這是捷克人的本質。

然不管如何，堂堂地進入消費時代早已勢不可擋，沙龍和畫廊以及工藝品店擠滿了觀光客。

捷克確實有很不錯的手工藝，玻璃水晶、珠寶首飾、木偶（十六世紀木偶戲就已是捷克人最受歡迎民間娛樂活動）、木製玩具等。其中被稱爲波西米亞水晶的工藝品幾乎是轉個彎就看見，四處飄揚著「Blue Praha」藍色布拉格的水晶連鎖店旗幟與招牌。香水瓶、花瓶、燭台、器皿、宗教儀式用具、杯杯盤盤……，精美的水晶玻璃片起先是用來鑲嵌教堂玻璃窗，從十六世紀中葉至十七世紀初，捷克的水晶玻璃技術融入拉絲技巧、刻繪花紋、將切割寶石技術運用至水晶玻璃，使得成品更加耀眼。後來並吸收了義大利的精緻風格，而有了更穩固的發展。

從十八世紀水晶玻璃製品就已是捷克的象徵工藝品，直到現在有增無減，觀光化把這項工藝更趨近於相似性，看久了會疲乏。

布拉格對推動藝術活動不遺餘力，在市中心有一條畫廊街，展滿了現代繪畫與雕塑。整個布拉格有上百家畫廊與展覽館，使得布拉格處處上演遇見美麗的戲碼。

在許多古老建築裡，布拉格文化部也不斷地將之改成現代展覽場，像是位在胡斯廣場旁的觀光地標「天文鐘」的建築大廳一樓已經闢爲展覽館，二樓則是提供婚禮宴會用，布拉格政府還眞是懂得「藝術」加「消費」。我至此時展覽館正好展出三〇年代至共黨解體前的各國生活，影像質樸卻很有力道，誠然「生活」是寫實主義者的細節核心。

在廣場上展著歐洲雕塑家作品，主題以「人」的一項展覽頗爲獨特，

剔透的水晶器皿輝映櫥窗

在各種現代臉孔身材膚色的雕像裡，背景是古老的建築與教堂，而觀光客穿梭其中，更顯得眞眞假假，「人」恆是一座城市人文的核心，「人」也是觀光化最主要的吸引對象。捷克自然也走到了這一地步，於是小小的布拉格，日日「人」滿爲患，人來了又走了，踩踏了此地的每一塊磚，然後買了捷克的工藝紀念品回到出發的原鄉。觀光化究竟是粗糙的、短暫的，這是事實也是現實。

觀看人生，亦是風景

遊走在布拉格的建築群

河流、橋樑交織成一座城市的命脈與關係美麗與否，布拉格正是如此。

被捷克小說家和藝術家不斷描摹書寫過的維爾塔瓦河（Vltava）逝水如斯，隨四季變化的河水，它啓迪了歷來創作者的靈感外，也是讓古城布拉格恆久美麗的主因。

晨昏時光，往查理大橋一站，河水湍急或平靜，兩岸盡收眼底，讓人讚嘆不已。

查理大橋可說是讓布拉格造景壯闊明麗的功臣。我來到布拉格時，北國的雪才剛融，一路從北歐狂瀉而下的雪水流進東歐和布拉格，河水幾乎漫過了堤岸。一個月後，河水漸被吸納稀釋，走向平靜。初春河水即開始蕩遊著蒸汽船、舢舨船，穿著水手制服的打工者在橋上散發遊船廣告單，入晚，穿水手服的打工者躲在橋墩某處換下水手服，端然就拎著水手服行過我身，有種視覺的趣味。

1. 查理大橋

橋上的雕像在夕照剪影下都像是凝視遠方正在思索的詩哲。

河岸旁的史麥塔納音樂博物館上的典雅石膏刮畫花紋在夕照下，展現金黃的色澤，加上河面潮水拍岸，彷彿會滲透出音符的錯覺。我最愛坐在河岸咖啡館，放任思緒，什麼都想，也什麼都不想。

這座橋樑當年設計時思索的是可以同時容納四輛馬車並行，現在車子禁行，唯獨人潮可以遊走。橋上滿滿的攤位，或爲遊人現場畫圖，或是販賣手工藝品等，其中以街頭音樂藝人最受青睞。查理大橋在查理四世時修建，已迄六百多年，老橋部分也在維修階段。

長達五百二十公尺，橋上有三十座大雕像，雕像和天主宗教有關，歌頌聖者爲主要主題。這些雕塑是複製品，原作被收藏在國家博物館裡。

橋兩端的橋塔原是作爲軍事防禦，如今卻是遊人眺望布拉格的最佳地點。在窄仄樓梯爬，氣喘吁吁。登頂才覺得眞是值得啊，在狹窄的頂端鳥瞰古城，視野改變了心境。

橋連接布拉格的舊城與城堡區、小區。河旁的旅館餐館遍佈，是最高檔區。

穿過橋塔，等紅綠燈的人潮車陣洶湧或可說是近代布拉格的奇特景觀。

入舊城區，走到暗巷曲徑，才能有片刻寧靜。

著名的查理街，是舊城通往查理大橋的主要通道，窄窄的石板路，商店之多，目不暇給，觀光客和乞討者畫面並置，有時也讓我片刻有種嘔吐

橋上雕像注視過往行人已數個世紀

感，會暗自想著：若不如此大舉地走向觀光化，布拉格或許會比較好吧。

2. 舊城地標——舊城區天文鐘（Orloj）

舊城區的參觀者一團一團地聚著，相機不斷地喀喀喀。

尤其是天文鐘下永遠都有一團人頭仰望著凝視鐘面。我當然也在其中望著這被稱爲曠世巨作的鐘面。

市政廳在十五世紀初期即安置了這座大鐘，一四九〇年由製鐘大師漢努斯（Hanus）重修。這口大鐘由三個部分組成，底層是月曆，中間是時鐘，以及耶穌門徒等。鐘完成後，卻也是漢努斯厄運的開始，當時的執政者唯恐漢努斯再爲別人製作相仿的傑作，遂找人弄瞎了他的雙眼。這故事讓我聽了不寒而慄，美的極致盡頭竟然是殘暴。

鐘面意涵，任何旅遊書都會提到，比如兩旁的四尊小塑像，分別是骷髏代表死亡、搖頭晃腦的是土耳其人、持鏡者代表虛榮、猶太人表貪婪（中古時期猶太人是放高利貸的貸主，由此刻板印象而來）。

一團團的觀光客在鐘面下駐足不散還有個原因是：等待整點報時。鐘面頂端的兩扇小窗會打開，耶穌十二門徒在聖保羅的引導下慢慢移動，最後在雞鳴與鐘響時，小窗再度闔上。

這麼大的鐘面，卻又如此細緻，確實是一項傑作。我站在鐘下，總是不斷地想起因傑作卻惹來眼盲之禍的漢努斯。

這世間有很多時候，藝術傑作常和藝術家的生命反著走。像是捷克國民音樂家史麥塔納寫出膾炙人口六首樂曲組成的交響樂〈我的祖國〉時，他早已失聰，創作者無法聆聽自己的音樂，這是帶著一種生命荒謬感的基調。

3. 查理大學一帶和火藥塔、艾斯特劇院等

下了查理橋，過了查理街，端然又是天文鐘再現。

胡斯廣場滿滿的攤販人潮，把自焚而死的悲情殉難者胡斯雕像給模糊了身影。

查理大學坐落在舊城觀光鬧區裡，有時走著走著就突然看見學生在上課，整座大學的建築就錯落在布拉格市中心各地。

查理大學建於十四世紀，是中歐最悠久的大學，建築年代久遠故有可觀之處，其中和艾斯特劇院緊鄰的建築有著非常獨特的哥德式凸窗造型，這座華麗繁複的凸窗是查理大學現存最古老的建築。

查理大學周邊小型書店很多，有些書店也很東方，販賣很多關於東方醫學和宗教的書籍。一路穿過查理大學，會看見一座高塔爲火藥塔。這座火藥塔也是舊城地標之一，我通常以此爲方位，就不會迷路了。

火藥塔建於十五世紀，和查理大橋兩端的高塔造型相似，二者建造的藍圖相同。

穿過火藥塔即可見到布拉格市政廳的圓拱形屋頂，市政廳牆面有著典

廣場是街頭表演者之舞台

型的新藝術風格裝飾與馬賽克。市政廳的壁畫，是我第一次造訪布拉格最先映入眼簾的畫面。

建於十八世紀的艾斯特劇院外有莫札特作〈安魂曲〉時的最後肖像，這座劇院以演出莫札特歌劇爲主，是莫札特樂迷看歌劇的聖地。莫札特製作「唐・喬凡尼」歌劇時，他親臨此地，且也是歐洲當時的首演，也因此造就了艾斯特劇院於今重要的地位。著名的電影「阿瑪迪斯」即是以此爲主要拍攝場景。

4.小區和康帕島

查理大橋舊城區之另一端是城堡區和小區。

電車遊走其中，噹噹噹走下捷克當地人。他們推開一座大門，裡面千百戶人家，才是他們生活的實景，那是旅客看不到的世界。我常在想，他們推開自家門迎面就是龐大的異鄉客遊走在他們生活的場域時，眞不知他們怎麼想？寧靜生活之不可重返，或者連自己也忘了究竟是異鄉客還是原鄉人了。

在走入城堡區前，我會先繞去河左岸的小區走走。布拉格小區可說是我最喜歡的區域，它沒有右岸舊城區的喧鬧，也不若城堡區的氣勢，但卻有避世之幽幽情調，是可稍稍避開人群又可眺望河水的絕佳之處。

小區的許多巷弄集結畫廊和書店，在小區也有一座不大的廣場，環繞

廣場四周有市政廳、捷克國會、花園、音樂廳、各國領事館等等。小區的畫廊比較純粹，不若舊城區的商業化，有時會發現不錯的展覽。

每一棟房子都古典精巧，在小區閒走，才忽然感到今天的布拉格仍有些寧靜的美麗啊。

布拉格石柱旁有中世紀教堂，拱廊式騎樓可遮蔭，這類拱廊式建築在空間上有挑高視覺感，增厚了古城的時間縱深。

其中緊鄰小區的康帕島（Kampa）頗有威尼斯的迷你翻版，康帕島並非眞的島，和小區其實相連，但它突出於河岸，和小區隔著一條卻爾托夫（Certovka）小溪，拱形的小橋流水頗有中國景致氛圍。島上的飯店都頗頂級，悠閒的河岸咖啡館是康帕島吸引我常光臨之因。

其中又有公園和遊艇碼頭。

有時買個三明治坐在河邊看舟楫來去，畫舫美景，安慰我心。

5. 建築上的徽飾與壁畫

布拉格建築有個特色就是在許多屋子的門楣上有著特別意涵的浮雕和徽飾。這類徽飾以舊城區和小區建築最常見到。

細細觀賞，有動物、鳥禽或者物品和人物肖像等造型，皇冠造型的可知以前是貴族，以人物造型的多是紀念此人。

但最常見的是「三支小提琴」、「三隻鴕鳥」、「金蛇」、「獨角獸」、

「雙熊」、「太陽」等，之所以會產生徽飾，據說是因爲當時戶政尚未施行周全，爲了辨識不同的屋子所住爲何人，以此加以辨別。因此有些圖案是和屋主的職業有關，好比是三隻鴕鳥代表的是屋主以販賣鴕鳥羽毛發財等等有關的象徵。

位於切里特納街（Celetna St.）的「黑太陽之屋」，展現巴洛克風格的徽飾，把整條街的古典風華都牽動了起來。

被稱爲「兩隻金熊之屋」的房子有兩隻熊對望，華麗建築也是波西米亞的富商所有，這些徽飾有的已經消失在建築的表面了。一七七〇年後，房屋的編號改以阿拉伯數字來標明，遂使得這類門楣上的徽飾成了絕響。

受歐洲彼時的流行影響，建築牆面也常見繪有濕壁畫風格。我日日行走布拉格，最常見到斯托奇之屋（Storch House）牆壁上十九世紀阿列斯（Mikulas Ales）的精緻牆飾畫，繪畫以聖溫塞斯拉斯的騎馬英姿爲題材，這棟建築又被稱爲「石聖母之屋」，淡褐色顏料畫在牆壁上，華麗的新文藝復興風格流洩，帶有夢幻騎士的浪漫派精神，在陽光下隱隱地亮光灼灼。

卡夫卡曾讀過書的葛茲金斯基宮（Palace Golz-Kinskych），伯西（C.G. Bossi）爲這棟舊城廣場醒目的地標洛可可式建築的正面繪製了精細巧奪的灰泥裝飾，幾乎是每個遊人仰頭瞻望的建築景觀之一了。

6. 城堡區

各建築門楣上的徽飾，十足巴洛克

下查理大橋通過橋塔，筆直的聶魯達街（Nerudova Ulice）在前，此街是紀念詩人聶魯達而以此命名（和智利詩人聶魯達不同人），從聶魯達街往山坡走，即可抵宮殿城堡。

城堡區沿山而立，西元九世紀即是布拉格城市的發展起點。城堡區位在山坡的高處，皇宮、教堂、博物館等等政府單位在此，山坡旁有守護的城牆，很有君臨天下的氣勢。

城堡區建築風格多樣，哥德式的華麗教堂、文藝復興建築以及巴洛克風格、新古典形式等等皆備，有人遂稱此區爲布拉格的建築博物館。

布拉格城堡畫廊、火藥塔、聖喬治女修道院、達利波塔、皇宮、洛克維茲宮、聖維徒斯大教堂……，每一棟建築物的外表和展覽內部都不是一天就可以遍覽，有時看久了也頗感疲憊。這不禁讓我又想起卡夫卡的長篇小說《城堡》，囚禁人心的村莊與建築，人渴望的救贖與解脫。

城堡區也是到處集結著工藝品店和餐館等，城堡區常常是來到布拉格短暫旅客之最後一站，因此也有許多人不斷地採買著紀念品。

這似乎是時勢所趨，藝術加消費，布拉格無可免俗地走上了這條不歸路了。

我雖樂見繁榮，但更多時候我卻常闔上目光，關上耳朵。

讓想像帶回我來到十多年前的布拉格，夜霧瀰漫的寧靜之城。

城堡區如童話場景

參 在挪威

挪威森林——Norwegian Wood，村上春樹的青春哀愁

在挪威，最讓我緬懷的是一個畫面，我坐在候機室裡等待，忽然看見大片玻璃窗逐漸降落的機翼上凝結著黑白肖像。

映入眼簾的是當地文學家身影，除了易卜生外，還有另三位獲頒諾貝爾獎的文學家肖像。挪威航空機翼採用作家肖像作爲整個國度的靈魂之光，此景讓我動容。

除美術外，我還四處看易卜生的戲劇演出。在他的寫作公寓眺望奧斯陸街景，看著叮叮咚咚的電車往來，深覺「人性」是藝術家永恆的描摹之所。

1. 戲劇之王：易卜生

二〇〇六年是挪威的易卜生年（The Year of Ibsen），時逢易卜生逝世百年祭，挪威政府端出這盤文學饗宴來宴請四方來客。挪威外交部將易卜生的十二部劇作評論譯成二十幾國文字，用易卜生來進行外交，免費送給邦交諸國，當然也包括中文（簡體字版），遊客也可在該國各地文化中心和書店及觀光局等地免費索取。文學家讓整個國家發光發亮的事實又再次說明了文學藝術的重要。（爲何我們的政府文化政策老是視而不見？文學翻譯

是項何等重要的事務啊！）

亨利・易卜生（Henrik Ibsen, 1828 -1906）是目前世界居莎翁之後作品上演次數最多的劇作家。挪威一直認爲自己是個邊陲之國，人口僅四百萬的挪威因此特別重視文化藝術。

奧斯陸國家戲劇院每日上演易卜生劇，許多國家（尤其是歐美）也同步上演，易卜生的故居重新整修開放，他當年所用的書桌等物品依然擺在原地，我繞到他的故居陽台，遙想易卜生在此眺望，心想這間公寓的視野眞好啊。然後一返屋內，卻又掉入歐洲老式公寓的昏黃色澤，壁紙、歐風古典家具、窗簾油畫……彷彿易卜生靈魂重返人間。

他還在人間，沒錯！

許多人都在他曾經駐足停留之地繼續重現著文學家的丰采，許多人仍捧著他的劇作演著讀著，爲此他仍活著。

易卜生當年也是嗜咖啡，雖比法國五萬杯咖啡作家巴爾札克喝得少些，但易卜生也是天天至咖啡館報到。易卜生走出他的公寓，然後一路行經奧斯陸法學院大學，在法學院建築牆面有口大鐘，這口大鐘在易卜生年代就有，易卜生當時去咖啡館的途中，他每天都會在這口鐘下停駐片刻，他舉起腕上的錶對時，抬眼望鐘一眼，然後又低下看錶一眼，鐘的時間沒變，他的錶時間也沒變。但他就是每一天都會停下來對時，這個習慣一直都沒變。

街道旁易卜生戲劇海報佔據路人視線

於今走在此地要分辨旅客還是當地人，可以分辨出抬頭看鐘一眼的反而是慕名而來的外地人，當地人反而不太抬頭看鐘一眼了。

2. Grand hotel 咖啡館

從那口鐘面，往市中心直走，就會遇見奧斯陸最典雅的五星級飯店Grand hotel，Grand飯店的一樓咖啡館，歐洲風味十足，典雅吊燈，老式服務生端著咖啡來去，其中有個角落即是易卜生當年日日品咖啡看路人之處，現在這個角落玻璃外標誌著「易卜生在此」的字被易卜生戲劇海報遮住了。然而當午後雪國的陽光現身，投射在玻璃時，海報折射出迷人的氛圍，戲劇氛圍呼之而出，倒也像是留著一臉白鬍子、一頭亂捲髮的易卜生再現。

天氣好時，咖啡館座位都擺在露天騎樓，易卜生最愛在此觀察路人百態，我也在此觀察路人百態，百態裡有人性，供諸筆墨描摹，供諸舞台靈活靈現人生。

在這家咖啡館閒坐時，我方明瞭易卜生何以會寫舞台劇，因爲這眼前來去的路人簡直就是演員，而城市背景則成了舞台布幕。

除了Grand飯店咖啡館是易卜生日常去的最愛咖啡館外，在市中心還有家當地人最愛的戲劇咖啡館（Theater cafeen），這家咖啡館其實是餐館，頗昂貴，是挪威宴請重要人士的場所。咖啡館藉易卜生發光，老派歐式氣派咖啡館確實是凝結著易卜生的戲劇氛圍，走進這間戲劇咖啡館就好像走

Grand 咖啡館，易卜生在此

進一個舞台宴會。

易卜生當年也常至此和朋友用餐。一個人時他去Grand咖啡館，有朋友時他來此。

從戲劇咖啡館往前走即可至國家戲劇院，滿牆都是易卜生年度戲劇公演節目單和海報，在街上端然就見到舞台演員化著妝還穿著戲服錯身而過。

我最喜歡易卜生的戲劇是「群鬼」、「玩偶之家」、「當我們死人醒來時」，娜拉在「玩偶之家」被易卜生創造出來，成了他筆下最著名的女主角。「群鬼」則是易卜生舞台劇裡情緒最緊湊的，在當時也是前衛的。「當我們死人醒來時」可以當作是易卜生一長串舞台劇和其畢生筆耕不輟的生涯收場、總結，一個句點。有劇評家認爲「當我們死人醒來時」是易卜生對自己傷口和一生辛酸回憶的回首。

在易卜生常坐的咖啡館，我讀著：「我偏要，我非要不可！一個發自靈魂深處的聲音在主宰著我，我只得唯命是從。力氣我有得是，勇氣更不在話下，爲此生更崇高的目標而奮發吧。」

追求更崇高的夢幻，文學戲劇家一生的夢幻賦予了角色魯貝克——這個選擇藝術高於生命並且最終了結在風雪、深淵和死亡之中的他。

難怪，易卜生在當年的挪威，可以說是個奇葩啊。他的獨特與行徑，也展現在他日日行經對時的看鐘下以及凝結他昔日身影的美麗咖啡館的午

葛利格透過玻璃窗看故鄉卑爾根

後光影中。

接著有幾名未卸妝走下舞台的演員行經而過，我一時又目眩神迷了起來。

3. 挪威最偉大的國民音樂家：愛德華．葛利格

挪威最著名的音樂家愛德華．葛利格（Edward Grieg），他有挪威國民音樂家之稱。他的故居位在卑爾根，風景優美至讓人難忘，心想何等之幸啊。於今在葛利格的故居旁蓋有一間展示葛利格一生的博物館，以輸出的放大照片爲佈置主調，玻璃窗內展示他的音樂手稿及書信，包括易卜生寫給他的信等。

博物館不大，但設計良好，利用玻璃引進窗外的湖光山色，同時可以沿著博物館動線拜訪葛利格的故居，及他靠海岸的音樂小屋。

葛利格曾經在年輕時長居歐洲巴黎等地，中年返鄉，從挪威峽灣一路旅行回他出生的家鄉卑爾根，在峽灣壯闊的美景中萌生自此要長居故土，且要製作出代表挪威國族性情與山川美景的音樂，因此他後來被稱爲挪威的國民音樂家，他擅長的鋼琴曲，幾乎挪威的每個人家都有CD，在挪威到處都可以聽見葛利格的音樂飄揚，時而優美時而壯闊，讓人的耳膜眞是擁有免費的饗宴，連坐巴士或者搭船，都還播放著呢。

葛利格是除易卜生和孟克之外，挪威人的最大榮光。

卑爾根博物館內雕塑

4.拜訪奧斯陸畫家工作室

挪威政府對於藝術家是「特殊」照顧的，在奧斯陸的聖喬治街（St. Georges）一帶有三十幾間改裝成高挑天花板的藝術家工作室，只要持續創作且有不錯的展覽成績都可以申請且幾乎終生可以住在其中，雖然需要租金，但在昂貴的奧斯陸卻是異常的便宜，大約三百美金可以住到獨棟的高挑大工作室，且附近環境舒適，風光美好。

我拜訪了其中一間來自波蘭移民的工作室，丹尼洛（Danilo Ivanovic）畫家是波蘭人，當年爲了逃離共黨來到了挪威，拿作品四處拜訪奧斯陸的畫廊，獲得了展出，受到認可，因此獲准以藝術家身分留下，之後他每一年交出成績單，並在奧斯陸大學和奧斯陸藝術學院等校兼課教畫，歷經七年，終於獲得了挪威公民的身分。

丹尼洛的童年極苦，成長之後歷經國族的動亂，他逃亡。他也曾在巴黎紐約等地習畫多年，但最後他選擇居住挪威，他說再也沒有比挪威更照顧藝術家的國度了。

在這樣昂貴物價之地你可以生活？我問。他說，奧斯陸當然比任何城市都貴，但相對的他的獲得及所賣的畫價高，而且他深愛奧斯陸的夏天與冬天是如此的兩極，那種春夏百花齊放與秋冬的凋零，兩極之感帶給他很大的觸動。

丹尼洛擅長裸女畫

窗外冬季的黑白，我心寫照

丹尼洛的工作室環境極好，雖然不是很舒適美麗，但對於創作者而言卻是絕佳場所。大而高的工作室，放下顏料畫具，一走出門就是林間小徑，可以供心靈的調適。

另外我還拜訪了位在奥斯陸城市隔海對岸的另一端小島 Nesoddtangen，這島的藝術家工作室和奥斯陸的聖喬治區不同，藝術家工作室是散居各地，且多靠海。藝術家的工作室也是挑高天花板，以玻璃天光引進自然光線，擁有絕佳的天然環境。

此外，這島的藝術家喜歡自己買地蓋工作室，政府也是將這些山林之地以低廉之價賣給終生從事創作的藝術工作者，讓他們擁有生活的某些安定感，從而好好創作。

每一年這兩地的藝術家工作室也會在一段時間開放給外人參觀，甚至許多畫廊和收藏家都趁此發掘具潛力的藝術家，邀請至奥斯陸城市畫廊展出。奥斯陸的畫廊不少，規模都不大，但都很照顧藝術家，這種畫家與畫商建立良好的合作模式，長期觀察栽培潛質藝術家，更是讓人羨慕。

我看過那些靠海的高挑有玻璃天花板的藝術家工作室後，我連做夢都希望自己也有這樣的工作室呢。

或許，這也是我們可以參考之處，畢竟藝術家的作品將來是一個國家的資產，而挪威從文學到音樂，從雕塑到美術，在在展現了這個北歐最邊陲的小島為何居於舉足輕重的地位了。

漫步奧斯陸　徜徉雕塑之美

奧斯陸（Oslo）雖貴爲挪威首都卻是氛圍恍若小城之閒逸，沒有慣見的都會忙碌氣息，且還散逸著港口的流浪氣質。

城市裡的房子分佈不緊密，行於其中遂有種錯覺以爲這座城市很大，實則此城不大，人口也僅三十萬（想想不就我們的永和人口而已，把永和人口依比例尺分散到奧斯陸，就可以想像人生活在這樣的都會，所享受的空間了）。

挪威人似乎隨時都可以和陌生人交談個幾句，要是遇上朋友，那更是得好好說個話。或許因爲空間建築坐落的地理疏離，於是人們見面總渴望交談，即使只是閒扯。

受限於空間的疏離，人們在心靈空間上渴望靠近。

挪威人是既柔軟又剛強，既疏離又近距離，愛欲纏繞卻又嚮往如山川大地的氣派。這樣的性格恰巧表現在藝術的兩極，疏離性格以畫家孟克爲代表，靠近的熱情則以雕塑家維格蘭爲具體展現。

奧斯陸以渡輪、地鐵和電車、巴士、計程車構成當地的公共交通工具，計程車相當昂貴，除非很趕（或外國人）否則當地人少搭乘。搭渡輪或是電車或巴士，最可賞奧斯陸市容，北歐典型小巧的建築盡收眼簾。

奧斯陸行動表演者

峽灣是挪威典型地理景觀，奧斯陸也被峽灣切割，搭渡輪是許多人進城和遊賞諸地的方式。我在挪威生活的兩個月裡，住在與奧斯陸相對的小島，進首都是天天搭渡輪。渡輪下站之地醒目地標是諾貝爾和平獎建築，以及市政廳，這一地帶是奧斯陸市中心，沿海成排雕塑林立，臨港口的市政廳是政治集會地，此建築也是奧斯陸歷史與公共藝術美學的縮影。

1. 市政廳壁畫

一下港口即迎見這棟看起來極爲內斂，帶著古典氣息的建築。市政廳建築的美是表現在內部及細部上，要入寶山才得見。裡面除了有旅遊廳爲訪客服務外，也有一座大型畫廊和音樂展演廳。

二十世紀初，這棟建築歷經十二年的規劃，共花上二十年的時光打造，在一九三〇年完成。壯觀的室內設計由數十位挪威重要藝術家合作完成。入口大廳以及六座廳廊全畫滿了壁畫，壁畫以主題故事爲主，內容述說著挪威人的文化歷史，帶著神話故事色彩。

每年數百項重要會議和晚宴在市政廳舉行，大理石的潔亮精緻與落地窗的典雅木框結合，壁畫吸引目光。這些壁畫的神話故事裡，其中又以奧斯陸市徽聖人哈瓦爾（Hallvard）爲主體表現，幾乎在市政廳的許多角落都可見其蹤影。壁畫述說的傳說是，哈瓦爾爲了搶救一位遭壞人綁架的女人，他帶著她準備渡河至峽灣對岸，不料卻被壞人追上，哈瓦爾中箭而亡。壞人將他綁在大石上，推入海底。然而幾天後，哈瓦爾的屍體卻浮出了水面，完好無缺。當地居民見了甚是驚訝，紛紛奉他爲聖人。並且將那一天（五月十五日）定爲哈瓦爾紀念日，這一天又被稱爲奧斯陸日。

我非常喜歡市政廳所屬的畫廊，簡單明亮寬敞，每月換檔，由市政府出資經營，但策展本身則具獨立精神。

我停留其中正好遇見攝影展，挪威攝影家多人在非洲拍攝的攝影展，畫面結構氣勢恢弘，表現的內容卻極爲溫暖。挪威當代藝術家崛起，介入許多公共議題，在藝術上則充分展現自己的自由度與關懷世界的傳統精神。

2. 維格蘭露天雕塑公園與博物館

維格蘭（Gustav Vigeland, 1869-1943）是挪威最重要的雕塑家，幾乎到奧斯陸者無不造訪這座公園。

這座公園在設園之初即全由維格蘭的作品貫穿其中，從大門入口的鐵雕開始，一直到公園的盡頭，維格蘭展現畢生精力於此。

當年奧斯陸爲了讓維格蘭能夠專心爲維格蘭公園進行雕塑創作，在公園旁蓋了一座工作室送給維格蘭，唯一的條件是維格蘭過世後必須將所有的作品和這間工作室送給市政府（很聰明的方式，雕塑藝術家有空間有資金創作，而市政府坐收其藝術文化財產）。

這間工作室就是現在我們看的博物館。

而維格蘭受政府之邀所進行的創作則全表現在露天公園，這座公園是

維格蘭露天雕塑公園述說著人的愛欲悲歡

雕塑家畢生心血的凝結地，也是他生命最後美麗的燦爛時光。

從我下渡輪的港口處，搭電車到公園僅十來分鐘（在奧斯陸遊走，覺得每個地方距離都不太大）。

公園佔地約三十二萬平方公尺，當時維格蘭所定的雕塑主題是親民的，他以「人生」爲母題，不斷從「人生」這個母題去擴散演變各種小子題，既壯闊又細膩。

「人生」不外生老病死、愛恨情仇、悲歡離合、喜怒哀樂……，所有的人生盡在維格蘭的花崗岩雕塑與青銅雕塑裡。

散步在這座公園，當地人是在公園遛狗，旅客是不斷拍照，小孩則不斷企圖攀爬至雕塑上。公園裡的巨型雕塑組共二百一十二件，其中有六百多具大小不一的雕像，其中裸體小孩露出的小雞雞，或者又哭又笑的各種表情最讓人會心一笑。

進入公園首先穿過維格蘭的鏤空鐵雕大門，接著是走過維格蘭兩邊的咖啡館和餐廳，沿著中間兩排高大的樹進入一座橋。這座橋的兩端立著維格蘭的青銅雕塑作品，十分吸引遊者目光。雕塑下的湖水四季風光絕美，襯著雕塑更具活潑的生命力。

公園約分四大區塊：大門廣場、大橋兩岸、噴泉區、人生巨柱。從橋一路走至壯觀的噴泉區，噴泉區是一九〇〇年維格蘭向市政府提出製作噴泉群像的計畫，維格蘭不斷增衍擴大其作品，爲此市政府還頗傷腦筋，最

後還是讓他擴增地盤，將此噴泉群像納入公園範疇。

3. 噴泉與人生巨柱

噴泉作品是由六個巨人分頭扛著，據維格蘭的創作原意是此六人「扛」的分別代表人生各個時期的不同「負擔」，而從巨人所扛的平台流溢而出的「噴泉」則象徵人生在扛起負擔後所凝結的「甜美豐饒」象徵。

噴泉四周以人和樹交纏的畫面爲形體，底部以浮雕展現。不論雕塑或浮雕，仍以人生歷程爲故事主題。

行過噴泉區後，進入公園末端的「人生柱」。

「人生柱」也恰好在公園的最高處，這個作品表露了維格蘭「巨人」般的人格特質，他的雄心壯志也藉此作品發揮無遺。

「人生柱」高十四公尺，這麼巨大的作品可不是靠拼貼，而是由一整塊巨大的花崗岩所雕鑿出來，這個作品由三個石匠根據維格蘭的模型打造，共花了十五年的時間才完成。整個巨柱雕滿了一百二十一個人體，人生百態盡現於斯，人們由下攀爬而上，彷彿有一股向上提升的力量在呼喚吸引著這群人，有的扭曲掙扎狀，一種求生的意志從作品裡深深流洩而出。

讓人看了嘆爲觀止。在觀看此作品時，也可以感覺到這件維格蘭作品應是受到埃及柱的啓發，一柱擎天的力道，呈現在露天公園，帶有一種讓人不得不停下觀賞的氣勢。

充滿壯美感的人生巨柱

4. 維格蘭雕塑博物館

雕塑公園和博物館完全給我不同的感受，具體來說這間博物館是維格蘭當年的工作室，所以很吸引我的特質是彷彿雕塑家還活著，尤其走到他的許多未完成品石膏模型空間更有一種招魂力量。

奇的是遊客很少走進這間博物館，除了可能需要買票外，有個原因是博物館的美感純粹性比較不大眾化，來博物館者大都是對維格蘭作品想要進一步瞭解者。

維格蘭博物館裡的作品等於是雕塑公園作品的原型，這些縮小版的原型才是雕塑家用手捏塑出來之作，而公園都是由工人根據他的模型所完成的。因此博物館的藝術家特色更明顯，更寧靜。我試圖還原維格蘭當年在此偌大的工作室孤獨工作的身影，那些潛藏的力道於是就悄悄在暗處發光。

我一直喜歡由工作室或是藝術家故居保留成的美術館（像巴黎的羅丹美術館），因爲在那樣的空間走動，幾乎可以目觸藝術家生前的創作模樣與思考身影，好像我的呼吸裡殘存著藝術家的氣息。

來維格蘭公園，一定得進入維格蘭博物館，如此才能進入作品寧靜的核心。

來奧斯陸，一定得觀看維格蘭的作品，我認爲這裡是挪威這個邊陲國家展現其藝術性格最氣派的美好之地。

館内陳列「噴泉」的原型

維京人文物與海洋王國精神

曾經維京人是一個蠻力之族，鯨魚王國，維京人善造船，也一路打到了英法諸國。也因爲征戰，維京人四處播散血液之種，遂使得今日的挪威人面目已是大量混血了，那種典型極致的金髮雪膚碧眼美女也成了當地人對美的永恆嚮往。

當我登上高山鐵路，抵達 FINSE，一二二二海拔高地的惡寒，視野白茫茫，宛如置身一座冰箱，遼闊冰寒，甚至直盯那白雪過久眼睛將被目光刺盲。火車放下滑雪旅人後繼續通往峻峭酷寒之地。

瞬間，我讚嘆這個流有維京人血液的挪威民族是如此的精於藝與術。在峽灣之旅裡，我親見挪威人是如何在惡劣酷寒之境打造美麗王國。千萬年的冰河經過擠壓、增高、深掘，形成了地表上深長綿延的冰河峽灣美景，峭壁、丘壑、峽灣、瀑布……，將挪威切割出無數的島嶼，許多島嶼像是與世隔絕，行於其中除了讚嘆還是讚嘆。

許多外移的挪威藝術家最後仍終老祖國挪威，其中有個無法拒絕的原因即是他們無法忘情絕美的山川大地，這樣的美景在夢中不斷迴旋在遊子夢中。

壯觀詭譎的山川大地與酷寒異境下，誕生了了不起的航海家維京人。

想瞭解這樣驍勇善戰的民族，得走訪位在奧斯陸Bydgoynes島，這座島有四座博物館，博物館展覽了維京人航海歷史、精美的造船技術以及關於挪威的民俗文化等。

1. 維京博物館（Vikings Kipshuset）

買了票搭船至Bydgoynes島，船停兩站，恰好是四座博物館的參觀路線。一入維京博物館，即被停泊在博物館大廳的維京船吸引，簡單的線條和流線型的船體，是目前全世界保存最完整的維京船。

維京博物館有三艘維京船，分別以出土地Osbereg、Gokstad和Tune來命名，這些出土的船過去都是墓葬用，因此伴隨著船的出土還有許多精美的墓葬品如木雕、飾品與織品等。

博物館入口的那艘Osbereg是最大的維京船，一九〇四年被發現。重建完成的這艘Osbereg船長二十二公尺，最寬爲五公尺，需要三十位舵手來操作。維京船多屬狹長造型，這是爲了能夠適應當地的峽灣地理特色，船首姿態最美，雕刻著交纏的馬、蛇、鳥獸等圖騰，顯示了勇猛的維京人的細緻面——水準頗高的雕刻工藝。

伴隨維京船出土的還有一輛雪橇和一輛拉車。沉寂海底過久，這些由木頭製成的雪橇和拉車都已化成碎片。當時維京人用的材質是橡木，也因橡木未腐化，因此後來的科學家得以將這些出土碎片一一的拼湊起來，同

北方民俗博物館姿態挺拔

時還以科學方法加以還原。

眼前這輛出土雪橇竟由一千多片碎木塊拼湊組成，後來的科學家其精神也讓人讚佩。

2. 北方民俗博物館（Norsk Folke Museum）

今天的奧斯陸位居世界最高消費之都，人民富庶，不斷攀升的高物價，全拜這個國家在一九七〇年在北海發現原油，使得原本以農漁維生的挪威人一躍成世界富國之一，經濟繁榮，每年這個國家資助其他第三世界以及爲了促進以巴和平更是投入十幾億的美元。

那麼過去那個樸素的挪威生活在何處可見呢？或者至北方民俗博物館略可驚鴻一瞥。

北方民俗博物館有露天和室內，露天博物館是保存挪威七至十九世紀的生活景觀縮影，房屋、糧倉、畜屋、馬房……等皆可見到。這些原始木屋共有一百五十五座，木屋裡面的起居室和廚房、馬廏、火炕都保存舊景觀，是貧窮的況味，簡單寂寥。

然而到了十九世紀的房舍區塊就可以明顯感到這個國家逐步的繁景，這樣的榮景更展現在露天博物館最醒目的一座木板式教堂。

這座木板教堂是挪威國寶建築文物，是從幗爾（Gol）搬至此地。這棟木板式教堂的建築結構全由一片片直立的木板所架起（和一般北歐建築由

挪威國寶木板教堂展示在民俗博物館內

圓木堆高明顯不同）。

我凝視著陽光陷落在木板的雕刻陰影，門楣上雕刻著圖騰，工藝不俗。而木教堂頂端盤旋而上的龍紋更是視覺不捨的方位。

3. 康堤基博物館（Kon-tiki Museum）

我去過大溪地所屬的玻里尼西亞群島，島上處處有其原始信仰堤基石雕神祇（Tiki），帶著一種說不清的神秘感。

康堤基博物館和玻里尼西亞的Tiki有關，這個詞已經成了近代的探險名詞了。

一進入康堤基博物館旋即被一艘大的草紙船吸引，還有復活島高達九公尺的石雕像擺在昏黃的博物館內也很讓人過目難忘。這些考古文物都是由航海家歷經千辛萬苦的航程所帶回的。

創「康堤基」這個名詞和博物館內所有考古文物的收藏者是傳奇人物托爾・海耶軋（Thor Heyerdahl, 1914-2002），這個康堤基博物館也是爲了紀念他而創建的航海博物館。當年海耶軋將他用來橫渡太平洋的木筏命名爲康堤基號，這項壯舉還被拍成了冒險電影。

我去挪威時，正好遇上海耶軋的孫子想要再走一趟他祖父的路徑而再度啓航，有點傳承的味道。

康堤基號是依南美早年原住民使用的木筏來加以仿造，這種木筏和埃

破浪遠航的浪漫至今仍留存挪威人心中

及文物裡常見的草紙船「Ra」相似。之所以選用南美原住民的木筏船是因爲探險家海耶𨋢認爲「玻里尼西亞的原住民可能是來自於南美洲」的理論，爲了證明他的理論之正確性，他於是打造船隻，並在一九四七年四月二十八日搭乘所打造的「康提基號」，由秘魯橫渡太平洋，他在一百零一天後登上了玻里尼西亞。也因爲他的壯舉成功，遂使得他的理論受到重視，也讓挪威人開始好奇起早年南美人所使用的船隻。

海耶𨋢後來大膽地假設：歐亞美的古文明都曾出現草紙船的圖案記載，因此他認爲這三洲之間可能藉由草紙船的航行而互通有無。海耶𨋢且跑到埃及，由當地人的集體協助而完成草紙船，並以埃及太陽神的名字「Ra」爲新船命名。不過此次的航行失敗。海耶𨋢請來善於打造草紙船的玻利維亞原住民協助打造Ra二號，Ra二號在一九七〇年成功地航行了四千哩左右的航程。海耶𨋢這項航海行動，證明了南美洲原住民草紙船的功能性外，也驗證了美索不達米亞和埃及與印度之間的古老文明有可能藉著草紙船來彼此交流。

4. 極圈探險博物館（Fram Museum）

挪威人現在雖然是世界和平的主要斡旋者，然而他們的冒險基因卻仍存在，每一年他們去北極圈探險的人數就像候鳥般來去。

而冒險性格更具體呈現在極圈探險博物館，這座博物館就像挪威人冒險生活的展覽館。一進入口即見館內擺放一艘曾遠征南極與北極的巨大探險船。

極圈探險船是南生（Fridtjof Nansen）在一八九三年六月和其餘人一同搭上的處女航，他們花了三年的時間和浮冰搏鬥仍無法穿越冰山障礙，南生決定和部分船員上岸以徒步穿越冰山。而Fram號則由其他人繼續駕駛，往北海西行，這艘船設計穩當，竟未受碎冰擠壓損毀。最後他們在一八九六年八月十三日同時和南生所帶領的徒步陸上探險隊抵達了極圈Vardo，帶回了神秘未被揭開的極圈珍貴資料。

極圈博物館光是擺放這艘南征北討的船隻就夠視覺與想像震撼了。傳奇的探險家就像藝術家一樣，得有執著往前的性格，他們的冒險生活是我想像平面所無法介入的遼闊世界，我總是在想：他們在那樣空曠酷寒的異境求生的內在意志究竟是如何地強大堅韌，那挑戰酷寒異境與險惡地理的身心又是處於何等的狀態？

或許該稱這些探險家是處在著魔的燃燒狀態吧，因爲著魔般的熱情使他們勇往直前。他們的字典裡沒有「弱者」這個詞，他們是尼采超人性格意志的展現。

博物館外的奧斯陸海域閒逸，海鷗飛翔，或許海鷗瞭解航海家的秘密。

而我只是個闖入者，用的是明明白白的第三者異鄉人眼光。

卑爾根的細緻與壯美

從奧斯陸（Oslo）到卑爾根（Bergen）最好的旅行方式是搭國家鐵路再轉搭高山鐵路，然後轉乘峽灣遊輪，抵Voss，並在此再次換上鐵路，抵達卑爾根。

這條旅行路徑遍遊挪威最精華與最壯觀的高山美景與峽灣絕奇，兩百公里一路綿延，灣水深處深達一三〇八公尺，聳入雲天的峭壁有一四〇五公尺高。常在某孤絕風景下卻忽有一木屋悄立其中，我總想是哪個怡然獨立的人避世於此啊。

這段奇景總體被稱爲是挪威縮影（Norway in a nutshell）。

奧斯陸和卑爾根兩大城之間是松恩峽灣（Sogne Fjord），松恩峽灣是世界最長的峽灣。可能因爲鮮少見到東方女生來此一個人長途旅行，我竟被峽灣遊輪的船長邀請至他掌舵的控制區欣賞風景，由於船長掌舵處位居大遊輪的最高處與前方，因此兩岸景觀直如三百六十度電影播放，時而險峻，時而遼闊。最令我讚嘆的是船長在某些壯美的風景航程播放挪威偉大音樂家葛利格的鋼琴曲與交響曲。

這簡直讓我敬畏，因爲這意味著挪威子民是如何將日常和藝術融合一起。也見到藝術在他們生活的普及性。

卑爾根一景

峽灣遊輪還設計了十四國的語言解說，當然也包括了中文。（不過當船長見到我時，刻意播了中文發音的解說時。我聽了一段後，告訴他寧可聽英文還感到好些，因爲他們找的中文翻譯與配音解說很硬，讓中文聽來一點也不美，有時還不知所云，反而讓我聽了更不明白。）

1. 抵卑爾根，優美潔淨的藝術城市

歷經各種交通工具後，終於抵達了卑爾根。

卑爾根其實比首都奧斯陸更受遊人喜愛，它具有城市的一切機能，且更富藝術氣息與港口遊蕩氣味。

卑爾根深受德國、荷蘭等國的影響，在貿易性格上顯著可見。也顯得更活潑可喜，自由風氣盛。在二十世紀奧斯陸還沒被定爲挪威首都前，卑爾根一直是挪威的首都，因此卑爾根的文化藝術也十分繁榮。

出卑爾根車站，迎面所見是環湖的山色，湖邊一整排醒目建築是卑爾根美術館，這間美術館收藏重要的挪威繪畫藝術，歷來挪威重要的美術家都典藏在此，包括孟克最重要的作品也都收藏在此，是研究孟克繪畫必訪之處。

卑爾根美術館共有三大棟，第一棟建築是展覽挪威當代活躍的藝術家作品，第二棟是典藏館，平面繪畫、古典家具、雕塑作品等。年代大約從十八世紀到二十世紀初。第三棟是以國外藝術交流、邀請展、主題策展爲

主。

每一棟建築緊鄰但獨立，買票也可以買其間一館或者三館都要參觀的票。每間展覽館的一樓都是書店和咖啡餐館，規劃十分完善。三個館若要全部看完，一天恐怕不夠，得挑展看，或者分館參觀爲宜。

美術館外是公園和湖色，兼偶有流浪藝人在湖邊拉著手風琴，坐在湖邊看山光水色，遂不覺疲累。

2. 卑爾根特殊建築——布里根建築與博物館

位居港口的城市，異國文化在此交融。具體展現異國風情的是建築，卑爾根沿著港口東側的大街（Ovrestretet）漫步，此時吸引任何人的目光將是那一整排沿海的獨特建築，這些建築被稱爲布里根（Bryggen）建築，來自德國血統的建築，係源自於十四世紀起卑爾根即成爲漢撒聯盟的重鎮，漢撒聯盟是以德國商人爲主的貿易性組織，結合歐洲與波羅的海周邊的幾個要港之都所形成的貿易聯盟。

沿著港口的布里根建築據觀光局的卑爾根簡介裡寫著共六十一棟建築，有些建築仍在維修中。

這類建築皆以木頭爲主要建材，三層樓高，走入建築裡面的巷弄更是別有洞天，將短短幾步路遠的港口隔離，走入窄巷頓時安靜，彷如中世紀。黃昏陽光落在木欞上，那些建築都還在彼此竊竊私語。走出巷弄，又再次

走入布里根建築巷弄，
沉浸木欞迴光中

迎向港口特有的喧嚷，船鳴、街頭樂人表演、車流、小孩……。選擇一家沿港口的布里根建築咖啡館外，在露天咖啡座閒看水鳥或曬太陽是所有來到卑爾根港口者必然有的活動。

布里根建築已經老物新用，沿港一樓或開餐廳或開精品店，在商店中最常見到挪威的代表紀念品「幸運小精靈」（Troll），這幸運小精靈長得很老醜，特大鼻子、滿頭捲亂頭髮，有著長長的尾巴，像是童話裡的精靈。挪威人相信這類平常幽居於深山湖泊中的森林小精怪雖然長相不美，但心地善良，有他將可帶來好運，消災解厄，好運上身。

在建築的盡頭往上坡走，可抵一棟灰泥色的布里根博物館，博物館裡面以模型詳細解說了關於布里根建築的搭建方式以及卑爾根的建築發展史等。當地政府在一九五五年一場大火燒毀了不少港口的布里根建築後，在灰燼處就地開挖，未料考古學家卻因此挖掘出許多中世紀的文物，這些中世紀出土文物有助於後人瞭解當年卑爾根人在這類房子的生活史。也因此爲了保留這些中世紀文物而新蓋了這棟布里根博物館來加以保存並開放給外人參觀、研究。

這些房子不是供給家眷用的，而是給做貿易的男子用的，當時竟是規定商人不可結婚，因此除了商人外，裡面簡直就是小小辦公室的縮影，有秘書和商人的學徒等。在漢撒同盟裡，商人具有極高的地位和權力，理所當然地分配到最多的空間，一個人即可享用兩房。至於學徒則得和商人老師學習六年以上才能升等考秘書職位，據說這些學徒的生活都是辛苦至極的，學徒想要出師，得歷經所有老師給的功課和勞動，當時學徒約四人一間，且一張床擠兩個人是經常有的事，有時遇到壞秘書還會睡前把學徒的房間鎖起來，不讓他們有行動的自由。

布里根式的建築是以木頭建造，所以商人最怕遇到祝融，除了廚房所有的房子都嚴禁點燈和用火，連酷寒的下雪天也不得燒木材生火。看見木樑上都懸有一個水桶，可見預防火災是當時極注重的觀念。

看一個地區的建築內部及物件就等於試圖去還原當時居住者的生活史，布里根建築內部提供了我對當時商人生活的想像，也才明瞭原來客居他地的德國商人是如此地堅忍不拔（竟是不可以結婚）以及充滿汗水與思鄉淚水的學徒的生涯可不是人過的呢。

3. 電車、纜車登山頂賞景

至卑爾根，錯過登頂或也可說是一種可惜。

搭電車或纜車登頂，在山頂可眺望卑爾根美景，極目所見盡是被山勢地形切割的峽灣與島嶼。

小小一個卑爾根城鎮被七座山環繞，山的中間切出一座深港，美麗山川美景。然登頂一望，我也才頓時發現原來卑爾根城市是只有一個出口的城市，每一個開車進來的人都得繞著同一個方向出城，這使得卑爾根在交

乘纜車登頂，一覽卑爾根

通上有了限制，可能因此而使得挪威另遷首都在奧斯陸，但也因此交通的限制使得卑爾根保有自己的節奏和不被過度觀光開發的山川。

登頂眺望可見卑爾根港口大船駛離的方向，理解何以卑爾根會成爲進出挪威峽灣最重要的港口，從卑爾根可通往北邊的松恩峽灣、諾得峽灣、蓋倫格峽灣，往南可到麗斯峽灣。

附錄

【附錄一】

卡蘿的信

——我們彼此詰問，關於愛情、藝術與命運的叩問

芙烈達寫給迪亞哥．里維拉的書簡

紐約，一月九日，一九三九年

我的小寶貝：

昨天，當我打電話給你時，你似乎有點悲傷，我有點擔心你。我希望你的信能夠在我離開前來到我的手中，我想要知道關於科悠坎的一切細節和那如常的所有喧鬧騷動。

我所處之地是一座醜陋而愚蠢的村莊……

你知道我在瑪麗家度過我的最後一週，昨晚他們來接我，因爲大衛希望我在抵達前可以多休息和睡好，然而感冒生病將把我置於更糟的狀態，我感覺自己的憂鬱與愚蠢了。親愛的！我是如此地在每個時刻都想念著你，我想回到墨西哥勝過於做其他任何事。自從你對我說這可能是我最後一次有機會去巴黎，因此你說我必須前往時，我決定在最後一週前往巴黎。只是我必須自我修補我這破碎的心。五月我將回到墨西哥，在巴黎我將不待超過一個月。

我不知道爲什麼昨天對我而言是如此的一個壞日子！我幾乎是哭泣終日，瑪麗對我一點也沒有辦法。Eugenia對我十分倦怠，你也知道她是如何地頑固，當她知道我將和一些她的墨西哥女

友一起時，她漸讓我感到神經緊張，除了這一點外她是非常仁慈的。有些時候她會變得十分頑固，那種感覺就像是揹了一個可憐人般。

瑪麗會幫忙我打包衣物和所有東西，對於一個可憐的生病者來說，我不知道如何去完成任何事情。我將在巴黎完成露西的肖像圖。我沒有堅定的力氣來做任何事了，我發燒五天了，非常疲倦地感到一切都很混亂，特別當我的月經來時，我覺得自己的身體像是一具殘骸。

可憐的瑪麗對我有如慈母般，大衛和安妮塔也是如此。他們開始對我喋喋不休，責備我沒有好好照顧自己，但對我得了急性肺炎卻完全沒有一絲一毫的抱怨。這裡的人總是容易生病似的，不是得支氣管炎就是別的，因爲這裡冷得像是地獄。他們總是責怪我不穿暖的羊毛內衣，然而說眞的，他們常刺痛了我而不自知，我實在是無法再掩飾下去了。

對於我去年所完成的肖像我有說不出的高興，……我無法忍受沒有和你在一起的任何事，我需要你就像我需要空氣來呼吸一般，對於獨自前往歐洲這近乎是一種犧牲了，因爲我多麼希望你這個小寶貝就在我身邊啊。

……………

我的生命，你不要和Fulang計畫太多事，別忘了他對你的眼睛所幹的好事，最好是從遠處看著他就好了，別讓他傷你太深，如果有一天發生這種事，我可是會殺了他。

你有把我的腳踏車放到地下室嗎？我不希望小孩子使用它。最好是你能把它放在地下室……我的小男孩，告訴凱蒂整理你的衣物和保持清潔和整齊，好好照顧你自己，別忘記我愛你甚過於愛我自己的生命。我每一分鐘都想念你更多更多……做你自己，即使當你在作樂時也請別停止愛我。我會盡我所能地從巴黎寫信給你，但我不希望對你一無所知，即使你只是捎來一些簡信或者卡片，至少讓我知道你的健康情況。

關於死亡的肖像畫的情況很好，只有一件事我無法掌握，是關於形體要放置在空間的佈局，那些建築看起來都像是方形的煙囪般，我每天愈發確定的是我感覺筆中所欲素描和所想創造的繪畫之間的距離是何等的愚蠢。哪些會是我想給你看的？和你現在都在做什麼呢？你在畫些什麼？你和誰在一起？和你一起躺在我們的小床睡覺的是什麼？

我多麼地懷念你的笑聲，你的聲音，你的小手，你的眼睛，即使是你的壞脾氣，關於你的每一件事，我都懷念。我的小孩，所有的你就是我自己的生命，這是沒有任何事物可以改變我的。

我這些天正在等待你答應寄來的電報信和捎來的電話，告訴我你爲何憂傷，告訴我每一件事，告訴我如果你希望我回去，或者你想要將巴黎或者任何人送到地獄去。

我寄上千千萬萬的吻和我的心給你！

你親愛的芙烈達

芙烈達致里歐・艾洛瑟醫生的書信
底特律，五月二十六日，一九三二年

……這座城市給我的深刻印象是它的老舊以及它的荒蕪，像是一座停擺的村莊。我一點也不喜歡它。我很高興迪亞哥在這裡工作愉快，他發現關於他要製作美術館壁畫的許多材質，他受到工業工廠、機器等等靈感的啓發，就像小孩看到新玩具般。工業是底特律最有趣的一部分，其餘的就像美國其他城鎮一般的醜陋與愚蠢。

我想告訴你關於我的許多事，即使都是些讓人不快的事。首先，是關於我的健康一點也不佳，我希望我可以除此之外告訴你關於任何事，我瞭解你必然聽煩了許多生病者的抱怨，那些病人的病情述說……。但我相信我的個案有點不同，因爲我們是朋友，我和迪亞哥都很愛你，我想對於這一點你是很瞭解的。

我要說的事是我去看了普特醫生，因爲你建議他到Hastings。我必須先去見他，因爲我的腳仍然很痛，這也連帶影響到我的腳趾了。當你看見我，你自然就明白它糟糕的情況了。已經兩年過去了，我並不去擔心這件事，因爲我完全明白這是無法治癒的，即使我向每個人去哭訴。普特醫生在福特醫院服務，我不記得是誰曾診斷過我的腳是因爲營養不良而引發的潰瘍，這指的是什麼？現在我的腳趾就像腳爪般得費力走動。

在我詢問任何人前，我有個重要的問題想要第一個請教你：我已經懷孕兩個月了。這也是爲何我再次去見普特醫生的原因了，不知是誰告訴我他知道關於我的一些事，因爲他曾和你在紐奧爾良討論過關於我的問題，因此我不需要再次向他解說關於我車禍的病因。

你知道我的健康情況，是否比較適合墮胎呢？我這樣告訴他，他給我打奎寧和很強的純蓖油。五、六天前我有一點些微出血，萬一我必須流產，我得再回去找普特醫生。他幫我檢查且告訴我不必要流產，且他完全確信我不需要墮胎，他的建議代替了我本來想要墮胎的想法，我想要留下小孩，雖然我的身體是如此的可憐。

我的骨盤有小挫傷等等，如果我留在底特律懷最後的七個月，我不知道是否可以受到完善的照顧。我想問你怎麼想？你覺得墮胎會比生產更危險嗎？兩年前我在墨西哥動過墮胎手術，情況不知會比上一次更好或更壞。

現在我只懷孕兩個月，但我不知道普特醫生爲什麼認爲我生下孩子會比較好？你比任何人都瞭解我的病況。首先是我也許有癲癇的遺傳因素，我不認爲孩子會健康地生下來。另外，我的身體本來就很不好，懷孕使得我更加耗弱。

迪亞哥需要完成壁畫，我算過，如果小孩十二月出生，那我就必須在小孩出生前的三個月回到墨西哥。如果迪亞哥延遲完成，那就最好等孩子出世再說。對初生只有幾天大的小孩來說，長途旅行是很可怕的事。

迪亞哥有上千百件事等著他去完成，所以我不可能依賴他幫我任何事，也許最好的情況就是我八月或九月就回到墨西哥。迪亞哥老是被工作佔滿，我想他也並不很想要小孩，他是對的，以我的看法，我也不知道有孩子到底是好還是壞？迪亞哥常旅行，而我想留在墨西哥讓他獨自一人，那對我們兩個都不好，你覺得呢？

但如果你認爲我生下孩子會比墮胎更安全，那我就聽您的了。我希望你告訴我如果要生孩子那最好是八月回到墨西哥，這樣我的母親和姊妹就可以在那裡照顧我了。我不希望打擾你，但親愛的醫生，你無法想像對於我打擾了你我有多麼歉疚。

但沒有人強壯到像你可以幫我解決這個問題。我無法想像如果稍有閃失對我會是多恐怖的事，那冷酷的死神將會帶走我！

我知道迪亞哥愛我，我願意爲他做任何事情只爲了讓他快樂！

我胃口很差，一天喝兩杯牛奶，吃一些菜和肉。自懷孕後，我一直害喜，我的生活一團亂。每一件事都讓我很疲倦，也受脊椎和腳的疼痛折磨，我沒有運動，身體也每況愈下。

然而我仍想去做很多的事，也從不覺得自己「對生活失望」——就如俄國小說所寫的那般。我明白自己的情況說來多少還算是快樂的。至少我有迪亞哥，我的父母親，我很愛他們，光這點就夠了，我不祈禱生活中出現奇蹟這類的事。

……

芙烈達 1932. 5. 底特律

註：兩封書簡譯自《Frida By Frida》，主在眞實還原和呈現當時卡蘿的心境：對愛情的強烈恐慌與需索，對於懷孕的喜悅憂傷（她仍沒保住小孩），關於愛情堪忍之心境，以及對迪亞哥的迷戀。

【附錄二】

在古城裡的當代

——專訪墨西哥當代重要女作家艾琳娜．波尼托斯卡 Elena Poniatowska

在墨西哥作為一個作家是如此地受人重視，這可從艾琳娜．波尼托斯卡略窺。在尋找其住處時，我在她住處鄰近徘徊，由於路段不熟遂盡在小巷迷航，安靜午後無人煙，和隔前方幾條大路遠的眞實墨西哥相比，艾琳娜小巷宛如歐洲。

迷航一陣，終於遇到人，一個郵差，我興奮快速走過，心想郵差不會不知道艾琳娜的住處。果不其然，郵差迅速為我指出隱藏在古老石牆與大樹陰影教堂後方的小巷方位，在回說葛拉西亞（謝謝）的同時間我瞥見郵差眼神，那眼神像是在朝聖一個可資膜拜的遠方，這眼神我不曾在自己島嶼的郵差身上見過。

找到艾琳娜家，嬌小的她迎門。我說這裡的郵差似乎對妳很尊崇。她說，墨西哥的作家和知識份子很受到敬重，大小事都會問作家意見，連作家用什麼肥皂、吃什麼牌子的沙拉油、用哪一種質料的棉被睡覺都會成為重要意見（曾經有西方作家去墨西哥居住最受不了的就是被記者追問這類問題），甚至作家生活會成為一些人的學習對象。

我後來想，也許因為墨西哥教育水平還未普及（文盲不少），因此知識的取得者同時間也成為一種身分高人一等的象徵，而作家在此還屬於古老行業的良知事業，因此深具影響力。

對於採訪與被採訪，艾琳娜同樣熟悉，因她是記者也是作家，記者工作對於艾琳娜是加分。

很年輕的時候她就曾經寫過新聞體小說且一舉成名。第一本小說《Massacre in Mexico》即以一九六八年墨西哥大學生遭政府軍隊鎮壓屠殺事件爲主軸的文本，這本書直到現在都還常被提及，後來又讓她以新聞小說體成名的小說是《Tinisima》，以移居到墨西哥的美國攝影師蒂娜・莫朵堤（Tina Modotti）爲事件小說人物，文本在虛構與紀實裡出入一個偉大女伶的藝術與政治生命。（莫朵堤是攝影師，也是企圖暗殺墨西哥總統的陰謀份子，和美國及墨西哥藝術家交誼深厚，卻莫名死去，傳聞甚多。電影「揮灑烈愛」那個引介卡蘿給迪亞哥在派對穿黑衣的美麗主人就是她。）

自此，以社會新聞事件注入文學想像已經成了艾琳娜的經典筆調與形式。然而眞實生活裡艾琳娜又是個舉足輕重的記者，寫小說的虛構能力當然不能運用在寫報紙的新聞上，那麼她如何在文體之間遊走，如何在新聞上保有清晰又能在小說創作上演繹一種模糊？訪談便由此展開。〔我們以英文交談，這裡所列的問答是擇要譯出，問答簡稱爲（艾）。〕

鍾問：寫小說寫散文寫評論和藝術人物，也寫每日的新聞，在諸多文類裡妳如何轉換筆端跑道，如何處理介於小說虛構與新聞的紀實？

艾答：處理小說和新聞完全是不同的過程，寫新聞對我而言是挖掘眞相的工作，它需要帶著一種對每樣事物的正確評斷眼光，它的自由度少，受編輯台作業影響，每天有很多的電話打來，所寫的明天就見報了，然後我再次讀它時，我常對自己說，眞難堪啊，這寫得並不好，我眞願沒有寫過它。我必須試圖去忽略每日見報的文章，它總是匆忙寫出來的，報紙的新聞寫作像是一分鐘高速行過的摩托車，我操作新聞寫作已經太專業了。但是文學不同，對記者而言一般通常很難從新聞調整到文學的寫作節奏，改變寫作頻道有時是痛苦的，而且寫文學作品時將喪失所有在寫新聞時採訪對象或讀者對妳的支持。寫文學只能依賴自己，好或壞都是自己的。

寫新聞還常容易自我膨脹，因爲採訪對象是重要人物時，便會有一種錯覺以爲自己寫的內容很有影響力。還有就是我一直和重要人物有朋友關係，但那只有在我是記者身分時，當我是作家時我是孤獨的。我想爲自己多寫些小說。文體轉化靠的是敘事能力，必須有不同的敘事腔調與結構形式來維持文類的不同。頭腦要很清楚。（她還補充說體力也要不錯才行。）

鍾問：妳有波蘭父親與墨西哥母親，妳出生在巴黎（1932）直到九歲才回到墨西哥，請問妳有身分與認同的問題嗎？

艾答：沒有。我到九歲才開始正式學西班牙語，後來也以此爲寫作母語，我沒有身分認同與寫作文字的選擇困擾，對我而言選擇做墨西哥人是很自然的事。

鍾問：妳到三十七歲才成爲墨西哥市民，在這之前妳可以成爲法國人或是歐洲人，或是妳可以使用法文或英文寫作，但妳都沒有如此做，妳在多國語言上都可以寫作自如，但妳還是選擇西班牙文，這在非常崇尚法式生活與美式生活的墨西哥似乎很特殊？而以我的觀察，墨西哥人確實很崇尚法國時尚生活，而在北墨則傾向於美國文化，許多有錢的中上流社會都把小孩送到法國或美國學校念書，從幼稚園開始就如此，而那樣的學校學費也很貴。（墨西哥最大的Reforma路就是仿巴黎香榭里榭大道打造的。）

艾答：沒錯，一般中上流社會是這樣，甚至政府高層也如此。但身爲作家的思考不是如此，作家有對於自己土地與情感的私自深層理由，我和我的母親很親，所以我才說成爲墨西哥人是很自然的事，因爲我母親是墨西哥人，我想延續她的生命。歐洲來的父親對我的影響反而小，只是讓我會學習更多的語言而已。我要用法文或英文寫作都沒問題，不過我對西班牙文特別有感情也

Tinísima
elena
PONIATOWSKA
Tinísima
ERA

特別能寫得好吧，所以我用西班牙文寫作。我九歲開始眞正學西班牙文，我是先從街上學來的，我成天在街上玩耍遊蕩，在街上聽人說西班牙文，說鄰里街坊故事，我津津有味，我去觀察他們的生活，因爲是來自於生活，加上母親的關係，所以我對西班牙文情有獨鍾。

鍾問：這就是爲什麼妳雖然出生中上流家庭（其母親是墨西哥貴族），但妳的書寫與跑的新聞卻一直都和底層的命運追索有關？

艾答：對，沒錯，這和我小時候在街上向庶民學西班牙文有關，我覺得底層生活眞的很有趣，也很悲涼。

鍾問：妳曾爲愛而苦嗎？對於女性作家而言最困難的事除了寫作本身外常常是環繞著女性作家的愛情生活，妳似乎一直過著很平靜的家庭生活，因爲我看了所有的資料幾乎很少提及關於妳的私人生活？

艾答：我很少爲愛情而苦，但我瞭解愛的苦，我算是幸運的，和先生的感情順遂，他是研究星座的，也間接促成我寫《The Skin of Sky》（這書爲她贏得西語系最高榮譽獎 Alfaguara 2001），他過世後我很痛苦（即使十二年過去了），不過我母親過世時我更痛苦，這就是愛的眞相，擁有之後的幻滅苦痛當然一定是跟隨的，悲傷也是生命的狀態。也因爲我生活平常，感情對象單一，所以也沒有什麼可以提供他人茶餘飯後的閒嗑牙資料，所以妳才沒有看到有關於我私人生活的報導。我現在是三個小孩、九個孫子的女作家，我一直感到自己在個人生活上的順遂。也因爲自己沒什麼好寫的，所以我的小說題材都是來自於新聞靈感。

鍾問：這眞是滿幸運的。不過在家庭生活與寫作生活裡一定有衝突，特別是妳有小孩之後？

艾答：對，孩子還小的那些年，我確實是只能利用小孩全部上床後才能寫自己的作品，總是很晚睡，然後趁小孩還沒醒時就先醒了，趕緊坐到書桌前寫點東西。現在當然沒有小孩的干擾問題，不過俗事日增，我總是每天利用電話還沒響之前寫作。寫作永遠是我生活的核心，這個底層價值一旦確立，即使有家庭或有俗務也不會受影響。

鍾問：在墨西哥當作家或是藝術創作者可以生活嗎？國家機器有進來輔助或是提供長期的贊助嗎？

艾答：政府或基金會有提供這類的獎助，但杯水車薪還是不夠，也有一些文學獎提供獎金，但也是名額有限。所幸的是知識份子和作家在這個國家有影響力，受到一般人的敬重，所以一般來說基本生活是還可以的，出版和發表文章可以獲得一些生活的金錢來源。像政府單位就不喜歡我，因爲我除了作家還是記者，我老是揭政府瘡疤和黑暗（墨西哥政府貪污嚴重），所以我從年輕起寫的作品就一直不可能得到政府的補助。但是我在社會上卻是有影響力的，這個報酬永遠是大於實質的。（她強調政府更該做的還有消弭各種差距，特別是貧富和教育的差距，提升教育水平，這樣可以讓更多人來讀作家的作品，閱讀多，才是作家的生命力延續。）

鍾問：妳曾經長期教文學寫作班，在許多大學當客座教授，妳如何教寫作這件事？

艾答：我在寫作班（Workshop）教了近三十年，直到幾年前才沒繼續，也許這在別的國家不會產生資深作家如此持續關注寫作班的情況，但在墨西哥我覺得我有一種義務感，我希望寫作這件事可以持續發酵在許多人身上，使寫作作爲一種夢想的可能。我教導他們最重要的當然是觀察、閱讀、到街上生活（像新聞般的一種見證）、聆聽，當然最重要的是要持續寫作練習。

鍾問：妳從小就知道自己要走上寫作這條路？妳在報酬率低的寫作時代如何持續妳寫作的熱情與意志力？

艾答：寫好書除了才華還需要有野心，這裡的野心指的是對一種完美的理想完成堅持，寫作是我唯一最擅長的事，雖然小時候我想過要當歌唱家（哈，一笑），而走上新聞記者且沒有退怯，有個決定性關鍵是當時的墨西哥政局，一九六八年發生的學生校園大屠殺事件，我對於眞相有想要深入瞭解的欲望與義務驅使，當時寫作時根本沒有想到出版這件事，寫好後也沒人敢出版，報社也不敢發表，後來才被比較反政府想要知道眞相的出版社接受，而出版了我的第一本新聞體小說。

鍾問：所以妳對於發生在北京的天安門事件一定很感同身受？

艾答：是啊，我當時沮喪極了，宛如重見發生在自已土地的大屠殺般。

鍾答：妳的書已經開始在大陸出版，妳會想去那裡看看嗎？

艾答：會啊，有機會一定要去看看。亞洲相對於拉丁美洲是個遙遠又眞實的存在。旅行可以帶給作家生活的刺激與文化思考。

鍾問：幾乎所有墨西哥有趣的藝術家或人物妳都採訪過或見過，妳也寫過關於芙烈達・卡蘿的書，妳採訪過卡蘿的愛人迪亞哥多次，妳走過歷史現場，回到自已陰暗的書房，妳如何看待這兩個墨西哥最有名的歷史人物？妳也曾經出版一本以虛擬的文筆書信體寫信給迪亞哥的書，妳又是如何虛構的？

艾答：一九五四年卡蘿過世時，我正好剛跑新聞，我對於她很有感覺，一個活得很有意思愛恨分明的堅強女性，至於迪亞哥他很少在採訪時提卡蘿，只對我說過他從來都認爲卡蘿是個偉大的畫家，他這麼地告訴卡蘿，要成爲偉大的畫家而不要只成爲迪亞哥的妻子，關於這一點，我覺得就讓我可以和迪亞哥成爲朋友，雖然他的聲名與脾氣不好，採訪人物常常會破壞友誼，在我的筆還沒落下前都是朋友，一旦我下筆了，採訪的對象常常不再是朋友了，因爲我的筆不會只寫好的。當然，能採訪重要且有意思的人物是我當新聞記者的收穫，不過新聞最後都會過去。所以我即使再忙，我也從來沒有停止自己非新聞的寫作。擬書信體寫信給迪亞哥也是一種創作，我覺得多元的文類一直讓我很有興趣嘗試。

鍾問：這種持續力也是妳說的一種野心嗎？請問妳喜歡的作家有哪些？

艾答：沒錯，野心也可以有正面的力量。我喜歡古典的作品，還喜歡葉慈的詩，作品太多了……（她補充說，我更喜歡閱讀街上的故事與臉孔……）

關於艾琳娜．波尼托斯卡（Elena Poniatowska, 1932-）小檔案

一九三二年出生於巴黎，父親是波蘭人，母親墨西哥人，一九四二年隨父母移居墨西哥。一九五四年當記者，一九六九年出版第一本小說，自此記者與作家生活併陳三十餘年。她出版小說集和非小說書二十餘本，是墨西哥現今作家裡最有影響力的女作家之一。

她曾獲得墨西哥國家記者書寫獎（1979）、透納獎（Turner Lecture），以及西語世界最重要的豐泉小說獎（Premio Alfaguara de Novela, 2001）等，她已有多本著作被翻譯成英文，包括《Massacre in Mexico》（1992）、《Tinisima》（1996）、《Here's to you, Jeusa》（2001）、《Nothing Nobody》等。

【跋】我心和筆墨的休息驛站

鍾文音

寫旅行書對我是一種休息，特別能將自我暫時從長篇小說中抽離。

三城三戀，三座城市的三段戀愛。

第一章節以這三座城市我所心儀的芙烈達・卡蘿、卡夫卡和孟克的愛情爲書寫核心，將他們最精彩的創作生命與愛情故事濃縮成每個片段。第二章節是我一慣擅長的札記式書寫。第三章節是以旅途見習生式的模式書寫旅行景點，這單元是從《藝術家》雜誌〈我的藝術行旅〉專欄選取的，因此第三章節帶有一種規格化的樣貌。

原本想放一章已寫好的「不被收錄旅行文本的殘篇斷簡」，把自己的旅行小說碎片也收錄進來，但發現這樣的小說虛構基調離這本書太遠，而決定放棄。

畢竟長途旅行的孤獨者在路上發生的種種故事，虛實之間，需要小說的濃度與留白。

攝影作品也是此書的表達——視覺語言。

攝影一直是我最輕鬆對待的媒材，我喜歡西方世界對於創作者全面性看待的方式，台灣受傳統學院目光影響所及，總認爲只有專心寫小說或者散文才是認眞的創作者。但在西方傳統，並無此限。眾所皆知，莒哈絲也擅長拍電影，吳爾芙也寫大量日記體文章與閱讀評論，格林、村上春樹也跨領域書寫。

關鍵是，創作的本質是連通的，只是有時藉由不同形式或者媒材去表達而已。

寫作者永遠得提筆。Writers have to keep writing.

當然，寫旅行文章或者攝影、畫畫或者出走，對我而言都是書寫長篇小說的重要休息驛站。因爲這個休息，以及閱讀他者的命運，此種放下，反而使得我可以走更遠的路。

誠然每個作者需要的休息感不同。

這是我的小品，也是我生命的一個永恆小角落。

我一生似乎永遠都沒辦法定格只做一件事。

我一心多用，但每個「多」裡，卻又看似回歸爲一。

寫作多年，我已習慣受讚美與受批評了，作品是與非任人裁定，但我「心」自己明白——我的心有很多的抽屜，稀世珍寶或者不起眼的彈珠皆在其中……

國家圖書館出版品預行編目資料

三城三戀／鍾文音著－－初版.－－臺北市：大田，民96
面；　公分.－－（智慧田；078）
ISBN 978-986-179-048-0（平裝）

855　　96006439

智慧田 078

三城三戀

作者：鍾文音
出版者：大田出版有限公司
台北市 10445 中山區中山北路二段 26 巷 2 號 2 樓
E-mail:titan3@ms22.hinet.net
http://www.titan3.com.tw
編輯部專線（02）25621383
傳真（02）25818761
【如果您對本書或本出版公司有任何意見，歡迎來電】
行政院新聞局版台業字第 397 號
法律顧問：甘龍強律師

總編輯：莊培園
主編：蔡鳳儀／副主編：蔡曉玲
美術設計：陳淑瑩
校對：陳佩伶／謝惠鈴／鍾文音／蔡曉玲
承製：知己圖書股份有限公司・(04)23581803
初版：2007 年（民 96）六月三十日
三刷：2013 年（民 102）五月二十一日
定價：新台幣 350 元

總經銷：知己圖書股份有限公司
（台北公司）台北市 106 辛亥路一段 30 號 9 樓
電話：(02)23672044・23672047・傳真：(02)23635741
郵政劃撥：15060393
（台中公司）台中市 407 工業 30 路 1 號
電話：(04)23595819・傳真：(04)23595493

國際書碼：ISBN 978-986-179-048-0 /CIP: 855 / 96006439
Printed in Taiwan

廣	告	回	郵
台北郵局登記證			
台	北	廣	字
第	01764		號

平　信

To：**大田出版有限公司　編輯部收**

地址：台北市 10445 中山區中山北路二段 26 巷 2 號 2 樓

電話：(02) 2562-1383　傳真：(02) 2581-8761

E-mail：titan3@ms22.hinet.net

＊請沿虛線剪下，對摺裝訂寄回，謝謝！

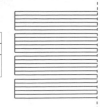

From：地址：..

姓名：..

大田精美小禮物等著你！

只要在回函卡背面留下正確的姓名、E-mail和聯絡地址，
並寄回大田出版社，
你有機會得到大田精美的小禮物！
得獎名單每雙月 10 日，
將公布於大田出版「編輯病」部落格，
請密切注意！

大田編輯病部落格：http：//titan3.pixnet.net/blog/

智 慧 與 美 麗 的 許 諾 之 地

*請沿虛線剪下，對摺裝訂寄回，謝謝！

wawa劉瑞琪◎繪圖

讀者回函

你可能是各種年齡、各種職業、各種學校、各種收入的代表，
這些社會身分雖然不重要，但是，我們希望在下一本書中也能找到你。

名字／______ 性別／□女 □男　出生／____年____月____日

教育程度／

職業：□ 學生□ 教師□ 內勤職員□ 家庭主婦 □ SOHO族□ 企業主管
□ 服務業□ 製造業□ 醫藥護理□ 軍警□ 資訊業□ 銷售業務
□ 其他 ______

E-mail/______ 電話／______

聯絡地址：

你如何發現這本書的？　　書名：三城三戀

□書店閒逛時____書店 □不小心在網路書站看到（哪一家網路書店？）____
□朋友的男朋友(女朋友)灑狗血推薦 □大田電子報或編輯病部落格 □大田FB粉絲專頁
□部落格版主推薦 ______
□其他各種可能 ，是編輯沒想到的 ______

你或許常常愛上新的咖啡廣告、新的偶像明星、新的衣服、新的香水……
但是，你怎麼愛上一本新書的？

□我覺得還滿便宜的啦！ □我被內容感動 □我對本書作者的作品有蒐集癖
□我最喜歡有贈品的書 □老實講「貴出版社」的整體包裝還滿合我意的 □以上皆非
□可能還有其他說法，請告訴我們你的說法

______

你一定有不同凡響的閱讀嗜好，請告訴我們：

□哲學 □心理學 □宗教 □自然生態 □流行趨勢 □醫療保健 □ 財經企管□ 史地□ 傳記
□ 文學□ 散文□ 原住民 □ 小說□ 親子叢書□ 休閒旅遊□ 其他 ______

你對於紙本書以及電子書一起出版時，你會先選擇購買

□ 紙本書□ 電子書□ 其他______

如果本書出版電子版，你會購買嗎？

□ 會□ 不會□ 其他______

你認為電子書有哪些品項讓你想要購買？

□ 純文學小說□ 輕小說□ 圖文書□ 旅遊資訊□ 心理勵志□ 語言學習□ 美容保養
□ 服裝搭配□ 攝影□ 寵物□ 其他 ______

請說出對本書的其他意見：

大田出版有限公司編輯部 感謝您！